光文社文庫

八月の魔法使い

石持《いしもち》浅海《あさみ》

光 文 社

目次

八月の魔法使い

序章

「わあっ」

助手席で、金井深雪《かないみゆき》が歓声とも感嘆とも取れる声を出した。突然だったから、思わずハンドル操作を誤りそうになる。

「まだあったんだ、あの店」

深雪が言っているのは、カーナビゲーションシステムが「ここを左に曲がれ」と示している、四つ角にある雑貨屋のことらしい。食料品はもちろん、酒から生活用品まで売っている、田舎にはよくある店だ。こんな辺鄙《へんぴ》なところまでは、コンビニエンスストアチェーンも進出していないとみえて、未だに地元民に重宝されているのだろう。そしてもちろん、我が社の洗剤も置かれているに違いない。

「よくあの店で、おばあちゃんにアイスクリームを買ってもらったんだ」

「ふうん」

小林拓真《こばやしたくま》は深雪の言葉を聞き流し、角を曲がった。後は道なりに坂を登っていけば、目的地にたどり着くはずだ。

今日は、深雪の祖母の墓参りに来ている。大好きだった祖母に、結婚の報告をしたいというのが、深雪の強い希望だった。彼女自身は東京生まれだけれど、両親は栃木の出身らしい。祖母の墓もそこにある。車なら日帰りできる距離だし、世話になった人に結婚の報告をするのは、大切なことだ。相手が生者であれ死者であれ、同じことだろう。拓真はそのことを知っていたから、素直に深雪の希望を容《い》れて、車を走らせた。

夏休み期間中の土曜日だけど、お盆を過ぎているため、道は空いていた。それでも夕方の上り線は混雑するだろうから、できるだけ早い時間帯に東京に帰り着くつもりだった。

「今、何時？」

正面を向いたまま、深雪に尋ねる。深雪は腕時計に視線をやった。手首をひねって文字盤を読み取る際、薬指の婚約指輪が光った。

「十時二十分」

なんだ。まだそんな時間か。カーナビゲーションシステムの画面をちらりと見る。

「この距離なら、十時半までには墓地に着くよ。墓参りに三十分もかからないから、昼飯は東京に戻ってからかな」

「あら」深雪が大きな目をぱちくりさせた。

「せっかく栃木に来たんだから、佐野ラーメンでも食べていこうとか、思わないの？」

「別に」

ラーメンは好きな方だけれど、帰り道でもない佐野市にわざわざ寄り道して、その結果渋滞に捕まったのでは、早起きした意味がない――そう続けようとした頭が、ふとひとつの顔を記憶叢《きおくそう》から呼び出した。思い出した途端、その名前が口から滑り出てきた。

「松本《まつもと》さんなら、どんな渋滞に巻き込まれても、ラーメンを優先させるだろうけどね」

深雪がこちらに顔を向ける。目がさらに大きくなっていた。

「松本さんって、あの松本係長のこと？」

拓真は正面を向いたままうなずく。

「そう。定年退職したから、正確には元係長だけどね。あの人はラーメンが好きだった」

そう付け加えながら、拓真はなぜ松本のことを思い出したか、その理由に思い至っていた。ラーメンは、脳が松本に言及するための言い訳に過ぎない。つい先週、松本のことを考えたからだ。一年前に起こったことを。松本が起こしたことを。

深雪は拓真が何を思い出したのか、わかっているようだった。正面を向いて、小さく息をつく。

「結局、なんだったのかな」

そんなことを言った。

「松本係長と、大木《おおき》さんがやったことは」

一年前、社内をちょっとした騒ぎに導いたあの出来事。深雪は当事者だった。だから何が起こったのかは、誰よりも詳しく知っている。それでも、決行に至った動機については、あまりぴんと来ていないようだった。理屈ではわからないでもないけれど、心情的に共感できないというふうに。

「テロ、かな」

拓真は気持ちのこもらない回答をした。

「自爆テロ。内部告発。後ろ足で砂をかける行為。自暴自棄になった挙げ句の自傷行為。どれでも、好きなのを選べばいい」

いずれも社内で囁《ささや》かれた噂だ。拓真はそれをくり返しただけだったが、深雪はやや気分を害したようだった。彼女はそれらの意見に与《くみ》していないのだ。

「たっくんは、どれが好きなの？」

「そうだな」

拓真は、一人の先輩社員が、あのときつぶやいた言葉を思い出していた。

「魔法、かな」

「魔法？」

深雪が高い声で問い返す。確かに、日常生活ではあまり出てこない言葉だ。

拓真はうなずく。

「そう。魔法」

言葉を飾っているつもりはなかった。松本係長は、魔法使いだった。そして拓真は、間違いなく魔法にかけられたのだ。

一年前の、二〇〇八年八月十五日に。

第一章　工場事故報告書

《総務部》

「こんな余裕な昼飯は、毎年この時期だけだなあ」

店を出るなり、課長の杉戸栄作《すぎとえいさく》が言った。その科白《せりふ》を聞くのも、毎年この時期だけだ。

というか、この上司は、毎年必ず同じことを言う。

「お盆でも店を閉めないだけ、ありがたいっすね」

小林拓真も、これまた同じ科白を返す。ルーチンの会話というのは、会社生活では意外と重要なのだ。

八月十五日。世間では、お盆のクライマックスだ。そのため多くの会社が、夏季休業になっている。拓真たちの会社のように、通常勤務になっているところは珍しい。だからこそ、いつもの昼休みなら行列覚悟の定食屋で、ゆったりとした昼食を摂《と》ることができる。

「小林は、いつ夏休みにしたんだっけ」

会社に戻る道すがら、杉戸課長が知っているはずのことを訊いてきた。本当に忘れているのか、それとも単に話題にしただけなのか。課長の真意は不明だが、それでもきちんと答える。

「九月一日からの週です」

杉戸課長がにやりと笑った。

「彼女と一緒にか」

拓真は指先で頬を掻く。

「ええ、まあ」

「若いって、いいなあ」

わざとらしく、そんなことを言う。つまりは、自分も若い頃は彼女と休みを合わせて、一緒に遊びに行っていたわけだ。

「課長はいつでしたっけ」

拓真の反撃に、杉戸課長は憮然とする。

「俺は、もう終わったんだよ。海の日に絡めて取ってしまった」

もちろん拓真は、知っていて訊いている。ウマの合う上司との、軽いやりとりだ。

拓真たちが働いている株式会社オニセンは、夏休みを各自で設定できる。七月一日から九月三十日までの間、業務に支障さえなければ好きに一週間休めるのだ。道路や行楽地が混み合うお盆を避けて休みが取れるから、社員からは好評を博《はく》している。

もっとも、製造機械を稼働させるか止めるかどちらかしかない工場は、バラバラに休みを取ることができない。全員一斉にお盆に休みを取っているから、好評なのは間接部門だけだ。

携帯電話を取り出して、現在時刻を確認する。十二時五十分。部屋に戻って少しのんびりしたら、すぐ一時になるだろう。

そんなことを考えながら社員の通用口から会社に戻るとき、同じように昼食から戻ってきた制服の一団と出くわした。胸元には、地図で工場を表しているような、ギザギザの模様が入った社章。我が社の女性社員たちだ。

顔ぶれからすると、企画部の連中のようだった。それがわかったから、露骨に視線を向けた。目的の顔は、すぐに見つかった。軽く手を挙げる。先方も拓真に気づいたようで、目を三日月にして近づいてきた。企画部の金井深雪だ。杉戸課長に指摘された、一緒に夏休みを取る相手でもある。

「昼飯、終わったの？」

「うん」

深雪はやや弛緩《しかん》した笑顔を向ける。

「うちは今日、お姫様ランチだから」

レストランが空くこの時期だけ、企画部は女子社員全員で、近所のフランス料理店でランチを食べる習慣があるのだそうだ。グルメ番組などでも採りあげられる有名な店らしく、混み合い方からも価格からも、気安く行ける店ではないらしい。お盆だからといって価格は下がらなくても、予約が取りやすい日に行ってしまおうという考えは、わからないでもない。滅多にやらない贅沢をするから、お姫様ランチという。深雪の表情を見るかぎり、満足できる内容だったようだ。

しかし深雪は、すぐに表情を引き締めた。エレベーターに乗り込む。

「これから面倒くさい会議だから、頑張らなくちゃ」

「そういえば、そんなことを言ってたな」

「そっちは、まったり？」

「そう。まったり」

深雪はため息をつく。「いいなあ」

エレベーターが五階で停止した。企画部のあるフロアだ。企画部の女性社員たちが次々と降りる。拓真は彼女たちのために、エレベーターの開ボタンを押してやった。

「じゃあ、健闘を祈る」

最後に降りる深雪に、拓真は気楽な言葉をかけた。深雪は眉間にしわを寄せることで応《こた》える。その愛らしい仕草が、閉まっていくエレベーターのドアに隠れた。拓真はまた杉戸課長と二人きりになった。拓真が所属する経営管理部は、七階だ。

七階でエレベーターを降りて、経営管理部の部屋に戻る。机の引き出しから歯磨きセットを取り出して、トイレに向かった。昼食の痕跡を残さないよう、丁寧に歯を磨く。おそらく二フロア下では、同じように深雪が歯磨きをしているだろう。

歯磨きを終えて席に戻ったら、昼休みを貴重な睡眠時間に充《あ》てている同僚たちが、機械仕掛けのように起き出した。壁の掛け時計を見ると、十二時五十八分だった。どうして毎日、ぴったり二分前に目覚めるのかは謎だが、これも環境に適応した結果なのかもしれない。

省エネのために消していた照明を点《つ》ける。同時に、午後の始業を告げるチャイムが鳴った。いつもならチャイムを待ちかねたように電話が鳴るが、今日は静かだ。その静けさに、拓真の緊張感は緩《ゆる》む。まさしくまったり気分だ。経営管理部は、満島《みつしま》部長以下総勢十名の小所帯だ。オフィスもそれに合わせて狭い。せいぜい、小学校の教室レベルだろうか。小うるさい部長は休んでいるし、狭い空間だと、まったり感がさらに増すような気がした。

まったりと深雪が言ったのには、理由がある。八月十五日は、ほとんどの取引先が休業だ。社内でも、工場は休んでいる。そんな日だと、電話がかかってこないのだ。突発事態も起きようがないから、主に日頃溜めていた「いつかはやらなくちゃいけないけれど、今でなくてもいい」仕事を片づけることになる。年末の仕事納めと並ぶ、気楽な一日だ。多くの社員がお盆を外して休みを取るのは、単に空いた時期に遊びに行きたいだけでなく、この緩んだ一日を楽しみたいからではないかと、拓真はこっそり疑っていた。自分がそうだからだ。

午前中は、二カ月間放っておいた、経営学に関するセミナーのレポートを仕上げた。さて、午後は何をしようかと考えていたら、杉戸課長から声がかかった。

「小林。すまんが、これを処理してくれないか」

席を立って課長席まで行くと、課長が書類をひらひらさせていた。受け取って内容を確認する。商品出荷依頼書だ。

「夏休みのイベントでな」

杉戸課長はつまらなそうに言った。

「どこかの学校で、月末に林間学校をやるんだってさ。その際に、うちの洗濯石鹸を使いたいんだそうな」

「洗濯石鹸ですか」

拓真は思わずくり返した。株式会社オニセンは、洗濯用洗剤や家庭用の清掃用品を製造、販売している会社だ。国内や外資の強敵と戦いながら、それなりのシェアを維持している。だから植物原料使用の洗濯石鹸くらい、ちゃんとラインナップしてあるのだが。

「未だに、衣料用洗剤が身体や環境に悪いと考えている先生がいるってことですか」

「何も考えていないんだろう」

そんな感想は、とっくに自分が抱いていると言わんばかりの即答だった。

「クラシカルな洗濯石鹸と洗濯板で、自分が着た服を洗濯させるのが、教育上必要なんだろうさ」

もちろん上司の命令だから、やらざるを得ない。いつもの忙しい日常だったら、文句を言う前に動いている。けれど今日は、お盆のまったりデーだ。時間に余裕があるから、少しごねてみる。

「それでも、これは学校最寄《もよ》りの営業所の仕事でしょう。どうして経営管理部がこんな許可を取らなければならないんですか？」

今度は、杉戸課長は答えなかった。といっても言葉で答えなかっただけだ。課長はうんざりした表情と共に、人差し指を上に向けていた。拓真はため息をつく。

「そういうことですか」

「そういうこと」

杉戸課長の人差し指は、この仕事が上階の八階から回ってきたことを示していた。本社ビルの八階は、役員用のフロアだ。つまり、暇な役員の一人が、近所の学校の話を聞いて、気楽に請け合ったのだろう。役員直々の指示だから、経営管理部にお鉢が回ってきたわけだ。

経営管理部が『役員たちの保育園』と揶揄《やゆ》される理由が、この辺りにある。経営管理部には、杉戸や拓真のいる企画課と、もうひとつ管理課があるが、どちらもやっていることは変わらない。役員のわがままを社内で通すのが仕事だから、社内ではあまり好かれない。しかもここに配属されたから、出世コースに乗ったというわけでもない。考えようによっては救いのない部署だ。

とはいえ、拓真は現状にそこそこ満足していた。実際問題として、石鹸一ケース出荷するために、ハンコをもらうだけだから、苦労というのもおこがましいだろう。不良品を出さないよう日々胃を痛くしている工場や、他社と売り場の分捕り合いをしている営業部に比べれば、むしろ気楽な部署だと思っている。

商品出荷依頼書と、林間学校の案内を受け取って、それから話を持ち込んだ役員の名前も聞いて、自席に戻る。林間学校は、八月二十日から二十一日に開催されるようだ。首都圏の学校だし、倉庫から受け取って宅配便で送れば、十分間に合う。

書類に必要事項を記入して、申請者の欄に自分の認め印を押す。課長の印鑑ももらって、後は総務部総務課に持っていくだけだ。そう思って何気なく書類の上端を見て、拓真は足を止めた。

「なんだ。これって、社判が必要なんですか」

「おう。要るよ」

杉戸課長がのんびりした口調で答えた。

「少量とはいえ、一応商品を無料で出すんだからな」

「面倒ですね」

拓真はため息と共に言った。総務課の印だけでいいのなら、総務課長の栗原洋樹《くりはらひろき》に頼めば済む。栗原課長なら知らない仲でもないし、何より人当たりがいい。だから気楽に頼めたのだが、社判となると、総務部長に押してもらわなければならない。総務部長の中林《なかばやし》亨《とおる》はやたらと部下に威張りたがるから、苦手なタイプだ。というか、得意な社員は一人もいない。

でも仕方ない。仕事は仕事だ。それに総務部長とはいっても、この仕事を言いつけた役員より序列は下だから、ハンコを押さないわけにもいかないだろう。威張りたがりの奴ほど、上位には弱いはずだ。そう自分を納得させて、部屋を出た。総務部は二階にある。エレベーターを呼んで、二階に下りた。

二階も、やはりまったりしていた。二階は、総務部と経理部がある。経理部などはいつも殺気立っている印象があるが、今日は例外のようだ。席に着いている連中は、一様に弛緩した顔をしていた。

拓真は、総務部に入り見知った顔に声をかけた。

「すみません。社判をいただきたいのですが」

その女性社員、青柳正美《あおやぎまさみ》が端整な顔を上げた。拓真の顔を見て、にやりと笑う。

「誰かと思ったら、経営管理部の色男か」

さっそくの先制攻撃だ。拓真はげんなりした顔を見せた。

「どこが色男なんですか」

「だって」

正美は嫌な笑顔を崩さずに答える。

「夏休みは企画部の金井さんと旅行でしょ？　向こうの親に内緒で、沖縄にスキューバダイビングのライセンスを取りに行くんだってね」

拓真はため息で応えた。この社内一の事情通には、隠しておける秘密など存在しない。

「台風が来なければいいんですけどね」とだけ言った。

「正直でよろしい。で、社判だって？」

正美は拓真から書類を受け取り、内容を確認する。

「押しつけられ仕事か。誰から？」

「菅野《かんの》常務です」

正美は唇を曲げた。「とんちん菅野か」

「それは、私の口からは言えません」

「それもそうか。ともかく、部長にハンコもらってくれる？　そしたら、わたしが処理するから」

「わかりました」

総務部のいちばん奥にいる、中林部長に視線を向けた。総務部は経営管理部と違って、がらんと広い。おかげで部員たちは、部長席から十分な距離を取ることができている。少しの話し声なら届かないくらいだ。

遠くに見える総務部長は、暇そうに鼻毛を抜いていた。行くなら、今だろう。

拓真は意を決して歩きだした。途中、総務係長の松本貞治《さだはる》と目が合ったから、会釈した。普段から感情を表に出さない万年係長は、まったりモードに入ることもなく、無表情で会釈を返してきた。

「お忙しいところ、失礼いたします」

中林部長に声をかけ、事情を説明した。

「というわけで、ご印鑑をいただきたいのですが」

さっきまで鼻毛を抜いていた総務部長は、「この忙しいのに、くだらない仕事を持ってきやがって」と悪態をついた。

「そもそも、これは営業所の仕事だろう。どうして経営管理部なんかが持ってくるんだ」

なんかと言われるとさすがに面白くないが、ここで反発しても仕方がない。拓真は神妙に頭を下げた。

「部長のおっしゃるとおりだと思いますが、なんと申しましても、菅野常務のご指示ですから、こちらとしてもいたし方なく」

あんたに拒否する権限はないよ、と言外に込めて、丁寧《ていねい》にお願いした。中林はまだぶつぶつ言っていたが、社判を押してくれた。

「ありがとうございます」ともう一度頭を下げて、部長席から退散した。

やれやれだ。こんな奴じゃなくて、早く杉戸課長や栗原課長が部長になってくれれば、うちの会社ももっとマシになるのになあ――そんなことを考えながら、正美の席に移動する。途中、松本係長が紙ファイルとノートパソコンを手に立ち上がったから、下がる椅子にぶつからないよう、迂回して歩いた。

「ハンコ、もらってきました」

正美に書類を差し出しながら、ホッとひと息ついた。ところが、正美の表情が曇る。

「あー。小林くん、残念」

「えっ？」

自分は何か、ミスをしでかしただろうか。書類を覗《のぞ》きこむ。

「これってさ。社判だけじゃなく、社長印もいるんだわ」

「社長印？」

「そう」正美は気の毒そうな、でも面白がるような表情で続けた。「営業所なら、社判だけでいいのよ。でも経営管理部は間接部門だから、社長印も必要なんだな、これが」

「えっ」

思わず絶句する。もう一度、総務部長にハンコをもらいに行けって？

「でも、これって、部長が気づいて押さなきゃいけない種類のことだよ。まったくあのおじさんは、使えないね」

そう言われても、そのまま伝えることはできない。仕方ない。また嫌味《いやみ》を言われながら、もうひとつハンコをもらうしかない。「がんばれー」という無責任な声援を背中に聞きながら、もう一度総務部長席に向かった。

総務部長席の前には、松本係長が座っていた。中林部長は、松本係長が嫌いだ。そしてそれを隠そうともしない。

「この忙しいのに、定年間際で暇な君が、何の用だね」

まるで「部下に嫌われるための話し方入門」の実習のような科白を吐いた。冗談みたいだけれど、こんな人間は本当にいるのだ。会社というところには。

「はあ。その、定年間際というところが問題でして」

松本係長は、頭を掻く。

「持っている書類を引き継いだり、処分しなければならないのですが、自分だけでは判断できませんで」

「そんなことは、栗原課長に相談すればいいだろう」

突き放すような部長の物言いにも、しかし松本係長は動じない。そのことに、拓真は少し違和感を覚えた。

この人は、上司にこんな態度を取る人だったのか。事なかれ主義の、イエスマンだとずっと思っていたのに。

「はあ。そう申されましても、栗原課長は夏休みを取っておられますから。指示を仰ぐのは部長しかおりませんで。たとえば、この書類なんですが」

松本係長は紙ファイルを開いた。少し離れたところに立っている拓真には、ファイルの中身まではわからない。ただ、紙ファイルに一瞥《いちべつ》をくれた中林部長が固まってしまったことだけは、観察できた。

彫刻のようになってしまった部長に、係長が声をかける。

「やはり栗原課長に引き継ぐべきでしょうか。部長のご意見を伺えれば幸いなのですが」

中林部長は答えない。その不自然な様子にも、松本係長は不思議そうではなかった。それどころか、周囲に注意を配る余裕があったとみえて、ゆっくりと首を回して拓真を見た。視線が合った。

「小林主任。部長に、何かご用ですか？」

いきなり話しかけられ、すぐには答えられなかった。しかしすぐに態勢を立て直し、定年間際の係長に答える。

「はい。一点、ご印鑑をいただかなければならない書類がありまして」

松本係長の口元が、わずかに緩んだ気がした。

「それなら、先にいただいてください。こちらは、もう少し時間がかかりそうですから」

手招きする。こうなったら、行かないわけにはいかない。手早く済ませたいことでもあるし。拓真は商品出荷依頼書を手に、部長席に行った。松本の隣に立つ形になる。

「部長。大変申し訳ございません。ついうっかりしておりまして、この書類には、社長印も必要だそうです。お忙しいところ恐れ入りますが、もう一度ご印鑑をお願いできませんでしょうか」

最大限丁寧なお願いをしたが、返ってきたのは生返事だった。機械的な仕草で引き出しを開け、社長印を取り出した。書類の確認もせずに捺印してくれた。

よくわからないが、嫌味を言われなかったのは僥倖だ。そう思って退出しようとした。そのとき、松本係長の紙ファイルが見えた。この紙ファイルを見た途端、中林部長は固まってしまったのだ。どうしても視線が行ってしまう。松本係長は、隠すでもなく、拓真が書類を見るままにしていた。表に出ているのは、工場事故報告書だ。日付は、先月の三日だ。

——えっ？

拓真は思わず心の中でつぶやいた。先月、七月三日に、工場で事故があったって？

そんな話、聞いてないぞ。

《会議室》

昼食後の歯磨きを終えて、金井深雪は企画部に戻った。携帯電話で時刻を確認する。十二時五十八分。そろそろかと思ったら、案の定、課長席で身じろぎする気配があった。深雪の上司である大木勝信《かつのぶ》課長が、昼休みのまどろみから目を覚ましたところだった。

「おはようございます」

深雪がわざとらしく挨拶すると、返事の代わりにあくびをひとつ。掛け時計に一瞥をくれて、これ以上眠れないことに不満を漏らすように、「ふうっ」と息を吐いた。うつぶせで眠っていたため、頰に腕の跡がついている。まあ、十三時半の会議開始までには消えるだろう。

大木課長は緑茶のペットボトルを開けて、残っていた中身を飲み干した。それでようやく脳が覚醒したのか、いつもの切れ者らしい表情が戻ってきた。

「――カナちゃん」

深雪に声をかけてきた。

「資料の修正は、済んでる？」

「ご指示の箇所については、午前中に済ませてあります」

深雪はそう答えた。「金井」だから「カナちゃん」という安易な呼び名は好きではなかったけれど、「深雪ちゃん」も困る。企画部の連中はひねくれているから、決して素直に「金井さん」とは呼ばない。「井」の字に勝手に点を付けて「キンドン」と呼ぶ奴さえいる部署だ。だったら、まだカナちゃんの方がマシだった。

「ダミーは、飯田橋から届いた？」

深雪は横の棚から、午前中のうちに届いていた白い箱を取り出す。

「はい、ここに」

飯田橋にあるデザインオフィスから届いた製品見本を示すと、大木課長は、満足げにうなずいた。

「これで準備は完了かな。役員の暇つぶしとはいえ、一応社長も出席する会議だからな。それなりの仕込みはしておかないと」

そうなのだ。今日は八月十五日。毎年この日に、企画部の役員報告会議が設定されているのは、事情がある。お盆で取引先はほとんど休みだから、取締役たちが暇をもてあます。放っておくと余計なことを言いだして社員の仕事を邪魔するから、秘書課が一計を案じて、企画部を呼んで面白い話でもしてもらおうというのが、今日の会議の趣旨らしい。聞くだけで脱力してしまいそうな社内伝説だが、きっぱり否定できないのも、また事実だ。

企画部長の野末千穂《のすえちほ》も大木課長も、そのあたりの事情をよくわかっているから、この日の会議に、社運をかけた新製品の企画など持ち出さない。今日も、我が社の主力商品を使った小ネタに属する報告だ。今年は、深雪が所属する衣料用洗剤チームが報告する順番なのだ。

「うまくいきますかね」

いくら暇つぶしレベルとはいえ、若い深雪が役員会議に出席することは、ほとんどない。といっても実際に報告するのは大木課長であり、深雪はコンピューターのオペレーターをするだけだ。普段ならそれも先輩社員が担当するけれど、お盆の役員会議から逃げるため、みんな夏休みを取っている。本社の他部署ならば、喜んでお盆出勤を選択するから、企画部だけの特性といえた。本当なら自分も逃げたいところだけど、九月一日から拓真と一緒に夏休みを取ると決めている。ともかく、場数を踏んでいない深雪が緊張するのは、当然のことだった。

大木は気合いが入っていない声で答えた。

「まあ、笑いは取れるんじゃないかな」

オニセンの稼ぎ頭は、衣料用洗剤の「クリーミー」ブランドだ。その中でも、夜中に洗濯して、そのまま部屋干ししても天日干ししたようないい香りがする「クリーミー・アシスト」が売れ筋となっている。今日の会議で大木課長が用意したのが、クリーミー・アシストを使った、ちょっとした話題作りだった。

「カナちゃんは、心配しなくていいよ」

大木課長が、軽く手を振った。

「俺が『次のスライドお願いします』とか、『十八ページをお願いします』とか言うから、それに沿ってパソコンを操作してくれればいい。なに、役員といっても、暇なおっさんおばさんの集まりだ。緊張するほどの相手じゃない」

「そう言われましても……」

深雪はそう答える。大木課長の言葉を真に受けて、本当にリラックスしてしまうほど、深雪も常識知らずではない。

けれど、と深雪は思う。本当に心配なのは自分ではなく、大木課長なのではないかと。

パソコン上で資料の再確認を始めたらしい大木課長を、ちらりと見る。自信を表に出すことはなくても、周囲に安心感を与える表情。切れ長の目には、知性に裏打ちされた光が宿っている。四十代前半での部長昇進もあり得ると評される、企画部のエース。それが大木勝信だ。本来なら、深雪ごときが心配するような相手ではない――あの事故さえなかったら。

深雪は、事故直後の大木課長を見ている。悲しみも、怒りも、動揺も、混乱もそこにはなかった。ただの、空っぽな表情。仕事どころか、生きていくことそれ自体を放棄したような姿に、むしろ深雪たち周囲が動揺したものだった。

しかし事故から一年が過ぎ、大木も事故前のペースを完全に取り戻したように見える。仕事に復帰してから何度かあった役員会議でも、いつもどおり完璧なプレゼンテーションを行って、企画を通してきた。だから、今日のような小さい会議で、大木課長が失敗するわけがない。理性では、深雪はそう思っている。それでも心の奥底では、どうしても心配してしまうのだ。

――奥さんを亡くすって、どんな感じなんだろう。

想像しようとしても、独身の自分には決してわからないことだ。交際している小林拓真との結婚は、考えていないわけではない。けれど実際に結婚した相手に死なれる悲しみとなると、想像の範囲外だ。

大木課長は社内結婚だったと聞く。自分もこのまま拓真と結婚したら、社内結婚ということになる。そんな小さな共通点から、大木課長の気持ちが想像できそうで、決してできない。深雪は大木課長に対して、そんなもどかしさを感じていた。

深雪は頭を振った。考えても意味のないことだ。それに、万が一会議中に突然大木課長が放心状態になってしまったところで、深雪が代わって報告できるわけもない。もしもそんな事態が生じたならば、本来聞き役として出席している野末部長が、後を引き継いでくれるだろう。つまり、自分が特別なことをする必要は、何もないのだ。

「自分の役割を心得て、まずそれをきっちりこなすこと。野心的なスタンドプレーは禁物。必ず悲惨な結果に終わるから」

拓真が普段から、深雪に話していることだ。あまり向上心が感じられない科白だから、恋人としては物足りない気もする。けれど会社員として日々働くうえでは、役に立つアドバイスだ。今日の会議で自分が与えられた役割は、パソコンのオペレーターだ。まずはそれをきっちりやろう。

十三時二十分になった。会議開始十分前だ。そろそろ会議室に入らなければならない。大木課長に視線をやると、課長もまた、会議資料のファイルを閉じたところだった。

「行くか」

深雪は資料をプリントアウトした紙束と、商品ダミーを持って立ち上がった。いよいよだ。

会議に出席しない同僚たちの声援を背中に受けながら、企画部を出る。エレベーターで、会議室のある九階に上がった。

役員が出席する会議室は、八階と九階にある。違いは、社長が出席するかどうかだ。社長が出席することが前もってわかっている場合は、九階の綺麗な会議室が使われる。取締役だけが出席する場合は、役員たちの巣窟である、八階の役員会議室が使われる。こちらは少し古い。今日の会議は社長も出席するから、九階の会議室が指定されていた。

会議室に入ると、心拍数が上昇した気がした。大丈夫だろうか。自分は失敗なくオペレーションできるだろうか。持ち物を確認する。プリントアウトした資料、ダミー、筆記用具。そして、うっかり携帯電話を持ってきたことに気がついた。昼休みに持って出たまま、そのまま制服のポケットに入っていたらしい。会議中は、携帯電話を鳴らすのは御法度だ。マナーモードにはしてあったけれど、念のため電源を切る。

「大丈夫だよ」

深雪の緊張を見透かしたように、大木課長は笑った。見る者を安心させる笑顔。精神が安定した人間でないと、この笑顔は作れない。そのことに気づいて、深雪は二重の意味で安心した。

オペレーター用のノートパソコンを開いて、電源を入れる。ログイン画面が現れた。社員番号とパスワードを聞いてくる。ログインして、企画部のフォルダを開く。会議資料のアイコンをダブルクリックした。プレゼンテーションソフトのマイクロソフト・パワーポイントが起動し、メモリがファイルを読み込む。思いのほか時間がかかった。

こんなに重いファイルだったっけ。

今回の報告はごく軽いものだから、資料の枚数も、そんなに多くないのに。それとも、会議室のＬＡＮ線が細くて、転送速度が遅いだけだろうか。

そんなことを考えながら、ファイルが読み込まれるのを待つ。ようやく一ページ目が画面に表示された。『新型洗濯機発売に伴うクリーミー・アシスト新規ユーザー開拓について』という表題が白い画面に記されている。画面の右下に、今日の日付と企画部という文字。スライドショーモードにして、数ページ画面に映してみる。問題なく表示できるようだ。かつて別部署の会議で、突然コンピューターがフリーズして、オペレーターがパニックになったことがあると聞いたことがある。今日、自分がそうならないように、深雪は本気で天に祈った。

「五分前だ」

大木課長がつぶやいた。

「役員連中が来るぞ」

思わず背筋を伸ばす。すると、課長の言葉が合図であったかのように、役員たちが会議室に入ってきた。深雪は大木課長と共に立ち上がって、偉い人たちを迎える。

先頭で入ってきたのは、専務の増山清弘《ますやまきよひろ》だ。でっぷりと太っていて、目が小さい。その目がいつも猜疑心《さいぎしん》に溢れたような色をたたえているから、社員にはあまり好かれていない。それでも前社長の懐刀として、社内では厳然とした影響力を維持している。次期社長との観測もあるが、トップよりもナンバー2向きだというのが、自他共に認めるところだから、可能性は高くない。

続いて入ってきたのは、営業担当常務の菅野一成《かずなり》だ。こちらは増山専務と対照的に痩せている。コメントがいつも的はずれで、「とんちん菅野」という呼び名が社内で定着している。なぜ彼が営業部門のトップでいられるのか、社員の誰もその理由を知らない。異様なまでに愛想がいいから、人当たりだけで出世したのではないかというのが定説になっている。

オールバックの髪が艶々している いい男系は、生産担当常務の行徳盛泰《ぎょうとくもりやす》。菅野常務が販売のトップならば、行徳常務は生産のトップだ。原料購買の責任者をやっていた頃には、原料メーカーを徹底的に叩いて値下げさせた実績を持つ。会社に利益をもたらした反面、多くの敵を作った。おかげで重要な原料の価格が高騰して売り手市場になったときには、原料メーカーが「オニセンには絶対に渡さない」と言いだして、購買担当者が土下座して売ってもらったという、ひどい話が残っている。しかしその頃には、当の本人は原料購買部から異動した後だったという、強運を身につけている。

菅野常務と行徳常務の二人分の肩幅を持つのは、執行役員東京営業本部長の徳田育夫《とくだいくお》だ。高校、大学とラグビーをやっていたらしく、ごつい体格をしている。声も大きく、体育会系の営業マンを体現したような人物だといえる。営業トップの菅野が役に立たないから、営業方針などを決めているのは、実質的に徳田部長だとの噂は、企画部にまで聞こえていた。将来は社長の座を狙うと公言しており、その裏表のなさは、苦笑混じりながら、好意を持って受けとめられている。

最後に入ってきたのは、執行役員企画部長の野末千穂。大木課長や深雪の上司だ。業務改善プロジェクトの提言を受けて、一度は販売不振で中止した「インドア」という商品を、「クリーミー・アシスト」という商品名に変えてヒット商品に再生したのは、当時次長だった野末部長の功績だ。我が社で女性社長が誕生するならば、それは野末部長だろうと、社内外で囁かれている。有能なのは間違いない。けれど彼女は、部下を好き嫌いで判断するところがある。社長になったら、それはそれで困るのではないかと、深雪は考えている。もっとも、深雪は大木課長と並んで野末部長のお気に入りらしいから、おかげで企画部での居心地はいいのだが。

これで五人。オニセンでは現在副社長が空席のため、後は社長だけだ。

そう。この会社は、規模の割に取締役が少ない。会長と社長、それから専務が一人と常務が二人の、計五人だ。つい最近までは副社長がいたから、通常は六人体制ということになる。

法律では、取締役は三人いれば問題ないらしい。けれど、同業他社は十人から十五人いることを考えると、やっぱり少ないと思う。一応、六人に加えて社外取締役が二人いることはいる。しかし彼らは、基本的におつき合いで来てもらっているお客さんだ。事実上決定権もないし、お盆休みのぬるい会議になど出席しない。

なぜこんな少人数でやっているのか。かつてオニセンは、取締役の数を増やしすぎて、意思決定がなかなかできなかった時期があったのだそうだ。そのため外資系の躍進を許してしまった反省から、フットワークのいい取締役会を実現すべく、社内改革を行った。その結果、最小の経営陣で物事を決められるようにしたのだという。

では、少ない取締役では行き届かない実務レベルの指揮を、誰が執《と》っているのか。オニセンでは、執行役員をたくさん作ることによって補っている。おかげで、東京営業本部も、企画部も、各工場も、研究所も、広報部も、トップはみんな執行役員だ。たいていの企業ならば、当然取締役が務めるところだ。そのため、取締役が六人なのに対し、執行役員は二十人もいる。

執行役員というのは、社員として最高峰の立場だ。だからほとんどの場合有能だし、権限もそれなりにある。しかし雇用形態は、あくまで社員。取締役ではないから、会社の方針を決める取締役会には出席できない。取締役候補と社内で認知されている一部の執行役員は、具体的な施策について意見を求められるし、決定の際に挙手する権利を与えられているのだが。

　このように、株式会社オニセンでは、少ない取締役と一部の執行役員によって、会社についてのほとんどが決まってしまう。それが今日のメンバーだ。確かに意思決定のスピードは速いだろうけれど、その決定が正しいものになるかは、いささか不安でもあった。恋人が経営管理部にいて、経営陣の実像をよく聞いている身としては、特にその思いが強かった。

　出席者が全員揃ったところで、秘書課長が社長を呼びにいくというのが社内の慣習だ。間もなく開始時刻だし、社長もすぐに現れるだろう。

　社長の、中《なか》尾《お》孝好《たかよし》が現れた。会議室の全員が起立して、社長を迎える。中尾社長は細長いテーブルの短辺——いわゆるお誕生日席——に座り、掌を下に向けて動かして、全員の着席を促した。お偉いさんたちが着席してから、大木課長と深雪も椅子に座った。

　社長の左右に、経営幹部が並んで座っている。社長の左側、深雪から見て右側には営業系の増山専務、菅野常務、徳田本部長がおり、対面に生産系の行徳常務が座を占めている。野末部長は、人数バランスから、行徳常務の隣に座っていた。

　生産と販売が対立するのはメーカーの宿命とはいえ、こうも露骨に相対させる必要はないのではないかと、深雪などは思う。まるで、与党と野党が正対して座している、英国の議会のようだ。

今の中尾社長は、生産系でも営業系でもない、企画部出身だ。数代前の企画部長であり、そのため企画部の提案には、概して好意的に接してくれる。前社長は営業出身だったから、顧客を楽しませるような、遊び企画には厳しかった。その意味では、今の社長になって企画部はやりやすくなったといえる。だから、今日もうまくいくだろう。深雪は願望を込めて、そう予想した。

大木課長が立ち上がった。

「本日はお忙しいところお集まりいただき、ありがとうございます」

そう切り出した。忙しくないからこそ企画会議が開かれているのだが、そんなことはおくびにも出さない。もちろん社長以下、出席者全員が生真面目な顔でうなずいた。

「本日の報告は、我が社の主力商品であるクリーミー・アシストの売り上げをアップさせるための、新たな販売促進企画についてです。――次のスライドをお願いします」

深雪はキーボードを操作して、スライドを一枚めくった。そこには、真っ白な箱形ののが映っている。縦長の直方体を、斜め上から少しだけ削《そ》いだような形。斜めドラム式洗濯機だ。

「これは、亜細亜電機さんが今冬発売を予定しております、新型の全自動洗濯機です。ご存じのとおり亜細亜電機さんは、我が社の衣料用洗剤の開発に、多大なご協力をいただいているメーカーです。その共同開発先が、年末のボーナスシーズンの目玉として大々的に売り出すのが、本機です。従来型と比較して、夜間モードの運転音が静かなのがセールスポイントです。つまり、クリーミー・アシストの力を最大限に発揮できる洗濯機だといえます」

大木課長はこの新型洗濯機に目をつけた。亜細亜電機の販売担当者と協議して、洗濯機購入の際の特典として、クリーミー・アシストをプレゼントすることにしたのだ。新しい洗濯機を購入すると、気分も新しくなる。常用する洗剤を替えるには、最高のタイミングだ。実際に使ってもらって、その良さを実感してもらって、今後の購入に繋げてもらおうというのが、大木課長の狙いだった。

「しかし、ただそれだけだと、普通の販促策となんら変わりありません。今回の企画では、洗濯機購入者に洗剤をプレゼントするだけではなく、誰かに洗剤ギフトセットをプレゼントする権利もつけているところがポイントとなっております。冬のボーナスシーズンは、お歳暮シーズンでもあります。購入者は労せずしてお歳暮をひとつ確保できますし、受け取る方も、もらって持て余すようなものでもありません。クリーミー・アシストはクリーミーブランドの中でも少し価格が高い、プレミア感のある商品ですから、さらに販売を伸ばすためには、トライアル喚起が必要です。今回は、洗濯機とお歳暮をカップリングすることにより、好意とトライアルの両方を一度に獲得する企画です。ギフトセットのデザインは、このようにしたいと考えております」

深雪は大木課長に指図されて、ギフトセットのダミーを社長の前に置いた。社長がしげしげと眺めたタイミングで、大木課長が口を開く。

「ご覧のとおり、箱は新型洗濯機の形をしております。斜めドラムの開口部にミシン目が入っており、開口部を開けると、洗剤が取り出せるようになっているのです。このようなデザインにすることにより、新型洗濯機の宣伝もできるようになっております。我が社と亜細亜電機の、両方が得をする企画です」

深雪が実際にミシン目を破って、中を見せた。分包されたクリーミー・アシストが整然と並んでいる。

一見して楽しい企画だ。販促としてはたいして経費がかかるものでもないし、仮に会議で企画が潰されても、それほど惜しくない。いかにもお盆の暇つぶしにぴったりな報告内容だと思う。

深雪は会議の出席者全員が、ダミーを等分に見られる場所において、席に戻った。誰かの遠くに置いてしまえば、その人物の不興を買うことになる。余計な敵を作らないために、大木課長からアドバイスされたのだ。パソコンの前に戻って、役員たちの反応を観察する。

中尾社長は、興味津々《きょうみしんしん》といった顔で報告を聞いている。企画部長時代、これよりくだらないアイデアを次々と実現させた人だ。経営に関するシビアな会議でもないから、無邪気な気持ちで聞いているようだ。

一方、営業系の増山専務と徳田本部長は、やや険しい顔をダミーに向けていた。営業系の人間は、基本的に企画部には厳しい。他愛のないアイデアだし、共同開発先との関係を良好に保つ意味でも蹴るような内容ではないが、ひと言ふた言は文句をつけたいと思っているのが、ありありと見える。菅野常務はよくわかっていないのか、のほほんとした顔で洗濯機形の箱を見ていた。

生産担当の行徳常務は、無関心を決め込んでいる。工場で新たな製品を作らなければならないわけではない。通常のギフトセットの中身を、新しい箱に詰め替えるだけだ。しかもそれは工場の人間ではなく、営業所の社員が行う。生産部門には何の影響もない企画だから、わざと無視しているようにも見えた。

野末企画部長も無表情だ。こちらは執行役員として聞き役である一方、発表者の上司でもある。中立を保つためにも、あえて何の反応もしない。そんな部長の考えが手に取るようにわかる。もちろん、大木課長を全面的に信頼しているからこその表情だろう。仮に発表者が深雪だったら、はらはらして無表情どころではないに違いない。

すべて予想どおりだった。午前中に大木課長が、各自のリアクションを予言していた。まさしくそのとおりの反応を、役員たちはしてくれている。

学生時代は、企業というのは深謀遠慮に基づいて行動しているものだと思っていた。しかしいざ入社してみると、大きな勘違いだとわかった。いわゆる経営陣といわれる人たちも、かなり場当たり的な判断で会社の進む方向を決めているのだ。今、目の前で展開している光景は、深雪の経営陣に対するイメージを裏書きするものだった。

課長はさらに、それぞれがどんなコメントをするかも予想した。するとまるで事前に打ち合わせをしていたかのように、菅野常務が口を開いた。

「でも、その洗濯機には、乾燥機能が付いているんだろう？　機械で乾燥するなら、部屋干しの匂いを気にならなくするクリーミー・アシストは必要ないんじゃないのか？」

出た、とんちん菅野。

そんなことを言いだしたら、我が社の主力商品を否定することになる。案の定、出席者たちは、一斉に冷たい視線を菅野常務に向けた。当の本人は、わかっていないのか、いかにも気の利いたことを言ったというふうに会心の表情を浮かべていた。

大木課長は、的はずれなコメントにも、表情を全く変えることなく対応した。

「おっしゃるとおり、新型洗濯機には、もちろん乾燥機能が付いております。しかし電気代や、衣類の縮み等の問題から、乾燥機能を使わない消費者はまだまだ多数存在します。ですからクリーミー・アシストは、この機種についても必要だと考えます」

証拠を見せろと言われたときのために、会議資料には、消費者アンケートの結果が入っている。乾燥機能付きの洗濯機の購入者で、実際には乾燥機能を使っていないユーザーのパーセンテージは、その資料でわかる。しかしとんちん菅野は、大木課長の説明だけで納得したようだった。

「販促費の分担は、どうなっているんだね？」

これは徳田本部長の質問。この質問の答えは、わざと資料に入れていない。大木課長は口頭で説明した。

「現在の交渉では、我が社と亜細亜電機とで、折半《せっぱん》にしています。我が社の負担分が少なすぎることに違和感を覚えられるでしょうが、実は亜細亜電機が家電小売店に支払う販売奨励金の一部を、本キャンペーンに充当していますから、実際はオニセンが五割、亜細亜電機が四割、小売店が一割となります」

徳田本部長は納得の表情を浮かべたが、「もう少し自社負担分を下げられるよう、努力しなさい」とコメントした。これも予想どおりだ。大木課長は「わかりました」とお辞儀をした。

課長の予測によると、そろそろ行徳常務からコメントが入るはずだ。

「今回の報告では、生産サイドには影響がないから、行徳常務は無視を決め込むだろう。でもノーコメントでは、社長にやる気がない奴だと思われる。だから、当たり障りのないコメントを挟むはずだ」

大木課長はそう言って、考えられるコメントの内容を話してくれた。そして行徳常務は、そのとおりの発言をした。

「洗濯機の買い換えで気分がフレッシュになっているところを攻めるというのは、いいアイデアだと思う。しかしギフトのほうはともかく、購入者にプレゼントする分は、一個まるまる渡す必要があるのかな？　ほんのお試し分だけにしておいて、自購入を促した方がいいかもしれない」

あまりに予想どおりの答えだったからか、大木課長は笑顔を浮かべた。

「さすが常務。私どももそう考えまして、購入者にプレゼントするのは通常の箱入りではなく、一回ずつを分包した、旅行用パックにしようと考えております——三十一ページお願いします」

課長に言われて、機械的にキーボードの「3」と「1」を押した後、エンターキーを押した。しかしエンターキーを押すと同時に、気づいたことがあった。

——あれ？

今日の会議資料は、二十九ページしか用意していない。それなのに、どうして三十一ページ目がある？

大木課長の勘違いだろうか。そう思って画面に視線をやると、そこにはきちんと資料が映し出されていた。資料を作った深雪自身にも、見覚えのない資料が。

社長を正面にしたスクリーンに、知らない資料が大写しにされていた。企画部の深雪には、縁のない文書だ。だからひと目では内容がわからなかった。スクリーンと同じ内容が表示されている液晶画面を見つめる。

そこには、工場事故報告書が映し出されていた。

日付は、七月三日。

《総務部》

「部長。この書類などは、どう処理すればよろしいでしょうか」

松本係長が、中林部長に問いかけた。

八月十五日の昼下がり。総務部内の部長席で、二人の男性が対峙している。かたや威張りたがりな総務部長。こなた定年間際の万年係長。中林部長がねちねちと嫌味を言って、松本係長が「はあ」とやる気のない返答をする。そんなやりとりが、総務部の日常的な風景だ。

それなのに、今日は違っていた。といっても、松本係長はまったく変わっていない。真正面から部長に反論したのには少し違和感があったけれど、それ以外は表情も口調も、お地蔵様のように淡々としている。

いつもと違うのは、中林部長の方だ。椅子にふんぞり返って、部下を見下すような視線を向ける男が、引きつった表情を浮かべたまま固まっている。視線は、松本係長が差し出した紙ファイルに釘付けだ。すぐ傍に拓真が残っていることなど、すっかり忘れているようだった。

「どうして……」

ようやくのことで、それだけを言った。松本係長は答えない。ただ、熱のない視線で部長を見ていた。

拓真は、あらためて開かれた紙ファイルを覗き込んだ。松本係長は、拓真がそれをじっくりと眺めることに、不快感を示さなかった。それどころか「どうぞ」とばかりに上半身を少し傾けて、拓真が見やすいようにさえしてくれた。

工場事故報告書。

分厚い紙ファイルのいちばん表、つまり最新の書類には、そう書かれてあった。日付は今年の七月三日。事故報告書は、表紙に事故が起こった日付と、報告日が記載される。七月三日は、事故発生日だ。報告日は記載されていない。

発行部署は富士《ふじ》工場となっている。株式会社オニセンは、国内に五つの工場を持っている。そのうち最大のものが、静岡県富士市にある富士工場だ。最大であるがゆえに、発行される事故報告書も、最も数が多い。この報告書も、そのひとつなのだろうか。

しかし、と拓真は思う。納得がいかない。なぜなら拓真が所属する経営管理部には、社内で起きたすべての事故の情報が入ってくるようになっているからだ。

企業の不祥事が社会問題になる現代においては、小さな事故でも放置すると、後々深刻な事態を引き起こさないとも限らない。だから生じた事故が大騒動の火種になるかどうかを、経営幹部が吟味・判断する仕組みが、会社には出来上がっている。「リスクマネジメント会議」と呼ばれているシステムだ。

事故というのは、工場の製造現場で起こったことばかりではない。営業所で運んでいた折りたたみテーブルが落下して足の甲を直撃し、骨折したというのも、立派な事故だ。これなどは営業所事故報告書の形で提出される。また、未だ発生したことはないけれど、研究所でデータの捏造が発覚したときなどは、研究所事故報告書になる。しかしオニセンは自社生産をしているメーカーなので、どうしても工場事故報告書が多くなる。

流れはこのようになっている。各事業所で発行された事故報告書は、まず総務部で受け付けられる。この時点で、事故ははじめて公の存在になるわけだ。その後、報告書は経営管理部に回される。経営管理部は報告書の要旨をまとめて、リスクマネジメント会議に報告する。報告を聞いた会議のメンバーが議論し、決められた方針を経営管理部に戻す。経営管理部は会議の決定内容を総務部と当該部署に連絡し、適切に処理される。だから工場事故報告書が発行されたならば、経営管理部員である拓真は、必ず目を通しているはずなのだ。

しかし、まったく見覚えのない報告書が、目の前にある。事故発生が七月三日ということは、もう一カ月以上が経過している。それほど長期間事故が報告されないことなど、システム上あり得ない。あるとすれば、故意に報告されなかった場合だ。もしくは、途中で握りつぶされた場合。

松本係長は、上目遣いで部長を見つめた。

「中林部長。どうしました？　お顔の色が悪いようですが」

いつもどおりの松本係長だ。それでも傍で聞いていた拓真には、異様な迫力がこもっているように感じられた。事実、中林部長は呑まれてしまったように、返答できずにいる。

松本係長は、ゆっくりと周囲を見回した。

「この部屋も暑いですね」

突然関係ないことを言いだした。

「クールビズとやらで、総務部もエアコンの温度設定を二十八度にしていますから。でも二十八度は、働くのに最適な室温とはいえません。せめて二十七度にすれば、けっこう違うんですが」

ぼそぼそと喋ったかと思うと、無表情だった目に、ほんのわずか心配の色を浮かべた。

「お加減が悪いように見えるのは、暑すぎるからですか？　それなら、室温を下げてもらいましょう。それとも、冷たい水を運んでもらいますか」

そう言って、総務部の誰かに声をかけるためか、大きな動作で振り向いた。そのとき肘が紙ファイルに当たって、紙ファイルが床に落ちた。

しまったと、熱のない声が聞こえる。

「すみません」

松本係長は席を立つと、床に這いつくばった。部長席に潜るようにして、紙ファイルを拾いあげる。

「失礼しました」

そして、あらためて振り向く。

「誰か、部長に冷たい水を差し上げてください」

総務部の面々は、お互いに目配せする。お盆だから、出社している人数は少ない。自分が最年少だと自覚したのか、入社三年目の森下《もりした》俊太郎《しゅんたろう》が立ち上がった。冷蔵庫から冷やした麦茶を取り出すと、コップに注いだ。トレイに載せて、部長席に近づく。「どうぞ」とだけ言って、コップを置いた。

「ありがとう」

礼を言ったのは、中林部長ではなく松本係長だった。森下は一礼して退散する。見慣れた反応だった。誰だって、中林部長には近寄りたくない。拓真だけが、離れるタイミングを逸してしまい、松本係長の横に佇《たたず》んでいた。

まずい。

拓真の脳内に、危険信号が点滅した。よくわからないが、やばいことが起きている。これ以上ここにいてはいけない。危険信号は拓真にそう忠告していた。

自分の知らない工場事故報告書。職業的にも野次馬的にも興味があったが、うかつに関わり合いになると、火傷《やけど》をするかもしれない。捺印はもらったのだから、さっさと退散するのが、正しい組織人の行動だろう。

拓真はそう判断した。中林部長に一礼して、部長席から離れなければ。

拓真が行動に移そうとしたとき、中林部長がコップを取った。冷えた麦茶を飲む。まさかお茶を飲んでいる最中に、形式的な礼をして去るわけにもいかない。拓真は部長が麦茶を飲み終えるのを待った。

待つ時間は長くなかった。麦茶は、一気に飲み干されたからだ。冷たいものを一気飲みしたせいで、頭が痛くなったのだろう。中林部長は顔をしかめた。そのままの体勢で、痛みが過ぎ去るのを待つ。数秒の後に、目を開いた。

さあ、礼をして去るぞ。

しかし拓真の会社員的礼儀は、向けられた相手によって遮られた。

「どうして、君が、これを」

中林部長は、拓真など眼中にないようだった。かといって松本係長を見据えているわけでもない。紙ファイルに視線を固定していた。こころなしか、声を潜めている。まるで、他の総務部員には聞かせたくないように。

松本係長は首を傾げる。

「どうしても何も。この書類は、総務部で受け付けるものでしょう。総務部に所属する私が管理するのは、当然のことです。そして、経営管理部に回す。それが仕事です」

そこまで言って、首を回して拓真を見た。「小林主任。そうですよね」

いきなり話を振られて、拓真はうなずくしかなかった。

「は、はい。そのとおりです」

中林部長は、拓真を見て目を見開いた。はじめて拓真がそこにいたことに気づいたような顔。開かれた目は、すぐに険しくなった。なんでお前がここにいるんだと。そして部外者の前でうかつな発言をしてしまったことを、悔いるような表情になった。いや、経営管理部員の前でか。失せろ、とその目が語っている。

いわれのない非難を受けたような気分になったが、立ち去るならば今しかない。拓真はあらためて「ご印鑑、ありがとうございました」と一礼して、部長席を離れた。

正美の席まで戻ってくると、部長席を取り巻く磁場のようなものから逃れられた気がして、拓真はホッと息をついた。ここはまだ、お盆のまったりモードのままだ。

「社長印ももらってきました。後、お願いします」

商品出荷依頼書を手渡す。

「ご苦労」

偉そうに言って、正美が書類を受け取った。もっとも、彼女には偉そうにする資格は十分にある。入社十九年目。拓真など足下にも及ばない大先輩だ。確か今年三十八歳になった。それでも独身のためか、年齢以上に若々しく見える。これほどの美人がどうして未だに独身なのか謎だが、いわゆる「美人過ぎて婚期を逃してしまった」例なのかもしれないと、拓真は勝手に想像していた。

正美は部長席に視線をやった。

「松本さんってば、部長と何を話してるの？」

拓真は頭を掻いた。

「なんだか、引き継ぎの書類について相談してたみたいですよ。自分はもうすぐ定年だからって」

工場事故報告書のことは言わなかった。中林部長の表情を見てしまった以上、口外しない方がいい気がしたのだ。

正美は「ふうん」と気のない返事をする。

「それなら、栗原さんに相談すればいいのにね」

お盆が明けたら、栗原さんも戻ってくるのにと続けた。答えようのない疑問だ。拓真は黙っているしかなかった。

周囲を見回す。総務部には、総務課と労務課がある。以前は人事関係も総務部の管理下にあったが、数年前に人事部として独立した。だから、今はそれほど規模は大きくない。総務課は栗原課長以下、八名で仕事をしている。二千五百名の社員を管理するには少なすぎる気もするが、OA化が進んだから、縮小されているのだ。半分が夏休みを取っていて、今日は松本係長、正美、主任の西口弘敏《にしぐちひろとし》、そして森下がいるだけだ。労務課は、別室で会議でもしているのか、無人だった。

お盆休みで取引業者の来訪もない今日、みんな暇そうだ。正美は細々とした仕事をこなしているが、西口は宴会の幹事でも任されたのか、インターネットで手頃な居酒屋を探しているし、森下は溜まった電子メールの整理をしている。

電話も鳴らないお盆の、平和な一日。部長席以外は毎年恒例の雰囲気だ。静かで、ゆったりとした時間が流れる日。

そう納得しかけて、拓真は何かが引っかかった。あたりまえのように見える風景に、違和感を覚えたのだ。

なんだろう。なぜ自分は、この平穏に納得しない？

少し考えて、違和感の正体に思い至った。

静かすぎるからだ。

電話がまったく鳴らない。今日は八月十五日。工場は休みだし、取引先も大半が休んでいる。だから、会社のほとんどの部署は電話が鳴らずに、そのおかげで社員たちは、ゆったりとした気分で過ごせている。

しかし、総務部だけは違っていなければならない。工場以外の部署は活動している。そして総務部は、それらの部署すべてが円滑に仕事を進められるように、さまざまな案件を処理する部署だ。だから、いくらお盆であろうとも、内線電話がひっきりなしにかかってくる。いや、むしろ通常業務にゆとりのある今日みたいな日だと、放置していた総務関係の書類をまとめて処理する部署も多い。だから総務部に限っては、まったりしていられないはずなのだ。それが総務部の宿命といえる。それなのに、なぜ今、これほど電話がかかってこない？

「あれ？」

変な声が聞こえた。西口だ。拓真の一期先輩に当たる総務課主任は、インターネットブラウザの画面を、何度もクリックしている。横目で見ると、『このページは表示できません』という表示が出ていた。パソコンがインターネットに接続できないときに、現れるメッセージだ。

あれ、と西口が言ったのもわかる。ついさっきまで、彼はインターネットで居酒屋を探していた。つまり、今までは問題なく使えていたわけだ。それなのに、突然接続が切れたことになる。西口は椅子から腰を浮かせて、パソコンの裏にあるＬＡＮ端子からケーブルが抜けていないか確認した。どうやらきちんと挿《さ》さっていたようだ。首をひねりながら椅子に座り直す。

「サーバーにトラブルがあったかな」

そうつぶやいて、隣席の森下に声をかけた。「そっちはつながるか？」

えっと、と言いながら、森下もブラウザを立ち上げる。しかし画面に出てきたのは、西口と同じメッセージだった。

「ダメですね」

「やっぱりサーバーか」

西口は手元の社内電話帳をめくった。「どれどれ、ＯＡシステムセンターの短縮番号は――」

社内のネットワークシステムの管理は、ＯＡシステムセンターが行っている。センターは本社ビルではなく、歩いて五分ほど先のビルにあった。本社ビルが小さいから、比較的新しくできた部署は、外に追いやられているのだ。

「誰に話をすればいいですかね」

西口は正美に尋ねる。

「とりあえず、添島《そえじま》課長に相談してみれば？　夏休みを取ってなかったらだけど」

ＯＡシステムセンターの添島課長は、総務部の栗原課長と仲がよい。本人同士も、そして奥さん同士も親しいそうで、いわゆる家族ぐるみの付き合いだ。そのため添島課長が本社ビルに用事があるときは、たいてい総務部に顔を出す。だから総務部の面々は、添島課長をよく知っていた。彼がネットワークシステムを直接担当しているかはわからないけれど、相談するにはちょうどよい相手だといえた。

正美の答えに「そうですね」と返して、西口は受話器を取った。受話器を耳に当てる。しばらくそのまま静止していた。

「あれ？」

また言った。

「どしたの？」

正美の問いかけに、不審そうな口調で答える。

「発信音が鳴りません」

「えっ？」

正美が近くの電話を取った。受話器を耳に当て、同じように静止する。「本当だ」

正美から受話器を受け取り、拓真も確認した。確かに電話機は、うんともすんともいわない。これか、総務部の電話が鳴らなかった理由は。

「なんだ。こっちも故障か？」

仕方ない、と西口は自分の携帯電話をポケットから出した。外線でOAシステムセンターを呼び出そうというのだろう。しかしそれを正美が止めた。

「西口くん、ちょっと待って。前にも同じようなことがなかったっけ。去年の冬くらいに、ネットと電話が同時に死んだよね」

「ああ、ありました」

西口より先に、森下が思い出したようだ。

「クリスマス直前で、レストランの予約をしようと、西口さんがネットで空いている店を探していたときでしたね」

なんだ。この男は、ずっとこんなことをしているのか。弁は立つけれど行動がついてこない先輩を、拓真はあまり評価していない。不真面目な勤務態度をこれだけ見せつけられると、やはり自分の観察眼は正しかったと再認識してしまう。

しかし当の本人は、周囲の視線に気づかぬ様子で手を打った。

「そうだった。おかげでいい店を予約し損なったんだ」

正美は苦笑混じりにうなずく。

「うちの会社は、一昨年IP電話に切り替えたよね。そのとき、各部署ごとにモデムだかルータだかハブだかを入れて、そこにパソコンのLANケーブルと電話線をつないだんだ。前回止まったときは、それの電源が切れたんじゃなかったかな」

拓真もIP電話導入のときを思い出していた。確かOAシステムセンターの連中は、IP電話機能付きモデムと呼んでいた。「モデムの電源を切ったら、ネットワークと電話が両方とも使えなくなりますから、気をつけてください」と言われたのを憶えている。

「とすると、今回もモデムの電源が切れたんですかね」

拓真が口を挟んだ。

「確認しましょう。総務部のモデムは、どこにあるんですか？」

あたりまえの質問だったのに、正美は渋い顔をした。「あ、そ、こ」

遠くを指さす。細い指が指し示す方向に視線をやると、そこには奇妙な二人組がいた。

――部長席だ。

「部長の机には、大きな袖机が付いてるでしょ。あの下に置いてみたら、ぴったり収まったのよ。ケーブルの取り回しもやりやすかったし」

森下も顔をしかめた。

「思い出した。部長が蹴飛ばした弾みで、緩んでいた電源ケーブルが外れたんだ」

西口がうんざりした表情を作る。

「なんだ。また部長か」

これじゃ仕事ができないよ、と言いながら立ち上がる。モデムの電源を入れに行こうというのだろうか。

「部長は係長とお話しされてますよ」

拓真が声をかけると、西口は片手を振った。

「『定時くん』なんて、どうでもいいよ」

定時くんというのは、西口が命名した、松本係長の渾名《あだな》だ。名前の「貞治」を音読みにして、決して残業せずに定時で帰る松本係長の行動にかけているのだ。うまい命名だとは思うけれど、西口がいかに松本係長をバカにしているのか示してもいた。

西口が部長席に近寄った。松本係長は部長に向かって小声で何か話していたが、構わず係長の隣に立つ。

「お忙しいところ、恐れ入ります」

そう切り出した。中林部長が、遠目にもホッとした表情を浮かべたのがわかった。しかし至近距離にいる西口が、気づいたかどうか。

「あのう、モデムの——」

電源を入れさせてくださいと続けようとしたとき、松本係長が口を開いた。

「西口主任。今は部長と打ち合わせ中ですから、後にしてください」

低い声だったが、言葉は拓真のいるところまで、はっきりと届いた。正美が息を呑む。西口の後ろ姿が、不審のオーラに彩られた。まさか、自分が松本係長から「後にしろ」と言われるとは、思ってもみなかったのだろう。

「あのですね」

苛立ちを含んだ口調で言い返す。

「部長席の下に置かせていただいてるモデムの、電源が切れたようなんですよ。電源を入れないことには、仕事ができません」

松本係長の目が細められた。

「仕事ですか」

小さくため息をつく。

「あなたは、仕事なんてしなくていいんですよ」

西口のオーラが、不審の色を強くした。そして次の瞬間、不審は怒りに変わった。

「どういうことですか？」

部長の面前ということも忘れて、語気荒く言った。しかし怒りの炎は、松本係長の皮膚の温度を一度も上げなかったようだ。係長はまったく同じ口調で続ける。

「あなたは、ネットにつないでも、ろくなことをしないでしょう？」

紙ファイルを手に取った。何枚かめくる。西口にファイルを指し示した。

「ほら、こんなページばかり見て」

遠くて、拓真からは綴じられた書類に何が書かれているか、わからない。しかし西口が感電したようにのけぞったことは、はっきりと見て取れた。

「わかったら、席に戻っておとなしくしていてください」

静かな言葉だったが、それがまるで砲丸の直撃だったように、西口は後ずさった。きびすを返すと、文字どおりよろけながら戻ってきた。崩れ落ちるように椅子に座る。顔は真っ青だ。

「ちょっと。西口くん、どうしたの？」

正美が声をかけるが、西口は答えない。机に両肘をついて、組んだ指に額を載せた。そのまま下を向いてしまった。

「に――」

呼びかけようとして、拓真は言葉を呑み込んだ。この様子は尋常じゃない。松本係長が見せた書類に、西口はこれほどの衝撃を受けたのだ。あの紙ファイルには、いったい何が綴じられていた？

部長席に視線をやる。松本係長と目が合った。その目が笑った気がした。

「小林主任。ちょっと来てください」

そう呼びかけられた。どういうことなのか。近寄ってきた西口は排除したのに、自分に対してはこっちに来いというのは。

ためらいは一瞬だった。部署が違い、定年間際とはいえ、係長の指示だ。主任である自分が断ることはできない。拓真はあらためて、部長席へ足を向けた。正確には、松本係長へと。

「なんでしょう」

拓真が尋ねると、係長は紙ファイルのストッパーを外して、一枚の書類を手渡した。

「これを、あなたに差し上げます」

それだけを言って、拓真から部長に向き直った。立ち去れという合図だ。拓真には拒否する気はなかった。書類を片手に戻る。歩きながらＡ４のコピー用紙に視線を落とした。

コピー用紙には、インターネットブラウザの画面をハードコピーした画像が印刷されていた。どんなページか。先ほど西口は、居酒屋を探していた。去年の冬にはレストランを探していたという。これもそういった紹介ページだろうか。そう思ったが、違うことはひと目でわかった。

それでは何のページかと問われても、すぐには答えられなかった。普段、自分が見ない種類の画面構成だったからだ。印刷されていたのは、インターネット上での株取引を行うページだった。しかも注文画面だ。

なんだ、西口は会社のパソコンで、株取引までやっていたのか。仕方のない奴だ――そう思いかけて、足が止まった。

西口は、どこの株を買おうとしていたのか。会社名が画面に表示されている。東証一部上場企業、亜細亜電機の株だった。白物家電業界では、大手といっていい。

ぞくりとした。

ちょっと待てよ。亜細亜電機は、うちの会社と密接な関係にあるぞ。うちが家庭用洗濯洗剤を、向こうが洗濯機を開発する際、共同研究を行っている。つまり、うちの会社にいれば、亜細亜電機の開発計画を知ることができるのだ。

亜細亜電機は、年末のボーナス商戦に向けて、新型洗濯乾燥機を発売する。動作音が画期的に小さい、ヒット間違いなしと社内で噂されている商品だ。もし正式なプレスリリース前に、西口が亜細亜電機の株を買ったのなら、それは明らかなインサイダー取引だ。

拓真は、西口がパニック状態になった理由を、ようやく理解していた。たぶん、ばれていないと思っていたのだろう。それなのに、簡単に露見した。しかも、ずっとバカにしていた万年係長によって。

ふと思いついた。モデムの電源は、松本係長が切ったのではないだろうか。さっき係長は、紙ファイルを部長席の下に落として、拾った。紙ファイルを落としたのはわざとで、拾う際にモデムの電源ケーブルを引き抜いたのかもしれない。

その行為に、何の意味がある？　総務部のメンバーに、邪魔されない効果がある。モデムの電源を切れば、誰かが入れに来る。その人物の旧悪を暴露すれば、もう誰も部長席に干渉しようとは思わないだろう。そして係長は、ゆっくりと部長と話ができる。

拓真はあらためて部長席に目を向けた。

総務部総務課、松本係長。

彼はいったい何者だ？

《会議室》

「三十一ページお願いします」

大木課長の声に、ギフトセットのダミーを見ていた経営陣が、一斉に正面のスクリーンに顔を向けた。

オペレーターの深雪は、大木課長の指示に反応して、機械的に三十一ページを呼び出す。その瞬間、自分の行動の奇妙さに気づいていた。

今日の資料は、予備資料を含めても、二十九ページしか用意していない。それなのに、なぜ三十一ページ目があるのか。

深雪はパソコンの画面を見つめた。そこには、スクリーンに投影されている画像と同じ内容が表示されている。映っていたのは、確かに三十一ページ目だった。内容は、工場事故報告書。

深雪は混乱した。なぜこんなページが、会議資料に存在するのか。午前中、大木課長の指示で、資料の修正を行った。その際に、資料の全ページを何度も見返したのだ。それなのに、なぜ午前中にはなかったページが存在する？

そっと会議の出席者たちを見る。社長をはじめ、皆きょとんとした顔をしていた。

大木課長はレーザーポインターでスクリーンを指し示そうとして、手を止めた。

「あれ？」

つぶやいた。しかしそれは、つぶやきというには、声が大きかった。そのため、会議室にいる全員が、大木課長の言葉を聞いた。

大木課長は社長に顔を向ける。

「失礼しました」

そう言って、今度は深雪に向き直った。「二十一ページ、お願いします」

深雪は慌てて二十一ページを開いた。二十一ページは、ギフトボックスにクリーミー・アシストを一箱入れた場合と、旅行用の分包タイプを入れたときの、コスト比較が載っている。しかしそこに甲高い声が飛んだ。

「ちょっと待った」

増山専務だった。増山専務は太っているわりに、声が細くて高い。少し耳障りな話し方で、大木課長に話しかけた。

「今の資料を、もう一度出してくれ」

大木課長は困った顔をした。

「申し訳ありません。手違いで交じった資料のようです。今回のご提案には関係ございません」

慇懃《いんぎん》な態度で答えたが、専務は無視した。「いいから、さっきのページを」

小さい目を深雪の方に向けてきた。深雪の身体が硬直する。猜疑心の強そうな増山専務の視線は、まるで資料を出さない深雪を責めているようだった。不快な気持ちになる。どうして自分がそんな厳しい目で見られなければならないのか。上司の指示に従っただけなのに。

大木課長が、仕方ないな、というため息をつき、深雪に声をかけた。「三十一ページを」

深雪はホッとしてキーボードを操作した。再び工場事故報告書がスクリーンに映し出される。会議出席者全員が、食い入るようにスクリーンに見入った。

スクリーンに映っているのは、縦長の資料だった。ワードで作成したA４縦の書類を、パワーポイントのスライドに貼り付けただけのように見える。

事実、そうなのだろう。何ページもある書類の、表紙のようだった。その証拠に、「工場事故報告書」というタイトルの他には、作成部署らしい「富士工場」という文字と、日付だけがあった。日付記入欄はふたつある。ひとつは事故発生日で、もうひとつは報告日だ。事故発生日は七月三日になっており、報告日は記入されていない。

なぜこんなものが資料に紛れ込んでいるのだろう。今日の資料は、大木課長の指示を受けて、深雪が自分で作成したものだ。それなのに、知らないページが紛れ込んでいる。しかもそれが原因で、取締役が怒っている。

深雪は軽いパニックを起こしていた。自分はいったい何をやらかしたのか。自分の失敗で、会議が紛糾するのだろうか。脚から力が抜け、貧血のように気が遠くなりかけた。

いや、違う。

深雪は必死になって冷静さを取り戻そうとした。こんな資料、自分は知らない。知らない以上、自分の責任ではないのだ。

考えろ。幸い、大木課長からスライドの指示がなければ、ただ座っていればいい立場だ。冷静になって考えろ。なぜこんなことが起きたのかを。

可能性があるとすれば、昼休みだ。修正した資料のファイルを閉じて昼食に出た後、何者かが勝手に内容を変更した。昼休みが終わってから、深雪は会議室に入るまで、資料を開いていない。だから気づかなかったのか。

しかし、そうだとして、誰がなぜそんなことをしたのか。たちの悪いいたずらだろうか。今日の会議は、重要な案件を決定するような種類のものではない。だから、誰かが出来心を起こして、会議を混乱させるようないたずらをした。嫉妬から、部内の出世頭である大木課長を困らせるような。

なんてことをするんだ、冗談にも程がある――深雪は誰ともわからない加害者に怒りの炎を燃え上がらせかけた。しかしすぐに引っ込める。なぜなら、この仮説が間違っていることに気づいたからだ。

会議の直前に、大木課長が自ら資料の最終確認を行っていた。深雪はその姿を見ている。誰かが会議資料にいたずらをしたのであれば、大木課長が削除しているだろう。それならば、いたずらの追加資料がこの場で映し出されるはずがない。

深雪は混乱した。それでは、この資料はいったい何だろう。そう考えながら、実は自分は混乱などしていないことも知っていた。自分は既に解答を得ている。誰かのいたずらでないのなら、残る可能性はひとつしかないではないか。

大木課長自身が、資料を改変した。

誰かのいたずらを課長が放置した可能性というのもないではない。けれどそれは、課長が納得ずくでのことなのだから、課長自身がやったのと意味は同じだ。

深雪は茫然と大木課長の顔を見ていた。大木課長自らが、工場事故報告書の表紙を資料に加えた。いったいなぜ、そんなことを？

大木課長が深雪の方を向いた。目が合う。どきりとした。課長はこちらを向きはしたけれど、何も言わなかった。ただ、その口元が微笑んだ。大丈夫、心配ない。そう深雪を安心させるための笑顔にも見えた。そう考えたかった。しかし今の深雪には、違う意味にしか捉えられなかった。

ようやく気づいたのかい？

両端の吊り上がった唇が、そう言った気がした。

「これ、は……」

増山専務が小さい目を険しくした。

「これは、いったい何だね？」

大木課長はややオーバーアクションで頭を下げた。

「申し訳ありません。何かの弾みで紛れ込んでしまったようで。私たち企画部は、工場事故報告書に関わる部署ではございません。ですから説明致しかねます」

嘘だ。

社長が出席する会議の資料に、関係のない資料が「何かの弾みで」紛れ込んでしまうはずがない。大木課長は、嘘をついている。

しかし、嘘でない部分も存在する。企画部は、新製品のアイデアや既存製品の販売促進策を考える部署だ。会社の業務分担を考えると、工場の現場とは関わりがない。だから工場事故報告書と縁がないというのは事実だ。

一般常識で考えれば、自分たちが用意した資料に入っている以上、無関係だという言い訳が通用するわけがない。しかし会社というのは役割分担、つまり縄張りがはっきりしているところだ。そのため企画部は工場事故報告書と無関係だという意識が、経営陣には刷り込まれていたらしい。増山専務は答えになっていない答えを述べた大木課長を責めるのではなく、険しい目を会議出席者たちに向けて言った。

「私は、こんな報告書を知らない」

決して上機嫌でない響きが、その言葉に含まれていた。

「事故が起きたときは、よっぽど些細なものでないかぎり工場事故報告書は作成され、リスクマネジメント会議で審議されるはずだ。そしてリスクマネジメント会議とは、社長がご出席されないだけで、要はこのメンバーだ。議長には、私が任命されている。しかし私は、このような工場事故報告書を受け取った記憶がない」

「事故発生日が、七月三日になっている」

徳田東京営業本部長が続いた。

「今日は八月十五日。一カ月以上も報告書が出ていないことになる」

徳田本部長は、生産部門の責任者である行徳常務に顔を向けた。

「行徳常務。これはいったい、どういうことですか？」

行徳常務は、じっとスクリーンを見つめていた。声をかけられ、その顔が強張《こわば》った。

「私も知りません」

そう答えた。

「富士工場で事故が起きたなど、私のところに報告は来ていません。いったい、どういうことなのか、私にも、さっぱり――」

まるで言い訳するように、洗練されていない言葉を並べた。その顔を、増山専務、菅野常務、徳田本部長がじっと見つめる。行徳常務の言葉を、まったく信じていない顔だ。行徳常務の隣に座る野末企画部長は、スクリーンに顔を向けたままだ。

「しかし、現実に報告書がそこにある」

徳田本部長がスクリーンを指さした。

「捺印されていないから、正式に発行されたものじゃないんだろう。でも、報告書自体は作られた。なぜそれがここに上がってこない？」

畳みかける口調だ。行徳常務の顔が険しくなった。

「だから、知らないって！」

突然、日常会話のしゃべり方になった。社長も出席する会議ではあり得ないことだ。それが行徳常務の驚愕を表しているようにも見えるし、動揺を表しているようにも見えた。

「おい、君。これはいったい何だ」

行徳常務が大木課長に嚙みついた。

「どこから報告書を持ってきた？　いや、こんな報告書が存在するはずがない。君がでっち上げたんじゃないのか？」

責められた大木課長は、しかし行徳常務の十分の一も動揺の素振りを見せなかった。

「いえ、ですから私は存じあげません。工場事故報告書は、工場で発行され、総務部に提出されると聞いております。その後、経営管理部を通じて、リスクマネジメント会議にかけられる。そんな流れになっているはずです。私は工場勤務の経験もありませんし、企画部では報告書の書式すら入手できません。私たち企画部が、報告書を捏造《ねつぞう》することは不可能です」

確かにそうだろう。入社以来ずっと企画部にいる深雪は、工場事故報告書なんか、見たことがない。工場勤務の同期から、あまり気持ちのいいものではないと聞いているだけだ。

「機械に挟まれて、手がぐちゃぐちゃに潰れた写真とかが貼ってあるんだぜ」

同期はそう言った。そんな話を聞く度に、本社勤務でよかったと思ったくらいだ。

深雪がそうなのだから、大木課長も同様のはずだ。会社のコンピューターネットワークはセキュリティが厳しいから、社内でも他部署の書類には、アクセスできないようになっている。工場や総務部に保管されている報告書の書式を、企画部が手に入れることはできないのだ。

――待てよ。

ふと気づいた。確かに企画部は、報告書の書式を手に入れられない。しかし、総務部ならどうだろうか。深雪は、総務部にいる、やる気のなさそうな顔を思い浮かべた。

松本係長。

社内ではあまり知られていないが、企画部の切れ者課長と総務部の万年係長は、実は仲がよい。課長によると、二人はラーメン友だちなのだそうだ。都内の店を食べ歩いては、お互いに情報交換し合っているという。大木課長と総務部の接点は、深雪が知るかぎり、そこだ。

松本係長が、大木課長に報告書の書式を渡した？

いや。深雪は内心首を振る。飛躍しすぎだ。まだ課長が報告書をでっち上げたと決まったわけではない。本当に隠されていた報告書を、課長が見つけ出したのかもしれないのだ。今は結論を急ぐべきではない。いや、その考えも違う。深雪は結論を出す立場にはないのだ。

自分に与えられた仕事をきっちりこなし、スタンドプレーは避ける。

それが恋人である拓真から言われたことだ。今までピンとこなかった言葉が、ようやく実感となって深雪の心に染みこんできた。正体はわからないけれど、いや、正体がわからないからこそ、報告書からは危険な臭いがした。だったら余計な口出しをして、危ない橋を渡る必要はない。突然現れた報告書について考えるのは、自分に与えられた仕事ではない。考えるべき人間は、他にいる。たとえば、目の前の経営陣とか。

「確かに、大木課長の言うとおりだ」

徳田本部長が大きな声で言った。

「なぜ企画部の資料に紛れ込んだのかは、後で追及するとして、今はリスクマネジメント会議に提出されなかった報告書を問題にするべきでしょう。行徳常務。そう思いませんか」

勝ち誇った発言に聞こえた。工場の問題だから、最終的には生産部門のトップである行徳常務の責任になる。自分たち営業系は傷つかない。そのことを十分自覚していることが、物腰からよくわかった。

「だから、そんな報告書は実在しないんです！」

行徳常務は気色《けしき》ばむ。

「工場で事故が起こったら、必ず私に報告が来ます。報告がなかった以上、事故なんて起きていないんです」

徳田本部長は対照的に落ち着き払っていた。

「報告を受けていないことは、事故が起きていないことを証明しないでしょう。常務、もっと論理的な話をしていただけませんかな」

隠すなよ、とその目が語っている。行徳常務の頬が、ぴくぴくと震えた。いけない、爆発するぞ——。

深雪が首をすくめかけたとき、「まあまあ」と穏やかな声が聞こえた。菅野常務だった。

「まあまあ、徳田本部長。ちょっと待ってください。行徳常務は、報告を受けていないとおっしゃっています。それが本当かもしれませんよ。富士工場で、なんらかの事故が起きた。でもその事故は、行徳常務に報告されなかった。その可能性はあります。報告はどこかで止められたのかもしれません」

人当たりのよさで出世した菅野常務が、場をうまく収めようとしたように見えた。しかし逆効果かもしれないと、深雪は思う。なぜなら、意識してか無意識にか、菅野常務もまた、事故が起こったという前提で話をしているからだ。事故が起きたのなら生産系の行徳常務の失点だし、それがトップに報告されなかったのであれば、二重の不祥事だ。行徳常務を助けるつもりの発言だったのかもしれないが、とんちん菅野のとりなしは、かえって行徳常務の立場を悪くしてしまった。

行徳常務は憤然として立ち上がった。

「バカバカしい。事故が隠蔽されるなど、あり得ません。少しの間お待ちください。工場長に直接確認します」

そう言って会議室を出て行こうとする。しかし、「あっ！」という声が、常務の足を止めた。

会議出席者全員が、声のした方向を向いた。大木課長だった。全員の注目を浴びてしまった課長は、しまったという表情を浮かべて、頭を下げた。

「失礼いたしました」

「どうしたのかね？」

増山専務が尋ねる。課長は一瞬口を開きかけ、また閉じる。

「いえ。リスクマネジメント会議のメンバーでない私には、発言する権限はありませんでした」

そう言って、一歩下がる。それらのすべてが、芝居がかっているように感じられた。

「かまわない。何か思いついたことがあるのなら、話してみなさい。リスクマネジメント会議の責任者は、この私だ。権限なら、この場で私が与えよう」

「はい」

そう答えながらも、課長はまだ逡巡しているようだった。少なくとも、そう見せていた。そして決心したように口を開く。

「私が考えましたのは、工場事故の内容です。仮に労災が発生したのであれば、隠しとおすことは不可能です。怪我をした従業員を、病院に連れて行かなければなりませんから。怪我の原因が明らかに勤務中の事故だとわかったら、病院から労働基準監督署に連絡が入るでしょう。報告書にある事故発生日から、既に一カ月以上経過しています。その間、労務課が労働基準監督署から追及されていない以上、少なくとも病院に行くような怪我人は出ていないと推察されます」

経営陣は、黙って大木課長の話を聞いていた。洗剤の販売促進策を聞いているときよりは、ずっと真剣な表情をしている。

「ですから、富士工場に何かが起こったとすると、従業員の事故ではありません。とすると、製品の事故でしょうか。たとえば製造ラインのペンキが剝がれて、破片が洗剤に入ってしまったとか。その程度のトラブルであれば、ひょっとしたら工場は報告しないかもしれません。異物混入のクレームが寄せられる可能性はありますが、全品回収騒ぎを起こすほどのことではないと判断するのは、十分あり得ることです」

「そんなことはない」

行徳常務が口を挟んだ。

「これだけ消費者がうるさい世の中だ。異物混入は全品回収。それは生産部の徹底事項になっている」

「上司に怒られるのが嫌で、隠しているのかもしれませんよ」

徳田本部長が横から言った。あんたが怒りんぼだから、畏縮《いしゅく》した部下が隠したんじゃないかと言わんばかりだ。行徳常務は憮然とした顔を東京営業本部長に向ける。

「そんなことがないように、正直にミスを報告した従業員には、ペナルティを科さないことにしています。それどころか、製品の安全性を守ったということで、勤務評定はむしろ上げています。生産部はフェアな組織なんですよ」

だから製品事故が隠されていることはあり得ない。行徳常務はそう続けた。

大木課長はひとつうなずいた。

「おっしゃることは、よくわかりました。それなら製品事故もないと考えていいでしょう。だとすると、やはり七月三日に富士工場で、事故など起こらなかったと考える方が自然だと思います。ですが、報告書が存在する以上、もうひとつの可能性があり得ます」

「なんだね？」

増山専務の質問に、大木課長はひと言ずつ、はっきりと答えた。

「起こった問題が、大きすぎる場合です」

専務の眉がひそめられた。「というと？」

大木課長は、一度大きく息を吸った。

「誰かが怪我をしたとか、製品に異物が混入したとかの、発生したときの対処マニュアルが存在する問題ならば、別段隠す必要はないと、私も考えます。しかし、対処マニュアルがなかったとしたら？　前例がなくて、どう対処すればいいのかわからない問題が起きたなら、どうでしょうか。常識的に考えれば、むしろ積極的に行徳常務に相談して、ご指示を仰ぐのが自然です。でも相談すらできないほどの事態だったら、どうでしょうか。富士工場で起こった問題が、会社全体を揺さぶるほどのことだったら。その結果が想像できたなら。リスクマネジメント会議にかけて公式に大騒ぎすることを、避けようとするのではないでしょうか。会社全体に影響する大問題に発展する以上、生産系も営業系も間接部門も関係ありません。等しく万人に火の粉が降りかかるのなら、それを避けるために握りつぶすことは、誰にでもあり得ます」

一斉に息を呑む音が響いた。

「すると君は、工場長がそれほどのトラブルを隠したと言いたいのか？」

徳田本部長がそろりと言った。しかし大木課長は首を振る。

「工場長とは限りません。こうして報告書が作成されたところを見ると、少なくとも工場長は、問題の発生を認識されていると思います。この資料では報告書に捺印されていませんが、ひょっとしたらプリントアウトされて捺印された正式な報告書は、総務部に提出されているかもしれません。だとすると、書類を握りつぶす権限を持っているのは、工場長の他には、総務部長と経営管理部長が考えられます。それから、経営管理部から書類を受け取る立場にある――」

大木課長は会議出席者を等分に見つめた。

「リスクマネジメント会議のメンバーです」

会議室が凍りついた。

リスクマネジメント会議のメンバーが、会社を揺るがすような問題を握りつぶした。それが本当ならば、この場にいる誰かは、以前から報告書の存在を知っていたことになる。

大木課長が、表情をやや和らげた。

「可能性としてはなくはないですが、やはり現実問題としては、事故など発生しておらず、この報告書は何かの間違いだと考えるべきだと思います。私はこの説を支持いたします」

課長はそうまとめた。しかし最後の言葉は、誰も聞いていなかった。

「そうか」

急に元気になった行徳常務が言った。

「経営管理部長は、リスクマネジメント会議を開催しなければならない問題が発生したら、メンバーのスケジュールを確認したうえで招集をかける。スケジュールを確認するためには直接尋ねるしかない。社長以外は、誰も秘書など持っていないわけだから。そう考えると、最初にスケジュールを打診された誰かが、事情を聞いて握りつぶすことは、十分にあり得る」

鋭い音を立てて、空気にひびが入ったように感じられた。

会社全体のトラブルならば、知ってしまった人間は、部署にかかわらず隠そうとする。大木課長はそう指摘した。行徳常務はそれに飛びついたのだ。今までは、工場事故報告書ということで、生産系のトップである自分が責められていた。しかし発生した問題が大きすぎるのならば、隠すのは自分だけではない。彼は大木課長の勧めに従って、反攻することにした。

いきり立って反論しようとする徳田本部長を、社長が止めた。

「なるほど。大木課長の意見には、聞くべきものがあると思います。何も起こらなかったという意見に賛成ですが、万が一大きなトラブルが発生していたときのために、うかつに事実確認などしない方がいいでしょうね」

工場長に連絡するな、と社長は言っているのだ。行徳常務は、黙って席に座った。徳田本部長と睨み合う。

なんてことだ。スクリーンに映し出されているのは、報告書の表紙に過ぎない。しかも、捺印もされていない、本物かどうかもわからない書類だ。そんなものに、東証一部上場企業の経営陣が振り回されている。そしてこの事態をもたらしたのは、自分の上司なのだ。

大木課長は、スライド一枚と口先だけで、経営陣に対立と緊張をもたらした。

彼は一体、何を狙っているのだろうか。

《総務部》

拓真が正美の席に戻ってくると、隣席の西口がびくりと身体を震わせた。

もちろん西口は、拓真を怖がっているわけではない。彼が恐れているのは、拓真が手に持った書類だ。松本係長から手渡された、インターネットブラウザ画面のハードコピー。西口が株のインサイダー取引をしていた証拠だ。

西口が席を立った。「トイレ」とつぶやいて、拓真から視線を逸らしたまま総務部を出ていった。訊かれもしないのに行き先を告げたということは、本当にトイレに行きたかったわけではないのだろう。西口は逃げたのだ。理解できる行動だった。自分が不正をしていた証拠が向こうから近づいてきたのだから、慌てて逃げ出すのも仕方がない。

あるいは西口は、本当にトイレに行ったのかもしれない。拓真はそうも考える。株式会社オニセンは、洗剤を製造販売している会社だ。企業イメージの清潔感を、何よりも大切にする。なんといっても、数年前からコーポレートアイデンティティを『心地よさをお届けする』としているのだ。それなのに、総務部という社内の情報が最も集中する部署の人間が、社内の機密情報を元にインサイダー取引を行った。

もっとも、インサイダー取引には、それほど明確な判断基準があるわけではない。ひょっとしたら西口の行為は、裁判にかけるとインサイダー取引とは認定されないかもしれない。

しかし企業イメージをおとしめる行為であるのは間違いない。露見したら、厳重に処罰されるのは確実だ。もう総務部にはいられないだろう。おそらくは本社にも。拓真は、左遷社員の落ち着き先として社内で噂されている部署名をいくつか思い出した。西口の行き着く先も、そこらあたりだ。西口は今、出世への道が閉ざされた現実を、トイレの個室で嚙みしめているのかもしれない。

「何？　それ」

正美が尋ねた。拓真は黙って書類を渡す。正美の顔がみるみるうちに曇っていく。そして口にした言葉が「バカ」だった。興味を示した森下が正美の背後から書類を見たが、こちらは無言だった。まるで忌み言葉を口にしたがらないように。

「バカねえ」

正美は、もう一度言った。

「自宅のパソコンか、せめて携帯電話からやろうとは思わなかったのかな。会社のパソコンは、誰がどこにアクセスしたかの記録が、全部残るのに。あいつ、そんなことも知らなかったのか」

正美が指摘したとおり、社内のパソコンでの操作はすべて、ＯＡシステムセンターの記録に残る。いつ、誰が、どこにアクセスしたのか、どんなデータを受け取り、どんなデータを送信したのかが、すべてわかるようになっているのだ。セキュリティに注意を払っている企業ならば、当然の措置だといえる。

西口がそれを知らなかったとも思えない。西口や拓真が入社した時分には、もう社内コンピューターネットワークは稼働しており、新入社員たちは新卒研修の際に、「君たちのパソコン操作は、すべて監視されている」と教わっている。

拓真は、それでも西口が会社のパソコンから株取引をした事情が想像できた。昨年度の決算発表の数字がよくなかったから、最近の亜細亜電機の株価は低迷していた。しかし新型洗濯乾燥機が発表されたら、株価は跳ね上がる可能性が高い。西口は新型洗濯乾燥機のプレスリリースが発表されることを、直前に知ったに違いない。当日の数時間前とかに。株を安く購入するためには、プレスリリース前に行動しなければならない。いてもたってもいられなくなった西口は、同僚たちの目を盗んで、亜細亜電機の株を買った。時間との勝負だと焦り、監視されていることを失念していたのだろう。

西口の不自然な行動に気づいた松本係長が、ＯＡシステムセンターにチェックを依頼したのだ。おそらくは、顔見知りの添島課長に依頼して。その結果が、このプリントアウトだ。拓真は、松本係長が書類を入手した経緯がわかった気がした。しかし。

「小林くん、どうしたの？」

突然正美に話しかけられ、意識を現在に戻す。

「怖い顔してるね」

どうやら、一人だけの思考に沈み込んでしまったようだ。考え事をしていると怖い顔になるというのは、恋人の深雪にもよく言われることだ。拓真は表情を意識して緩めた。

拓真は、西口がインサイダー取引に手を染めた経緯について、自らの想像を語った。

「なるほど」正美はうなずいた。「十分ありえるわね」

「でも、なんかおかしいんですよね」

拓真は首をひねった。

「プレスリリースは、先日終わっています。新型機の発表によって、亜細亜電機の株価は、予想どおり上がりました。西口さんが亜細亜電機株を売ってしまったのか、それともまだ持っているかはともかくとして、西口さんのインサイダー取引の証拠は、とっくに松本係長の手に渡っていたわけですよ。それなのに、どうして係長は公表しなかったんでしょうか」

未だに西口が総務部にいること。それ自体が、松本係長がインサイダー取引の事実を知りながら口を閉ざしていたことを証明している——拓真はそう続けた。

「栗原課長は物事を穏便《おんびん》に済ませる人ですけど、だからといって部下の不正を見逃したりはしないでしょう。監督不行届で自分も処分されることを覚悟の上で、厳正に対処すると思います。そんな騒ぎは起きていませんから、栗原課長は松本係長から報告を受けていません。松本係長が、西口さんの不正を、勝手に握りつぶしたことになります。どうしてそんなことをしたんでしょうね」

「面倒ごとに巻き込まれるのを避けたんじゃないでしょうか」

森下が控えめに意見を言った。

「松本係長が、正義感に燃える行動を取るとも思えませんし」

松本係長を知る多くの社員が賛同できる意見だった。拓真も危うく賛成しかかったが、すぐに反論を思いついた。

「それなら、はじめからアクセス記録のチェックなんて、依頼しないだろうね」

森下は目を大きくして、少しの間拓真の言葉を反芻《はんすう》していたが、やがてうなずいた。

「確かにそうですね。じゃあ、どうして調べていながら黙っていたんでしょう」

「考えられることとしては」

正美が眉間にしわを寄せた。

「証拠を武器として隠し持っていて、いざというときに使おうとしたとか」

「いざというときって」

森下が唾を飲み込む。

「まさか、恐喝？」

しかし正美は、後輩の仮説を一蹴した。

「松本さんは、そんな人じゃないよ」

その意見には、拓真も賛成だった。賛成ではあるけれど、松本係長の行動を説明していない。三人は同時に部長席に視線を向けた。定年間際の係長は、少し背中を丸くして、ノートパソコンのふたを開けたところだった。中林部長は、あいかわらず固まっている。

拓真は先ほど思いついた仮説を、口に出すことにした。

「松本係長は、部長席に歩み寄った西口さんを追い払いました。そのための道具が、このプリントアウトです。それなら松本係長は、今日、このときのために西口さんの不正を黙っていたとは考えられないでしょうか？」

部長席に流れる異様な雰囲気を肌で感じた拓真にとって、それはごく自然に導き出される仮説だった。しかし正美は、拓真の意見にも賛同しなかった。

「今日、このときのためって、定年退職の引き継ぎ相談が、それほど大切なことなの？西口くんを部長席から遠ざけるためだけに、不正の証拠を準備していたって？」

正美が拓真の顔をじっと見る。アーモンドのような瞳に見つめられると、まるで責められているような気分になってくる。もちろんそんなわけはないのだから、拓真は気を取り直した。

「私には、電話とネットが死んだ原因は、松本係長にあるように思えるんです」

拓真は、松本係長が紙ファイルを拾うために部長席の下に潜り込んだ直後から、ネットが使えなくなったことを話した。

「あのとき、係長がモデムの電源を切ったとすると、係長の狙いは、部長席に電話がかかってくるのを防ぐことではないかと思うんです。自分が部長と話をするのを、邪魔されないように。でも、総務部の電話機能を麻痺させるだけでは、不十分ですよね」

正美は拓真の言いたいことがわかったようだ。

「そっか。誰かが電源を入れに部長席に来る。それも防がなければならないってことか」

「そうです。そのために、総務課全員を追い払うネタを、係長は準備していた」

「ちょ、ちょっと待ってください」

森下が慌てたように遮った。

「それじゃ、僕や青柳さんについても、何か弱みを握っているということですか？」

「ありえるわね」

そう答えたのは、拓真でなく正美だった。

「会社に何年もいたら、誰だってなにがしかの後ろ暗いところがあるでしょう。松本さんがそれを握っていても、不思議はない」

なぜ不思議はないのだろうと、逆に不思議に思った。しかし疑問が言葉になる前に、正美が後を続けた。

「でもさ。仮に小林くんの仮説が正しいとしても、そうまでして松本さんが部長との面談を邪魔されたくない理由がわからないよ。君は、引き継ぎの相談だって説明したでしょう。それならば、誰が部長席に現われても、誰から電話がかかってきても、問題ないはずだわ」

正美の疑念はもっともだ。疑念を晴らすには、工場事故報告書のことを話すしかない。危険な臭いがしたから、できるだけ話さないようにしたかった。けれど、こうなってしまえば、話をしなければ収まりがつかない。得意になって余計な仮説を述べたことを後悔しつつ、拓真は、松本係長が紙ファイルを開いて工場事故報告書の表紙を見せた途端、中林部長が凍りついてしまったことを説明した。

「七月三日?」

正美は聞き返した。拓真はうなずく。

「そんな日に、富士工場で事故なんて起きてないわよ。少なくとも、総務部はそんな報告を受けていない。森下くん、知ってる?」

森下は首を振った。

「聞いたことありません。いちばん最近の事故報告書は、六月に今治《いまばり》工場で起きた、水道管の漏水です」

「そうよねえ」

「それじゃあ、係長が持っているのは、架空の報告書ってことですか。それにしては、部長は心当たりがあるようでしたけど」

あえて控えめな表現を用いた。実際には、心当たりがあるどころではない。工場事故報告書の表紙を見せられた中林部長は、パニックに陥ったかのようだった。西口と同じように。

とすると、中林部長は、隠していた悪事を突きつけられたのだろうか。だから固まってしまった。そして松本係長は、中林部長を攻撃するために部長席を訪れたのだから、余人の妨害が入るのを防ごうとした。

「西口さんを追い払いながら、私を呼び寄せた理由も説明できます」

拓真は言った。

「西口さんの弱みを自分が握っていると周囲にわからせることで、ここに近づくと同じ目に遭うぞとアピールできますから」

つながる。松本係長が部長の前に座ってから、西口が総務部の部屋を出て行くまでのすべてが、一応はつながる。しかしそこからは、意味のある絵は浮かんでこなかった。

正美はじっと部長席を見つめていた。松本係長は、いつものように飄々《ひょうひょう》とした顔で、ノートパソコンが起動するのを待っているようだった。

正美がぽつりとつぶやいた。

「〝カミソリ〟が、とうとう動いたかな」

「えっ？」

カミソリ？　松本係長のことだろうか。なんだか、対極の表現な気がする。

感想が表情に出たらしい。正美は拓真を見て、面白くなさそうな笑顔を浮かべた。

「小林くんは、経営管理部だよね」

「ええ」

「別名『役員たちの保育園』」

あまり好きではない呼ばれ方だから、拓真は無言で肯定を表した。しかし正美は決して揶揄する目的で口に出したわけではないようだ。目が真剣味を帯びた。

「経営管理部には、小林くんのいる企画課と、管理課があるよね。どちらもやってるのは、取締役のわがままを社内で通すことだから、役割に違いはない。それなのに、どうしてふたつの課に分かれてるんだろうね」

「どうしてなんでしょうね」

なぜ正美が、突然経営管理部の話を始めたのかはわからないけれど、正美が提示した疑問は、拓真が日頃から不思議に思っていたことだ。だから素直に賛同した。

「昔は違ったのよ」

正美は続ける。少し遠い目になった。

「バブル末期に、経営陣が本業以外の事業に熱を上げて、大損したことがあったの。洗剤屋が、ハワイのゴルフ場を経営して大失敗。そんなことを二度とくり返さないために設置されたのが、経営管理部。管理課は、経営を油断なくチェックして、暴走や不正を防ぐお目付役。そして企画課は、経営方針を提案するシンクタンクだった。少なくとも——」

正美は部長席をちらりと見た。

「松本さんがいた頃は」

「ええっ」

思わず大声が出た。口を片手で押さえ、そっと部長席に視線をやる。しかし松本係長は、そんな声は聞こえなかったかのように、ノートパソコンを操作していた。

やはり松本係長の行動を目で追っていた正美が、話を再開する。

「企画課の初代課長は、松本さんだよ。今の杉戸くんもなかなかできる男だけど、はっきり言って松本さんはレベルが違った。管理課が会社がおかしな方向へ向かわないかをチェックしている間に、飛び抜けた企画力と行動力で、経営陣の知恵袋になっていた。もっと言えば、経営陣は松本さんの提案どおりに動いていれば、それでよかった。そのおかげで会社は発展したの。バブル崩壊後にあらゆる会社が業績を落とす中で、オニセンだけが伸びたのは、かなりのところ、松本さんの功績だと思う。あのまま順調にいってれば、とっくに取締役になってたことでしょうね」

「………」

はじめて聞く話だった。経営管理部が昔そのような仕事をしていたことも、松本係長が経営管理部にいたことも、とびきり優秀な社員だったことも。

「カミソリ」

正美は、もう一度言った。

「それが鋭すぎる松本さんの渾名だった。でも、わたしは『魔法使い』の方がしっくりくるな。あの人が何か言えば、全社が一斉に、同じ方向に向かって動き出すのよ。当時、入社したてのわたしには、本当に魔法を見せられているようだった」

総務部の主が、一瞬夢見る少女のような顔になった。その表情が、当時新人だった正美が、いかに松本係長に魅せられていたのかをよく表しているような気がした。

正美の表情が曇った。「でも――」

正美が小さく息をついた。

「でも、ある日、松本さんは自ら降格を申し出た。残業のない、定時で帰れる部署への異動を希望したの。理由は個人的な事情だから、ここでは言わないけど、最初は慰留していた会社も、結局は認めた。そして総務部総務課にやってきて、以来、ずっと係長のまま。

一方経営陣は、うるさい奴がいなくなったとこれ幸いに、よってたかって経営管理部を骨抜きにした」

　正美は天井を見上げた。

「それからというもの、経営陣は内輪で権力争いばかりしていて、大局に目を向けなくなった。連中を監視するはずの経営管理部も機能していないから、誰もそれを止められない。おかげでうちの会社は、ずっと中位安定のまま。進歩がなくなった」

　総務だって、中林部長みたいな無能がのさばるし——正美はそうまとめた。

　にわかには信じられない話だった。拓真が知っているのは、現在の経営管理部であり、現在の経営陣だ。自分が所属する部署が、会社にとってたいして有益な部署でないのは自覚しているし、経営陣がお互いに足の引っ張り合いをしているのも承知している。入社以来ずっとそうだったから、会社というのはそんなものだと信じ切っていた。

　しかしそうでない時代があったのか。会社にもっと活気があった時代の中心に、松本係長がいたというのか。

　拓真はそっと頭を振る。信じられない。それでも、正美の話によって、疑問がひとつ解決した。正美は「誰だってなにがしかの後ろ暗いところがあるでしょう。松本さんがそれを握っていても、不思議はない」と言った。聞いたときには意味がわからなかったけれど、あれは「松本係長の能力をもってすれば、総務部全員の弱点を把握するなど、造作もないことだ」という意味が込められていたのだろう。

自ら出世を捨てた、とびきり有能な社員。そんな人物が、定年間際になって、総務部長に対して何かを仕掛けている。

危険だ。関わり合いになるのは、あまりにも危険だ。松本係長が何を企んでいるのか知らないが、西口に対してあのような仕打ちをした以上、かなりの準備と覚悟の上で臨んでいるに違いない。ここは逃げ出すべきだろう。

幸いにして、自分が総務部に来た理由である商品出荷依頼書への捺印は完了して、正美に処理を頼んである。つまり用はもう済んだのだ。だったら、さっさと自分の部署に戻らなければならない。それが、業務に忠実な会社員として、取るべき行動だ。

拓真は「それじゃ、私は戻ります」ときびすを返して、総務部を出ようとした。ところが、肩に衝撃が走った。

「やっぱり、さぼってたな」

耳元で聞き慣れた声がした。振り向くと、上司の杉戸課長が立っていた。拓真の右肩には、課長の右手が載せられている。肩を乱暴に叩かれたらしい。

「まったく、美人のところに行ったら帰ってこないんだから」

「さぼっちゃいませんよ」

非日常空間に引きずり込まれそうになっていた精神が、日常の最たるものである上司の顔を見て、緊張を緩めた。

「社判をもらうのに、ちょっと手間取っただけです。今まさに、戻るところでした」

しかし杉戸課長は、拓真の言い訳を無視して、正美に話しかける。

「青柳さん。あんまりうちの若いのを甘やかさないでください。いくらお盆だからといって、にやけた顔してたら、尻を蹴飛ばしていいですから」

そう言う顔の方がにやけている。手に書類の一枚も持っていないから、用事があって来たわけではないのだろう。なかなか戻ってこない拓真を捜しに行くとか理由をつけて、自分こそさぼりに来たに違いない。

正美も回想モードから通常モードに戻ったのか、いつもの明るい笑顔になった。

「いえいえ、杉戸くんこそ、優秀な部下を持ってうらやましいわ」

「じゃあ、差し上げましょうか」

「欲しいわね。うちは、もうすぐ松本係長がいなくなるから、使える社員が一人必要だし」

せっかく緩んだ精神が、その名前を聞いた途端、また張りつめた。事情を知らない杉戸課長は、視線を巡らせて松本係長の姿を捜した。部長席にいるのを確認すると、興味を失ったように正美に向き直る。

「そういえば、松本さんは、今月いっぱいで定年でしたっけ」

なんの感慨もない科白だ。杉戸課長もまた、正美が教えてくれた松本係長の過去を知らないのだろう。無理もない。杉戸課長は、以前は鹿島《かしま》工場で生産管理の仕事をしていた。本社の経営管理部にやって来たのは、拓真が入社する一年前だったと聞いている。その頃には、経営管理部は現在の組織風土になっていた。課長もまた、役員たちの保育園としての機能しか知らない。

まあいい。杉戸課長の真意はともかくとして、外見上はお使いに行った部下がなかなか戻らないから、連れ戻しに来たという状況が成立している。これで正々堂々と経営管理部に戻ることができる。さあ、課長。戻りましょう——。

「すみません。いろいろと邪魔が入って、話が進んでいませんでした」

遠くからの声が、出かかった言葉を止めた。声の主は松本係長だ。

「先ほどの質問は、この書類を栗原課長に引き継ぐべきかというものでした。どういたしましょうか」

遠目にも、中林部長の顔が強張るのがわかった。

「いかん」

強く否定したが、次の言葉が出てこない。数秒の間があって、ようやく続きを口にした。

「栗原課長には、いや、誰にも引き継ぐ必要はない」

松本係長は首を傾げた。機械仕掛けを思わせる動きだった。

「なぜでしょうか。工場事故報告書は、会社の公明正大さを証明する、大切な書類です。誰かに引き継がないわけにはいかないでしょう」

その言葉に、中林部長の目が、やや大きくなった。突破口を見つけたようだ。

「それでは、私が引き継ごう。定年でいなくなる君と違って、私はまだまだ会社にいるのだからな」

こんな局面でも、いちいち部下の心証を悪くする言葉遣いは健在だ。それでも松本係長は気分を害したふうでもなく、淡泊にうなずいた。

「それはそのとおりですね」

そう言って、紙ファイルのストッパーを外す。工場事故報告書に指がかかった。紙ファイルから報告書を外して、部長に渡すつもりだろうか。部長の顔には安堵が見て取れた。

「では、お願いします」

松本係長は、紙ファイルから書類を抜き出し、部長に差し出した。部長が機械的に手を伸ばして、受け取る。係長の手が引っ込んだ。部長の手に残されたのは、工場事故報告書の——表紙だけだった。

拓真は目を疑った。相手を、あからさまにバカにした行為だ。あの松本係長が、無能とはいえ部長職にある人間に、そのような態度を取るなんて。

離れていても、中林部長の顔が怒りで真っ赤に染まるのがわかった。

「き、君ぃ！」

怒りのあまり、言葉がついてこない。一方、松本係長の口調は冷静そのものだった。

「私は、ご指示どおりにしただけですよ。部長が、ご自分で引き継ぐとおっしゃいましたから、私はお見せしたページをお渡ししました。何か、問題がございますでしょうか」

「！　！　！」

部長はわなわなと震えている。こめかみの血管が切れてしまうんじゃないかと、拓真は半ば本気で心配した。

「何やってんだ？　あの二人」

杉戸課長が不思議そうに、部長席を眺めた。しかし正美言うところの「なかなかできる男」だけあって、すぐに部長席周辺を取り巻く不穏な空気に気づいたようだ。課長はもう一度拓真の肩を叩いた。

「あれか？　お前が戻ってこなかった理由は」

拓真は黙って首肯する。そのとき、胸に振動を感じた。ワイシャツの胸ポケットに入れてあった携帯電話が、着信を告げているのだ。液晶画面を確認する。発信者は深雪だ。あれ？　深雪は今頃、役員報告会議に出席しているはずではなかったのか。それなのに、どうして拓真に電話をかけられるのだろう。

拓真は黙ってその場を離れた。総務部を出て、廊下の隅で通話ボタンを押す。そして低い声で応えた。「どうした？」

しかし深雪は返事をしなかった。もう一度呼びかける。「もしもし？」

返事がない。拓真の胸に、不審の雲が湧き起こる。少し声を大きくして呼びかけようと思ったら、声が聞こえてきた。深雪の声ではない。しかし誰かが深雪の代わりに電話で話しているわけでもない。深雪の携帯電話が、遠くの声を拾っている感じだ。拓真は耳を澄ます。

『……違います……私は何も知りません……』

そんなふうに聞こえた。

ぞくりとする。

これは、いったい何だ？

《会議室》

会議室は、これ以上ないくらい気まずい雰囲気に包まれていた。

社長も出席する、企画部による定例役員報告。お盆の暇な時間を潰すために行われる報告で、まさかこのような雰囲気が醸成されるとは、深雪は想像すらしていなかった。

工場事故報告書。

正確にはその表紙だけが、緩んだ雰囲気を一変させた。工場で発生した事故は、よほど軽微なものでないかぎり、取締役と執行役員で構成されるリスクマネジメント会議に報告される。しかしスクリーンに投影された報告書について、知る者は誰もいないのだ。いや、知っていると自己申告した者はというべきか。

工場事故というくらいだから、実際に発生したのなら、最終的には生産部門のトップである行徳常務が責任を負う。だから最初は営業系の取締役たちが行徳常務を攻撃し、行徳常務が受け身に回っていた。

しかし深雪の上司である、大木課長の解説が状況を変えた。大木課長は、事故報告書をここにいる誰かが握りつぶした可能性があると言いだした。問題を的確に処理するのではなくて、目をそらして封印してしまいたかった人間が、この場所にいるのだと。

徳田本部長が咳払いをした。

「仮に大木課長が述べたように、事故が重大すぎて握りつぶそうと考えたとしましょう」

徳田本部長は、株式会社オニセンの営業部中、最大の規模を誇る東京営業本部を指揮している。東京営業本部長は執行役員であって、取締役ではない。だから行徳常務よりは下位に位置するわけだが、社内では東京営業本部のトップは、取締役と同列と見なされている。だからなのか、徳田本部長は、行徳常務に真っ向から反論するつもりのようだった。

「生産関係でない会議のメンバーが、ことの重大さに怖じ気づいて、報告書を握りつぶした。今ひとつ納得しづらい仮説ですが、一定の説得力があります。しかし誰が握りつぶしたにせよ、結局は工場で発生した事故です。全工場を統括するあなたが知らなかったことは、やはり問題ではありませんか？」

微妙な反論だった。口にした徳田本部長の表情も口調も彼らしくなく、自信を欠いたものだった。

深雪には、徳田本部長の気持ちがわかるような気がした。

社長の面前で「生産系の失敗なら、営業の人間は嬉々としてあげつらいます」とは言えない。そんな発言をしてしまえば、会社全体のことを考えず、自部門の利益だけしか頭にない奴だと思われるからだ。そのような発言をしてしまえば、経営者不適格だと自ら告白することになってしまう。だから社長の座を狙っている徳田本部長は、大木課長の仮説に、ある程度の現実味を与えざるを得ない。

事故など起きておらず、目の前の工場事故報告書は単なる間違いだと一笑に付してしまえば、誰も傷つかない。安全運転を心がけるならば、そうすべきだろう。しかし生産系の失敗を望んでいる身としては、それもやりたくない。なんといっても、行徳常務を追い落とすチャンスかもしれないのだから。

かといって行徳常務に言われっぱなしでは困る。そのため、とりあえず現時点での弱みである、事故報告書を行徳常務が知らなかったという事実を改めて口にしたのだろう。深雪から見ても、あまり効果的な反論だとは思えなかった。案の定、行徳常務は怒りを示さず、むしろ嫌な笑みを浮かべた。

「いや、まったくそのとおりです。工場の不祥事は、すべて私の責任です。もしこの工場事故報告書が実際の事故について作成されたものならば、私の不徳の致すところです。もっとも、私に報告が上がってくる前に、生産部門以外の場所で握りつぶされたならば、いくら私でも知りようがありませんが」

あんたたち営業系が握りつぶしたんだろう、と言外に込めた。あんたたちはびびったんだと。余裕しゃくしゃくに返答され、徳田本部長はすぐに言葉をつなげられなかった。

徳田本部長は、助けを求めるように隣を見た。彼が座っている側には、営業出身の増山専務と、営業の形式上のトップ、菅野常務がいる。三人で共闘して行徳常務に対抗しようとしたのだろうか。

しかし二人の取締役は、揃って視線をそらせた。徳田本部長の表情が凍る。

その様子を見た、深雪の背筋も凍った気がした。営業系の三人は、互いを味方と見なしていない。だから、増山専務も菅野常務も、助け船を出さなかった。

——そうか。

深雪は納得した。仮に大木課長が言うように、誰かが握りつぶしたのなら、おそらく一人で決めたことだろう。それが営業系の人間ならば、三人で共闘するということは、その人間の行動に自分も責任を取らされることになるからだ。

うちの役員たちは、お互い足の引っ張り合いばかりしている――。

そんなことを思い出した。恋人である拓真から聞いた話だ。経営管理部にいる拓真は、取締役たちを身近に見ている。そんな彼の発言だから、なんとなく真実なのだろうと思っていたのだが、まさか実際に目の当たりにするとは、思ってもみなかった。

「うちの会社には、現在のところ副社長がいないだろう？　それが問題なんだよな」

かつて拓真は、深雪にそう言った。

現在の中尾社長は、三年前に社長に就任した。それまでは副社長だったが、前の社長が会長職に就いたときに、後任として推挙された。

そんな会社なのだ。よほどのスキャンダルでも生じないかぎり、副社長が次期社長になる。そして社長は会長になり、それまでの会長は相談役になる。完璧なまでにルートがきちんとできている。だから、他の会社のように「平取締役から十人抜きで社長に抜擢」というサプライズは、まずあり得ない。また、巨大企業ならば副社長だけで両手に余る数がいるそうだけど、オニセン程度の会社であれば、副社長は何人も必要ない。だからこそ成立する人事だ。

しかも、見事な部署順送り人事。先々代の社長は工場長経験者だった。先代は営業部出身。そして現在の中尾社長は企画部からトップに上り詰めた。これまた、よほどの英才でも出ないかぎり、社長の出身母体からは、副社長を選ばない。特定の部署からしか社長が出なくなると、それはそれでまずい。バランス感覚のなせる技といえなくもないけれど、オニセンの場合、惰性が働いているだけのような気がしてならない。

そのため「次期社長は誰か」というレース予想は、この会社では意味を持たない。現在の副社長に決まっているからだ。社員たちが噂し合うのは、「次期副社長は誰か」という予想だ。これは「二期先の社長は誰か」と同じ意味になる。

中尾副社長が社長に就任した際には、国際畑が長かった豊中《とよなか》専務が副社長に就任した。社長の在任期間はだいたい六年から八年だから、本来ならば中尾社長の後継は豊中副社長であり、豊中副社長の次の人間が社長になるのは、九年から十三年ほど先のことになる。菅野常務や行徳常務、そして徳田本部長や野末部長が社長の座を狙うにせよ、そんな先の話だったのだ。

それが、豊中副社長の異変によって変わった。人間ドックでガンが発見されたのだ。手術で一命は取り留めたものの、激務に耐えられる健康状態ではなくなってしまった。本人は無念だっただろうが、会社は豊中副社長を、非常勤顧問という引退した功労者に与える名誉職にして、現在に至っている。

「役員連中にとっては、降ってわいた幸運だろうな」

デート中の会話としてはふさわしくないけれど、拓真はそんな話をした。

「だって、早くて十年後だったはずの社長の地位が、すぐそこにあるんだから。だから役員の間では、中尾社長が誰を副社長に指名するかで、いつもピリピリしている。出世に響くミスをしないよう、社長の前で発する、一言一句までも気にしているよ。『会社に貢献しました』というパフォーマンスも派手になってるから、うちの部署はえらい迷惑だ」

『役員たちの保育園』の保父さんは、ワイングラスを空けて渋い顔をした。

要するに、目の前で繰り広げられているのは、次期副社長レースなのだ。今日の会議に出席しているのは、社長を除いて全員が副社長候補だ。社長になる気満々の徳田本部長や、えげつない手法で実績を残して昇進してきた行徳常務は、もちろん副社長になりたい。ナンバー2向きだと自認していた増山専務だって、いきなりの副社長辞任には心を動かされるだろう。とんちん菅野も、今まで運良く出世できたのだから、この流れで経営トップまで、と思っているかもしれない。野心家とはいえない野末部長ですら、「こんな連中に会社を任せるくらいなら、自分がやった方がマシだ」と考えてもおかしくない。

だから、表面では紳士的な態度を取りながら、裏では足の引っ張り合いをしている。その心根には、全社一丸となって会社を発展させようという気概は感じられない。しかし、それでも問題はなかった。会社などというものは、役員連中が協力し合わなくても、それなりに回っていくものなのだ。業績を伸ばすことができないだけで。

眼前のスクリーンには、ライバルを蹴落とせる可能性を秘めた、工場事故報告書。その存在が、裏で行っていた足の引っ張り合いを、表に出すことになった。このままでは、責任のなすり合いをしながら、収拾のつかない争いが繰り広げられるかもしれない。

修羅場を予想して、深雪の心は重くなった。しかし同時に、妙に冷静な自分がいることも自覚していた。身に覚えのない資料を出す羽目になったときには混乱したけれど、自分の責任でないことがわかり、偉い人たちの諍《いさか》いに巻き込まれているわけでもないこともわかった。だから傍観者として状況を把握できているのだ。いわば傍目八目《おかめはちもく》。八目先が見えている深雪には、不思議に思うことがあった。

なぜ誰も、工場事故報告書の内容を確認しようとしないのだろう。

スクリーンに映し出されているのは表紙だ。だったら報告書の本文も続いて見られると考えるのが自然だ。それならば「報告書の内容を見てから、あらためて考えよう」と提案するのが普通ではないか。うちの取締役は、そんなことにすら気づかないぼんくら揃いなのか？　それとも大木課長の発言が衝撃的すぎて、そこまで思い至っていないだけなのだろうか。

深雪と同じことを考えた人間が、他にもいたようだ。出席者の中で唯一、副社長候補でない人物。中尾社長が口を開いた。

「なぜ、ここにいるリスクマネジメント委員会のみなさんが、工場事故報告書の存在を知らないと言っているのか。大木課長の仮説は、それを説明するひとつの回答ではあると思います。万が一正解ならば、私たちは報告書をよく読んで、正しく対応しなければなりません。ただ、大木課長の仮説は、ちょっと説明不足ですね。報告書の内容を確認する前に、私から少し質問したいのですが」

大木課長は、社長に向かって軽く頭を下げた。

「ほんの思いつきなので、ご満足いただける返答ができるかは、自信がありませんが」

中尾社長は、軽く微笑んだ。

「かまいません。私が聞きたいのは、君の思いつきと、思いつくまでの経緯ですから」

温かみのこもった口調。徳田本部長と行徳常務のぎすぎすしたやりとりを聞いた後だと、違和感すら覚える話し方だった。

深雪は、中尾社長が企画部出身だったことを思い出した。大木課長が新人だった頃は、企画部長をやっていたはずだ。企画部は工場や営業部と違って、上下関係に厳しくない。新卒でも、部長に対して率直な意見を述べることができる。大木課長のことだから、入社当時から物怖じすることなく、部長に自分の意見を述べたことだろう。中尾社長の心に深い印象を残していたとしても不思議はない。自分と同じ企画部に見込みのある人間が現れたことを、社長は内心喜んでいるのではないだろうか。それが口調に表れた。そういうことかもしれない。

「人命にも関係なく、回収騒ぎでもない。ましてや爆発事故を起こして、近隣に大きな被害を与えたわけでもない。それでは君は一体、どんな問題を想像したのでしょうか」

なるほど。報告書が存在するというだけで会社を揺るがされては、たまったものではない。社長自身は、大木課長の仮説を信じていないのだろう。だから、それほど深刻には考えていない。どうせ暇だし、一種の思考実験として話を聞いてみたいのだ。

大木課長は眉間にしわを寄せた。

「私が考えましたのは、『隠したら何とかなる』と思わせる種類の問題ではないかということです」

どういう意味だろう。社長に視線をやると、社長もよくわからないという顔をしていた。もちろん大木課長はそれで終わりにするつもりではなく、きちんと説明するようだった。

「大きな問題であればあるほど、隠しても意味がありません。いずれ発覚して、事態を悪くするだけです。それでも隠すのは、黙っていたら発覚しないか、発覚するとしても、ずっと先のことだという問題ではないのでしょうか。発覚する頃には、自分はとっくに引退している。それくらい先のことではないのか。私はそう考えました」

会議室の空気が、再び固まる。

「……具体的には？」

社長がそろりと訊いた。大木課長が唇を舐める。

「たとえば、我が社の洗剤には、長期的に使用した衣類を肌に接触させていると、皮膚ガンを誘発するような成分が含まれていることがわかったとか。発ガン性ならば、問題が発覚して、我が社の洗剤が原因だと特定されるのには、相当な時間がかかります。だったら黙っていても問題ない。そう考えても、無理はありません」

「バカなっ！」

行徳常務が立ち上がった。「君は、そんなことを本気で言っているのかっ！」

こめかみに血管が浮いている。よほど怒っているようだ。無理もない。生産系のトップとして、「あんたが統括している工場では、毒物を作っているんだ」と言われたに等しいからだ。

しかし大木課長は、微塵も動揺した素振りを見せなかった。静かに片手を振る。

「思いつきと申し上げました。本気ではありません」

「確かに本気ではないでしょうね」

怒り狂った行徳常務が次の言葉を発する前に、社長が口を開いた。

「我が社が洗剤製造に使用している原料は、すべて安全性が確かめられたものばかりです。技術力の結晶であるクリーミー・アシストにも、発ガン性が疑われるような、怪しい原料は使用していません」

大木課長は薄く笑った。

「おっしゃるとおりです。可能性はゼロではないでしょうが、現実問題として、ちょっと考えられません。そもそも、発ガン性のような問題が露見するのは、研究所でのことです。研究所が知らないまま、工場で問題になることはあり得ません。ですから、工場事故報告書の形で作成されている以上、発ガン性であるわけがないのです」

増山専務と徳田本部長が、拍子抜けしたような顔になった。

大木課長は言葉を続ける。

「会社全体を揺るがす問題ですと、他には暴力団への利益供与や、粉飾決算などが挙げられます。けれどこれらは、工場でなされることではありません。工場事故報告書に載るわけもない。ですから、こういった問題でもないでしょう。このように考えていくと、会社全体を揺るがす問題だから隠したという仮説は、正しいものではなさそうです」

行徳常務の表情が変わった。怒りから困惑へと。怒りの対象が不意に消失した。振り上げた拳の収めどころがわからない。そんな感じだ。

「ふむ」

社長が両肘をテーブルについた。両手を組み合わせ、その上に顎を載せる。

「すると君は、一旦は問題が大きすぎるから隠した可能性を考えたけれど、検証してみると事実ではなさそうだと結論づけたわけですね。では、他のアイデアは？　何か浮かびましたか？」

大木課長は困った表情を作る。

「考えなくは、ありませんでしたが」

ためらうような仕草を見せる。あいかわらず深雪の目には、作った動作に映った。

「かなり失礼なことを申し上げることになります。私の立場では、口に出すことはできかねます」

社長が、はっきりとした笑顔になった。

「かまいません。社長命令です。思ったことをそのまま言いなさい」

大木課長は情けない顔になった。勘弁してくださいよ、と言わんばかりだ。しかし覚悟を決めたのか、口を開いた。

「次の仮説の出発点は、七月三日に工場で何かが起きたとして、なぜ行徳常務に報告が上がらなかったのかという疑問でした」

出席者の視線が、行徳常務に集まる。行徳常務は、表情を困惑から、さらに戸惑いへと変えた。

「全工場を統括しておられるのは行徳常務ですから、工場事故報告書がリスクマネジメント会議に上がるときどころか、作成する前、事故発生直後に報告されるのが普通だと思います。——行徳常務、私の考えは正しいでしょうか」

突然指名されて、戸惑いの表情が大きくなる。

「あ、ああ。確かにそのとおりだ。工場事故報告書を作成する必要があるほどの事故ならば、君の言ったとおり、まず第一報がその日のうちに入る」

大木課長はうなずく。

「わかりました。すると、報告書が存在することと、行徳常務へ報告されなかったことは矛盾するわけですね」

「そのとおりだ」

だから工場事故報告書は捏造《ねつぞう》されたものだ――行徳常務はそう言いたかったのだろう。

「わかりました。この矛盾を解決する方法を考えましょう。常務のおっしゃるとおり、何も起きていないというのが、最もあり得べき結論です。私はそれを支持しますが、もうひとつの仮説も検証しなければなりません」

「もうひとつの仮説？」

「事故は実際に起きたという仮説です」

大木課長はゆっくりと言った。

「それなのに行徳常務には報告されていない。なぜ報告しなかったのか。私はその理由として、ひとつしか思いつきませんでした。つまり、事故が明るみに出ると、行徳常務に不利益が生じると。だから工場の人間は、気を利かせて黙っている――」

また行徳常務の表情が変わった。戸惑いから、驚愕へと。

「もしそうなら、大問題だ」

今度は徳田本部長が立ち上がった。

「もちろん仮説の域を出ないが、真実だったら大変なことになる。取締役が個人の利益のために、現場に圧力をかけていたわけだからな」

糾弾の科白に、行徳常務が表情を戻した。再び怒りへと。しかしその怒りは、先ほどとは違い、迫力を欠くものだった。怒りの表情を作った、という感じだ。それはつまり、行徳常務が日常的に現場になんらかの圧力をかけていることを示唆しているように、深雪には感じられた。

行徳常務が何か言いだす前に、大木課長が両手を振って言った。

「あくまで仮説です。思考実験の域を出ません。それでも失礼なことを口にしたことは承知しております。申し訳ありませんでした」

謝罪の言葉は、行徳常務の耳には入っていないようだった。そして他の役員たちの耳にも。

先ほどまでは、行徳常務が反攻し、営業系が押されていた。ところが再び攻守は入れ替わった。徳田本部長が詰問し、行徳常務が受けに回っている。

深雪の身体が、ぐらりと揺れた。

自分がいる場所は、いったいどこなのか。

ついさっきまでは、会議室だった。しかし現在は、コロシアムではないのか。次期社長争奪戦が開催されている。

そしてゴングを鳴らしたのは、自分の上司である大木課長なのだ。大木課長は、社長の質問さえ利用して、役員たちの不和を増大させた。しかし、いくら傍観者でいられるとはいえ、その手腕に称賛の声を送るほど、若い深雪には余裕がなかった。

深雪は会議室の面々をそっと見た。

大木課長は、申し訳なさそうな顔をしている。

中尾社長は、何かを面白がるような表情だ。

増山専務は、猜疑心の強そうな目で行徳常務を見つめている。

菅野常務は状況がよくわかっていないのか、のほほんとした顔をスクリーンに向けている。

徳田本部長は勝ち誇ったような顔つきで、行徳常務を見つめている。

行徳常務は、怒りの表情を作ってはいるものの、動揺を隠しきれていない。

そして深雪の上司でもある、野末部長は——。

野末部長は、厳しい目つきで大木課長を見つめていた。部長は工場事故報告書を巡る論争に加わっていなかった。ただ黙って大木課長を見ていた。その視線に、温かみはない。

不審と怒り。あるのはそれだけだ。なぜ会議をかき回すのか。冷たい目はそう語っている。

ふと野末部長の顔が動いた。こちらに顔を向ける。

深雪と目が合った。表情はそのままだ。

——えっ？

深雪は戸惑った。なぜ自分が、そのような目で見られなければならないのか。自分は何も知らないのに。

それでも心の底で、納得する声がした。当然といえば当然か。大木課長がプレゼンテーションをしながら、自分がスライドを送っていたのだ。共犯と思われても仕方がない。

深雪は、傍観者から当事者へと、急に変貌させられてしまった。

ちょっと待ってよ。

冗談じゃない。自らあずかり知らぬところで部門責任者の不興を買っても、いいことは何もないではないか。なにより、野末部長は部下を好き嫌いで判断する傾向がある。今は好かれているから、部内で居心地がいい。しかしその事実こそが、嫌われたときにどんな目に遭うのかを想像させてしまう。

部長。わたしは無実です。大木課長とは何の結託もしていません。

そう言いたかったけれど、この場で発言する勇気はない。どうしよう。

本来ならば、直属の上司である大木課長に助けてもらうところだ。しかし大木課長は、今日の騒動を起こした張本人だ。助けてもらうことはできない。

困った深雪の脳裏に、閃くものがあった。

そうだ。拓真なら。彼なら役員たちのことはよく知っている。自分を助けてくれるかもしれない。

根拠のない思いつきだった。しかし好かれていたはずの野末部長から冷たい視線を浴びた深雪は、その思いつきに飛びついた。拓真なら何とかしてくれる。でも、どうやって状況を報《しら》せる?

何かないか。経営管理部に、会議室で起こっていることを報せる手段はないか。周囲を見回しても、何もない。諦めかけた深雪の目に入ったのは、近すぎて見えなかったものだ。携帯電話。企画部に置いてくるのを忘れて、慌てて電源を切った携帯電話が、制服のポケットにあった。

周囲を窺《うかが》う。もう野末部長は深雪を見ていない。他の取締役はもちろんだ。深雪はそっと携帯電話を取り出した。テーブルの下で、電源を入れる。手探りで、拓真の携帯電話の短縮ダイヤルをプッシュした。

深雪は祈るような気持ちだった。

お願い、拓真。助けて——。

間章

松本が家に帰り着いたのは、午前一時を回った頃だった。

また終電になってしまった。松本は現在、株式会社オニセン経営管理部企画課の課長職にある。ここしばらくは、中期経営計画策定のために、毎日午前様だ。

それでも疲れは感じなかった。あたりまえだ。会社の将来像を描き、実現させるための、具体的な行動計画を立案する仕事なのだ。これでやりがいがないなどと言いだす奴がいたら、そいつは会社員失格だろう。

自分が立案した計画に沿って、経営陣が動く。それが快感だった。前回の三カ年計画は、松本の計画どおりに進んで、過去最高益を達成した。経営陣も、自分の能力を認めている。会社が自分を必要としてくれていることを肌で感じるのは、労働意欲の向上につながる。そう。株式会社オニセンは、自分の会社なのだ。

妻の美都子《みつこ》には、申し訳ないと思う。なにしろ、ほとんど家にいないのだから。家事は任せきりだし、忙しさのために、子供を作ることもためらわれている。

早く子供が欲しいと、美都子は結婚と同時に退職した。それから十年。子供ができないまま、彼女も三十代半ばになろうとしている。口には出さないけれど、現状に不満を持っているのは間違いない。

それでも、妻はわかってくれるはずだ。結婚する前、美都子は秘書課に勤務していた。うちの取締役たちが頼りにならないことはよく知っているし、だからこそ会社には、松本の力が必要だということも、理解しているからだ。自分は外で、金を稼ぐ仕事をする。妻はしっかりと家を守る。古い考え方かもしれないけれど、夫婦の役割分担はできていると思う。

マンションのエレベーターを三階で降り、自分の家まで向かう。玄関の鍵を開けて、そっと入った。この時間だと、美都子はもう眠っているだろう。起こさないように、静かに行動するのは当然のことだ。

家に入って、いつもと違うことに気がついた。キッチンから灯りが漏れているのだ。美都子は起きているのか？　終電ならば家に帰り着くのはこの時間だと予想して、夜食を作ってくれているのだろうか。

スリッパを履いて、廊下を進む。そしてキッチンに顔を向けて、「ただいま」と——。言えなかった。

キッチンで、美都子が倒れていたからだ。

「美都子っ！」

慌てて駆け寄る。仰向けに倒れていた美都子は、目を開けていた。松本の姿を認めると、大粒の涙を流した。けれど、動かない。抱き起こすが、身体がぐにゃりとして、起きあがれない。

妻の足先に、踏み台があることに気がついた。視線を上に向ける。流しの上の戸棚が開いていた。美都子は、踏み台に上って戸棚から何かを取ろうとしたのか。そして転んでしまったのか。美都子は身体を動かせないようだ。打ち所が悪かったのか？

力の入っていない身体を抱きしめる。しかしそんなことをしている場合でないことに、すぐに気づく。上着を脱いで乱暴に折りたたみ、即席の枕にして妻を寝かせた。そうしてリビングの電話に走った。

「もしもし。救急車を。早くっ！」


「転んだときに、首の付け根を強打したようですね」

医師は、感情を込めない口調で言った。

「脊髄に損傷が見られます。首から下の随意筋は、現在動かせない状態です」

胃がせり上がったような感覚に襲われた。吐き気がする。それでも松本は、精神力を総動員して尋ねた。

「回復の、見込みは?」

医師は一瞬黙った。最適な言葉を探すように。

「回復した例を、私は知りません」

呼吸が止まった。

すると、美都子はこれからの人生、ずっと寝たきりだというのか。そんなの、残酷すぎる。どうして。どうして?

「麻痺の程度は人それぞれです」

医師は同じ口調で続けた。

「奥さんの場合、意識ははっきりしています。目や耳の感覚器官も無事ですし、小さい声なら会話することもできます。損傷のわりには、幸運だったといえるでしょう」

幸運だと?

松本は、医師を殴りつけたくなった。首から下が動かせなくなったのに、どこが幸運なのか。しかし本当に殴りかかるほど、松本は子供ではなかった。医師は、もっとひどい事例を診てきたのだ。症状を平均値との比較で語るのは、仕方のないことだろう。しかし自分にとっては、平均値など関係ない。妻の身体だけが大切だ。

医師と別れて、松本は妻の病室に戻った。美都子は、目を覚ましていた。

「ごめんなさい」

松本の姿を認めると、美都子はそう言った。もう何回目かわからない。松本の顔を見ると、最初にそう言うのだ。

「鍋を取ろうとしたの」

美都子は、松本に語った。秋も深まり、朝晩は寒さを感じるようになった。天気予報では、今夜は今年いちばんの冷え込みだという。今日も夫は遅くなるだろう。それならば、温かい食べ物を用意しておこう。

美都子は、ラーメン好きの夫のため、鍋焼きラーメンを作ろうと思い立った。最近は、スーパーに鍋もの用の麺が売られている。それを買ってきて、戸棚にある土鍋を取ろうとした。そこで転んでしまったのだ。

「それって、何時頃のこと？」

松本は、おそるおそる尋ねた。美都子は小さな声で答えた。「六時頃だと思う」

脳を直接殴りつけられたような気がした。松本が家に帰り着いたのは、午前一時過ぎだ。とすると、美都子は七時間もの間、一人でキッチンに倒れていたのか。動かせない身体を、冷たい床に横たえて。

どれだけ不安だっただろう。

どれだけ孤独だっただろう。

なんということだ。もし自分が定時で帰っていたら、転んだ妻に、すぐに駆け寄れたのに。いや、それ以前に、自分が踏み台を使って鍋を取ってやれたのだ。そうしていたら、こんな事故は起こらなかった。

涙がこぼれた。

どうして自分は、もっと早く帰ってやらなかったのか。身勝手な夫のために、好きな料理を作ろうとしてくれた妻の元へ。

松本は、妻の手を握りしめた。たとえ動かせなくても、妻の手は温かかった。

事故は起こってしまった。自分は、取り返しのつかない過ちを犯した。だからといって、犯しっぱなしでいいはずがない。動けなくなった妻。彼女には、自分しかいない。

決断は速かった。会社なんてどうでもいい。生きていくのに必要最低限の賃金だけもらえれば。そして、自分は妻と生きていく。

「一緒だ」

松本は妻に語りかけた。

「俺が一緒にいる。ずっとだ」

第二章　コロシアム

《会議室》

「違います！　私は何も知りません！」

行徳常務が、大声で否定した。むきになってと表現するのが、最も適当な口調だ。

お盆の役員会議室で、企画部の大木課長は、またしても爆弾を投げつけた。

自らがプレゼンテーションした衣料用洗剤の販売促進案。その資料になぜか紛れ込んでいた工場事故報告書が、緩んだ雰囲気の会議室を一変させた。そのうえ大木課長はこともあろうに、工場事故が生産系トップの行徳常務に報告されていないのは、現場の人間が行徳常務に傷がつかないよう、気を利かせたからだと言いだしたのだ。

深雪は心の中で首を傾げた。確かに大木課長の仮説は、たくさん考えられる仮説のひとつとして、捨てるべきものではないかもしれない。けれどそれが唯一絶対の真実かといわれると、はたしてどうか。

　深雪は入社以来企画部にいるから、工場事故がどの程度の頻度で発生し、それぞれの事故がどの程度深刻なのか、知ることはない。ただ、恋人である拓真の話だと、漏水して床が水浸しになったという程度の事故でも、報告書が作成されるらしい。まず報告書を作成して事実関係を明らかにしておかないと、水道管を修理する費用を本社に決裁してもらえないからだ。つまり工場事故報告書は、イコール重大事故を意味しない。

　だから工場事故と十把《じっぱ》ひと絡げにすることはできない。そのパターンは様々だ。おおざっぱに分類すると、現場の判断で隠しきれる事故と、隠しきれない事故に二分できるだろう。そして隠しきれる程度の軽微な事故ならば、行徳常務の経歴に傷がつきはしないのだ。工場で漏水が起きたところで、行徳常務の出世にどれほどの影響もない。

　そこまで考えると、深雪程度の下っ端《したっぱ》でも、大木課長の仮説には現実味がないことがわかる。もし出世に影響するほどの事故を隠していたのなら、それこそ大問題だ。

　――あ、そうか。

　深雪は不意に気づく。大木課長が指摘したのは、まさにその大問題なのか。大問題が隠されていたからこそ、取締役や執行役員たちは、これほど激しく反応しているのか。

　行徳常務の慌てぶり。図星を指されたとき、人はこのような反応をする。彼の反応が、大木課長の仮説を証明しているように思えた。

工場事故など、あってはならない。ないのが普通なんだ。起こったら、現場の責任者も担当者も、どうなるかわかっているんだろうな——現場は、日常的にそんな無言のプレッシャーをかけ続けられたのかもしれない。だったら、事故が重大であればあるほど、隠そうとしても不思議はない。

本当に、社内でそのようなことが起きているのだろうか。いち取締役の立場を護《まも》るために、後々会社に大損害を与えかねない隠蔽が行われているなどと。

だとすると、スクリーンに映し出された事故報告書は、内部告発なのではないか。現状を憂えた工場勤務の社員が、上司にも黙って事故報告書を作成していた。それを大木課長が入手した。それならば、リスクマネジメント委員会の知らない報告書が存在する理由になる。

内部告発の報告書を役員会議で提示したということは、報告書作成者に代わって、大木課長が内部告発をしたことになる。役員会議に出席する社長に対して、この会社では不正が行われていると訴えているのだ。

しかしそれにしては、大木課長の態度は曖昧だ。報告書を投映しておきながら、自分はこんなもの知らないという。事故など起きていないという考えを支持するという。なぜ課長は真実を武器に一気に攻め込まないのか。

わからない。しかし、わからないなりに、はっきりしたことがある。会議室の中に、深雪の味方はいないということだ。直属の上司である大木課長は現状を作り出した張本人だし、野末企画部長は深雪を大木課長の共犯と見なしている。会議の席上で、パソコンの操作をしているだけの女性社員が糾弾されることはないだろうけれど、会議後に何らかの沙汰があるかもしれない。

深雪はそっと視線を落とす。膝の上に載せた、携帯電話。液晶画面には「通話中」の文字と、通話を始めてからの経過時間が表示されていた。その数字はまだ動き続けている。深雪はこっそり、拓真の携帯電話に電話をかけた。彼は電話に出たらしく、回線はつながった。携帯電話がうまく会議室の声を拾ってくれていれば、拓真は役員会議室の異状に気づくだろう。

深雪は、拓真からの応答の声が漏れないように、スピーカー部分を指で押さえていた。そしてこちらから呼びかけをしていない。拓真からすれば、異常な電話だろう。にもかかわらず通話が切れていないということは、拓真は事情を了解して、実況中継をひたすら聞いているのだ。

深雪は少し安心する。拓真が所属する経営管理部は、「役員たちの保育園」と呼ばれている。役員たちの扱いに慣れているはずだ。拓真一人ではできなくても、上司である杉戸課長に相談して、上手に対処してくれるだろう。深雪のただひとつの希望が、それだった。

「企画部は、暇な部署ではありません」

徳田本部長が、突然そんなことを言った。

「そうですよね？　野末部長」

野末部長は、「はい」と短く答える。徳田本部長は、意味ありげにうなずいた。会議出席者全員に向かって話しかける。

「企画部に、工場事故報告書を捏造するような余裕はないということです。加えて大木課長が言ったように、彼らは報告書のフォームを入手することができません。捏造など、しようがないのです。だとすると、やはりこの報告書は、本物だと考えた方がいいのではないでしょうか」

本物。つまり、行徳常務のプレッシャーから、現場が隠した報告書だというわけだ。徳田本部長は続ける。

「大木課長は、なぜこのような書類が自分のプレゼン資料に入っているのか、わからないと言っています。その言葉を信じるならば、誰かが意図的にファイルを操作したことになります。――大木課長」

「はい」

「資料が改竄《かいざん》されたとして、他人が君の資料に手を加えるチャンスは、あっただろうか？」

「可能性があるとすれば」大木課長はやや視線を上げて、思い出す仕草をした。

「今日の昼休みでしょうか。昼食のために席を離れたとき、パソコンをログオフしていませんでした。今日はお盆ですから、出勤した社員の数は多くありません。昼休みに無人になった企画部に誰かが入り込んで、私のパソコンを操作することは、不可能ではないと思われます」

「なるほど。わかった」

徳田本部長は、大木課長から会議出席者に視線を戻す。

「お盆に企画部の役員報告が行われることは、毎年の恒例行事です。ですから知っている社員は多いでしょう。今日は全工場が休みですから、こっそり上京して本社に入ることができます。うちの守衛所は、社員証を見せればフリーパスです。いちいち記録を取りません。社内で知り合いに出くわさないかぎり、誰にも知られずに企画部のパソコンを操作することができます」

可能性ではね――深雪は心の中でコメントした。実行することを考えると、とてつもなく難しいだろう。

まず、工場勤務の人間は、本社の構造を知らない。受付にデパートのフロア案内のような掲示があるわけではないのだ。だからどこに企画部があるか、直接関係のある部署の人間でないと、知ることはできない。

それに、今日の会議で報告するのが大木課長だと、どうやって知るというのか。事前に知っているのは、企画部の人間と秘書課、そして経営管理部だけだ。大木課長だと知ったとしても、彼の机がどれで、プレゼンテーションの資料がどのフォルダに入っているかを知ることは、さらに困難だ。

そこまで情報を得たとしても、昼休みの企画部が無人になるかどうかなんて、企画部の人間にすらわからない。女性社員が「お姫様ランチ」に出ることは知っていても、男性社員の動向など、わかるはずもない。

多くのハードルを乗り越えて、工場勤務の社員が無事大木課長のパソコンの前に立てたとしよう。その人物の目的が内部告発ならば、その人物はなぜ工場事故報告書をプレゼンテーション資料の一ページ目に入れなかったのか。大木課長の指示に従って深雪が表示させたのは、三十一ページなのだ。必要がなければ表示することはない、付帯資料に紛れ込ませてあったに過ぎない。大木課長が自らの意志で表示させないかぎり、社長の目には触れない場所に置いてあったのだ。

そこまで考えたら、大木課長の回答から、部外者の侵入とファイルの改竄が行われた可能性は、きわめて低いとわかる。しかし、徳田本部長はそれでよかった。可能性さえあれば、彼にとっては十分なのだ。理屈として可能ならば、それを理由に行徳常務を責めたてることができる。

徳田本部長は、大木課長を責めなかった。深雪には、その理由がわかる。生産系は行徳常務一人であるのに対して、営業系は三人いる。数の力では有利なのだが、問題は企画部の野末部長だ。企画部は新製品の開発を行う部署だから、生産寄りと思われがちだ。しかし今日のように、販売促進の企画も考えたりするから、営業寄りの側面もある。生産系と営業系にはっきり色分けされがちなメーカーにおいて、コウモリのような部署なのだ。そのため野末部長は、状況によって生産系と営業系のどちらにも与することができる。

徳田本部長は、野末部長の能力を警戒したのだろう。行徳常務は、かなり問題はあるが切れ者であることに間違いはない。また野末部長も、我が社で女性社長が誕生するならば彼女だろうといわれている英才だ。

一方営業系は、徳田本部長の他には増山専務と菅野常務。増山専務は社内での影響力は強いものの、行徳常務と対峙したときに、気の利いたことを発言できる柔軟さはない。菅野常務に至っては、戦力として認識されない。そもそも、彼ら三人は協力関係にない。

だとすると、野末部長が行徳常務側につくと、徳田本部長は苦戦を強いられるだろう。彼の認識では、一対二になるからだ。だからこそ、野末部長を自陣営に引っ張り込もうとしたのだ。企画部に落ち度はないと。

ひょっとして。大木課長はそこまで予想して、今日のプレゼンを騒動の場に選んだのか。切れ者で気さくで部下に優しい。それが深雪の大木課長評だ。入社以来、ずいぶん助けられてもいる。そんな上司が突然見せた、別の顔。深雪は恐怖を感じた。親しみを感じていた人が、ふと別人になってしまう感覚。深雪は思い出した。かつて一度だけ、大木課長が別人のようになってしまったことがあった。

奥さんを亡くしたときだ。

「社内の誰かが――」

徳田本部長が話を続けた。

「リスクを冒《おか》して、社長のご出席される会議資料に手を加えた。一種の直訴です。それほどまでに社員が追い詰められる何かが、我が社の中で起こっているのではないのですかな？」

起こっているのは工場だ。徳田本部長は、そう言いたいわけだ。

「知りませんね」

行徳常務が反論する。

「少なくとも、工場にそのようなことが起きているなんて、聞いたことがありません」

行徳常務は腕組みをした。仏頂面をする。その仕草の一つ一つが、内心を気取られないようにするための演出のように見えた。

「しかし出てきたのは、工場事故報告書です」

徳田本部長は余裕の表情だ。

「これが営業所のノルマ達成率比較表だったりしたら、こちらの問題になるのですが」

生産系の竜と営業系の虎は、再び睨み合った。

「まあまあ」

取りなすような声が割って入った。菅野常務だ。

「徳田本部長、行徳常務はご存じないとおっしゃってますよ。まずはお話を伺おうじゃありませんか」

あちゃあ。また言っちゃったよ、このおっさん。

深雪は心の中でつい汚い言葉を発してしまった。「ご存じない」と「お話を伺おう」は、相矛盾している。行徳常務の知らないという言葉を信じているのなら、話を聞く必要などないはずだからだ。ということは、菅野常務もまた、行徳常務を疑っていることになる。

菅野常務はまたしても、行徳常務をかばうつもりが、彼の立場を悪くしてしまった。こんなことを言われては、行徳常務は何かを発言しなければならない。そっと行徳常務の顔を窺う。予想どおり彼は、苦虫を嚙み潰したような顔をしていた。

「報告を受けていないのなら、知らないはずだ」

増山専務が尊大に言った。小さな目で行徳常務をちらりと見る。

「だから行徳常務には、話すことは何もないかもしれない」

隠したって無駄だよ、とも取れるし、君は管轄部署をまるで掌握していないね、とも取れる発言だ。どちらにせよ、敵意に満ちあふれている。その敵意に、行徳常務が反応した。

しかし目を剝いただけで、発言はしなかった。

代わりに発言したのは、菅野常務だった。

「それでは、この報告書を読んでみてはいかがでしょうか。行徳常務がご存じなかったにせよ、報告書の内容が、何かのヒントになるでしょう」

ようやく出てきたか、この科白《せりふ》が。

深雪はこっそり安堵のため息をついた。いくら役員たちの悪口を拓真から聞かされていたとはいえ、いつまでもこの当たり前の意見が出ないようだと、さすがに会社の将来に不安を感じてしまう。深雪は目下のところ、同じ会社の拓真と結婚する可能性が最も高い。会社がつぶれたら共倒れになるから、あまり経営陣が無能だと困るのだ。もっとも、その科白を吐いたのがとんちん菅野だったことは、意外だったけれど。

当たり前すぎる意見に、反応したのは行徳常務だった。彼は声を強めて反論した。

「それは危険です」そしてスクリーンを指さす。「表紙を見るかぎり、この報告書には捺印がされていません。ですから公式なものではありません」

公式なものでなくて、誰も知らないから問題になっているんだろう。深雪はそう思ったが、行徳常務の話には続きがあった。

「非公式な文書は、あることないことが好き勝手に書かれている可能性があります。この報告書の内容がまったくのでたらめであっても、体裁が報告書ですから真実に見えてしまう危険性があります。少なくとも、本当の真実を知らなければならない私たち役員会議において、無原則に出していいものではありません」

本当の真実、とは重複ではないか。深雪はそんなくだらない感想を抱いた。と同時に、単純な言い間違えが、行徳常務の動揺、あるいは必死さを表している気がした。

工場事故報告書の内容が、行徳常務にとって都合が悪いものだった場合。増山専務や徳田本部長が得意になって責めたてるだろう。だから前もって予防線を張ったのだ。この物語はフィクションです、と。話の流れからすれば、ものすごく苦しい言い訳に聞こえる。しかしまったく理がない話でもなかった。ここが会社である以上、怪文書を信用するわけにはいかない。

対立する営業系の人間も、理の部分に気がついたようだ。内容をすぐに確認するべきだと主張する者はいなかった。

会議室は、奇妙な均衡状態にあった。片方は、報告書の内容が都合の悪いものだったら困るから、隠したい。もう片方は内容を確認して攻め込みたいが、内容が真実だという保証はない。会議室の中で、どちらも身動きが取れなくなっている。

深雪はそっと終話ボタンを押した。そろそろ、いいだろう。今までの会話で、十分会議室の異状は伝わったはずだ。あまり長い間つなぎっぱなしにしていると、拓真が行動できない。

深雪は大木課長に視線をやった。大木課長は黙ったまま役員たちのやりとりを眺めている。この均衡は、彼の望んだ展開なのだろうか。深雪の推察では、大木課長は三人の営業系が行徳常務を追及する図柄を望んでいるようだったのだが。

「なるほど」

発言したのは中尾社長だった。出席者全員の視線が、社長に集まる。

「内容が真実とは限らない。真実かどうかわからないものを、うかつに見るべきではない。行徳常務の意見には、一理あります。しかし企画部の資料に工場事故報告書が入っているという、異常事態のさなかに我々はいます。当の大木課長に答えられないのであれば、私たちはどうやって真実を探ればいいのでしょうね」

そして社長は、視線を野末部長に向けた。

「野末部長。あなたはずっと議論に参加していませんでしたね。意見を聞かせてください」

突然指名された部長は、それでも慌てることなく、リムレスの眼鏡の位置を直した。立ち上がろうとするのを、社長が止める。「座ったままでいいですから」

それでは失礼して、と野末部長は着座したまま話しはじめた。

「まずは、わたしども企画部の会議資料に本来不必要なものが混入していたことを、お詫び申し上げます。どうやら大木が何者かに陥れられたようですが、責任は部門長のわたしにあります」

そう言って、深々と頭を下げた。

「その上で、この報告書に関するわたし個人の意見としては、行徳常務と同様、出自のはっきりしない書類は、目を通さずに廃棄すべきだと思います。仮にこの文書が内部告発だとしても、我が社には内部告発を受け付ける窓口があります。そこを通さずに出された書類は、怪文書の域を出ません」

行徳常務の顔に喜悦の色が浮かんだ。俺が言いたかったのは、まさしくそれだよという感じだ。「本当の真実」などとのたまった人間が。

しかし野末部長は、それほど単純に人を喜ばせる女性ではない。誰かがコメントを出す前に、話を進めた。

「かといって、万が一報告書が重大な事実を述べているものだった場合、わたしたちは社内の隠れた問題を解決する機会を逸することになります。だとすれば、この会議でやるべきことは、ここで報告書の内容を見るのではなく、適切な部署に調査させることだと思います」

「それなら」

すかさず行徳常務が口を挟んだ。

「生産部に調査させましょう」

そんな行徳常務を、増山専務と徳田本部長が冷ややかに眺める。当事者に調査させるはずがないだろうと、その目が言っていた。

「生産部は、絡まない方がいいでしょうね」

社長にまで言われてしまった。社長は再び野末部長に話しかける。

「それでは野末部長は、どの部署に調査させるのが適当だと思いますか?」

「総務部でしょう」

野末部長は即答した。

「工場事故報告書は、まず総務部に送られると聞いておりますし、内部告発の窓口も総務部にありますから」

「中林部長のところですか」

社長はつぶやいた。あまり好意的でない響き。総務部の中林部長といえば、社内でも嫌な奴で有名だ。あいつなら、暗い情熱で報告書の真偽について調べるだろう——そう考えて、思い直す。中林部長本人が調べるわけじゃない。実際に手足となって動くのは、総務課の西口主任や若い森下だろう。

「総務部がふさわしいと考える理由は、他にもあります」

野末部長が続ける。

「先ほど大木が申し上げましたとおり、工場事故が労災だった場合、労働基準監督署が乗り出します。この報告書の本質が労災隠しだった場合、深刻な問題になりますが、我が社は労災隠しをしたことがありません。だったら、もし報告書が実際に起きた工場事故を記載したものであるのなら、人間ではなく設備に関係する事故でしょう。それならば、工場は修理するなり新しい設備を買うなりしなければなりません。そのための稟議書が提出されているはずです。事故自体を隠しながら、上手に稟議書を作成して、現状復帰のための投資を認めさせる。工場サイドは、そんな考え方をするでしょう。しかしそのような稟議書は、どうしても不自然になります」

野末部長はまるで裁判官のような口調で、一気に最後まで話した。

「ですから、まず総務部に連絡して、事故の日付以降に出された稟議書を精査させてはいかがでしょうか。不自然な稟議書があれば、それが突破口になる可能性があります」

話を終えた野末部長が口を閉ざすと、会議室は沈黙に包まれた。誰もが黙って野末部長の意見を検討している。

深雪としては、さすが部長、と言いたい気分だった。役員から出た科白の中で、最もまともな意見だったからだ。しかも、現段階ではまだ誰も傷つけていない。それでも微妙に工場に暗部がありそうな発言をしたのは、一連の騒動が企画部の仕業ではないと発言してくれた、徳田本部長への返礼だろう。

「なるほど」

社長が両肘をテーブルについて言った。

「いいアイデアですね。総務部にやってもらいましょうか。野末部長。ついでで申し訳ないのですが、中林部長に電話をかけて会議室に来るよう、伝えてくれますか？」

行徳常務が反論しようとしたけれど、相手が社長であることを思い出したのか、声にはならなかった。野末部長はわかりましたと答え、部屋の隅に置いてある電話機を取った。傍らの内線電話表を見ながら、総務部長席の内線番号を押す。受話器を耳に当て、待つことしばし。野末部長は眉間にしわを寄せて受話器を置いた。

「出ません」

「出ない？」

繰り返したのは、徳田本部長だ。

「誰かが出て、部長が休みを取っているとか席を外しているとか言ったんじゃなくて、電話がつながらなかったというわけですか」

「そういうことです」

確かに不思議なことだった。総務部は、会社全体の流れをスムーズにする部署だ。総務部の機能が止まると、会社全体の機能が止まるといっていい。だから総務部は全員が一度にいなくなることは避けており、電話をかけると必ず誰かが出る。中林部長が不在でも、誰かが部長席の電話に出て応対するのが普通だ。それなのに、電話自体がつながらないとは、どういうことだろう。

また沈黙。ややあって、中尾社長が沈黙を破った。

「非公式の工場事故報告書が存在し、報告書を受け付ける総務部と電話がつながらない」

中尾社長の目が、面白そうに細められた。

「なんだか、楽しそうなことになってきましたね」

《総務部》

『……違います……私は何も知りません……』

携帯電話から、そんな声が流れてきた。

拓真はぞくりとする。深雪の携帯電話から、なぜこのような声が聞こえるのか。

本社ビルの二階。総務部前の廊下で、拓真は立ちつくしていた。携帯電話を耳に当てている。着信時に表示された電話番号は、恋人である企画部の深雪のものだった。回線をつないでみると、聞こえてきたのがこんな科白では、混乱しない方がどうかしている。

誰かが深雪の携帯電話を使って、拓真に電話をかけたわけではない。音声の質からすると、近くの声を拾った感じだ。

　拓真は、この声に聞き覚えがあった。生産担当の行徳常務だ。行徳常務のわがままを引き受けるのは、自分ではなくて、上司の杉戸課長であることが多い。杉戸課長は以前、工場勤務を経験したことがあるから、常務も頼みやすいのだろう。とはいえ縁は薄くても、経営管理部として取締役や執行役員の声であれば、少し聞いただけで判別できる。しかも、深雪は役員報告会議に出席している最中だ。何かの弾みで深雪の携帯電話のボタンが押され、拓真と通話状態になっていたとしたら、行徳常務の声を拾っても、不思議はない。

　しかし、と拓真は思う。会議中は、携帯電話の電源を切っておくのが普通だ。深雪としたことが、うっかり電源を切り忘れたのだろうか。そしてポケットに入れていた携帯電話のボタンが机の角にでも当たって、たまたま拓真に通じてしまったのか。

　もっともらしい仮説だけれど、拓真自身は信じていない。ポケットに入った携帯電話が、これほど綺麗に音声を拾うはずがない。深雪が動いたときに出る、衣擦《きぬず》れの音や雑音ばかりになるだろう。ということは、携帯電話はどこかに置かれた状態なのか。それならば、誤作動の可能性はない。深雪は、自らの意志で電話をかけたことになる。

　会議の最中に、偉い人たちの前で「もしもし」とできるわけがない。彼女は電話回線をつなぎっぱなしにしておくことで、拓真に向けて、会議の実況中継をしようとしたのか。何のために？

そして、行徳常務の科白。「私は何も知らない」とは、一体どういう意味か。役員会議で、彼が他の出席者から責められているのだろうか。

会議のテーマを思い出す。確か、クリーミー・アシストの販促策についての報告だった。こういっては何だが、ぬるいテーマだ。工場にも関係がない。ではなぜ、行徳常務がこんなに慌てた口調で釈明しているのか。

なおも耳を澄ます。別の声が聞こえた。

『まあまあ』

菅野常務だ。拓真が総務部に足を運ぶきっかけを作った、どこかの小学校にいい顔をした奴。

『徳田本部長、行徳常務はご存じないとおっしゃってますよ。まずはお話を伺おうじゃありませんか』

『報告を受けていないのなら、知らないはずだ』

この尊大なしゃべり方は、増山専務。社内の「嫌な奴度」では、総務の中林部長と双璧《そうへき》をなしている。

『だから行徳常務には、話すことは何もないかもしれない』

報告を受けていない？

生産系のトップへの報告といえば、まず思い浮かぶのは生産実績と新規設備の導入状況だ。生産実績に関する報告を受けていないからといって、行徳常務が営業系に責められる道理はない。

それでは新規設備はどうだろう。設備導入が遅れたおかげで、新製品の発売時期が遅れる。メーカーには、ままあることだ。拓真が入社してからも、一度そんな悶着があった。工場の不手際《ふてぎわ》で新製品が出ないとなったら、営業系が生産系を責めてもおかしくない。しかし、現在新製品の導入に関わるような設備投資案件はない。だから、このパターンも違うだろう。

考えを巡らせながらも、拓真は自分が重大な可能性に、あえて目をつぶっていることに気づいていた。

工場事故。

工場で事故が発生したら、まず工場長に報告が上がる。そして工場長が、行徳常務に報告するのだ。仮に工場長が、事故の発生を知りながら常務に黙っていたのなら、大問題だ。

会議室で問題になっているのは、工場事故なのか。工場で起きた重大事故が行徳常務の耳に入っていなくて、それが露見したのか。

あり得ない話ではない。むしろ、最初に考えるべき可能性だった。それなのに、なぜ自分はそこから目を逸《そ》らしたのか。理由は簡単。工場事故に関するトラブルが、目の前で展開していたからだ。これ以上の面倒はごめんだと、脳が関連性を拒否するのは、無理もないことだった。

総務部の方を振り返る。部長席で、総務部総務課の松本係長が、中林部長に工場事故報告書の話をしていた。厄介そうな問題だったから、拓真は蓋をして逃げようとした。実際、逃げてもいいはずだった。それなのに工場事故報告書は、拓真を追いかけてきたのだ。深雪という、予想しなかったルートを経由して。

杉戸課長が、総務部から廊下に出てきた。拓真の姿を見つけると、近づいてきた。拓真が携帯電話を耳に当てながらも、会話している様子がないため、怪訝《けげん》な顔をしている。

「どうした？」

拓真は、携帯電話を杉戸課長に差し出した。

「役員会議に出ている、企画部の金井さんからの電話です。喋らないで、聞くだけにしてください」

拓真はそう言い、杉戸課長は黙って携帯電話を受け取る。耳に当てる。その表情が変わった。

「なんだ？　これは」

マイク部分に指を当てて、声が流れないようにしてから、杉戸課長が言った。

「工場事故がどうこう言ってるぞ」

やはりそうか。

「課長は、中林部長と松本係長が何の話をしているか、聞きましたか？」

「ああ。青柳姉さんから聞いた。なんだか、おかしな雲行きになってるらしいな」

「松本係長が言う工場事故報告書と、会議室で行徳常務が責められているらしい工場事故。関係あると思いますか？」

杉戸課長は、一瞬黙る。しかしすぐに息を吐いた。

「関係あるとみるべきだろうな。俺たち経営管理部が知らない工場事故について、松本さんは語っている。一方行徳の野郎も、自分の知らない工場事故について困っているようだ。論理学的な証明はできなくても、会社の常識としては、関係あると思うのが普通だ」

行徳の野郎、と杉戸課長は言った。生産や購買の部署にいた人間で、行徳常務を嫌っていない人間はいない。部下に厳しく自分に甘い勤務態度はもちろん、いろいろな人間を踏み台にして出世したことを、皆知っているからだ。杉戸課長も工場勤務時代には、ずいぶん苦労をさせられたらしい。早く縁を切りたいと思っていたのに、よりによって経営管理部という、最も近い部署に異動してしまった。本人にとって不幸な人事というのは、存在するものなのだ。

「どうしましょうか」

再び携帯電話を耳に当てながら、拓真は尋ねた。目の前に上司がいるのだから、相談、というか下駄を預けるのは当然のことだと、拓真は思う。

杉戸課長は、また息を吐いた。

「放っておくわけにもいくまい。俺たちは経営管理部だ。工場事故報告書は、必ずうちの部署を通ることになっている。俺たちが知らない報告書が存在するのなら、事実関係を確かめないとな」

もっともな話だ。では、今後は課長にお任せしよう。

突然、電話がぷつりと切れた。

一瞬、拓真を恐怖が包む。顔に出たのか、杉戸課長が眉をひそめた。

「どうした？」

「切れました」

一回、息を吸う。

「深雪が、いえ、金井さんがこっそり電話をかけていたことが、役員たちにばれたのでしょうか」

杉戸課長は首を振る。

「俺にわかるわけないだろう。電話では、『おい、君。それは何だ』とかいう科白があったか？」

拓真は首を振る。

「いいえ。報告書の内容を確認するとかしないとか言っている最中に、突然でした」

「じゃあ、金井さんが自分で切ったんだ。たぶんあの娘は、会議室が妙なことになっていると、お前に伝えたかったんだろうな」

「なぜ、そんなことを？」

「さあ？」

杉戸課長は、また首を振る。

「俺は金井さんの彼氏じゃないから、そこまではわからんよ。笑えるネタだからじゃないかな」

もちろん冗談だ。いくら会議室で面白いことが起きたとしても、それをわざわざ携帯電話で実況中継するほど、深雪の神経は太くない。拓真がそう言うと、杉戸課長は「当然だ」と答えた。

「だとすると、SOSだな。どうして企画部の会議で工場事故の話が出たのかは、わからない。ただ、金井さんにとって予想外の展開であることは、間違いないだろう。クリーミー・アシストの販促から、意外な展開を見せて工場事故の話になったのなら、野末部長や大木課長が対応する。金井さんがお前に電話をかける必要はない。だとすると、工場事故について、金井さんが困った立場に追い込まれて、野末さんも大木さんも助けてくれない——そんな状況が考えられる」

「ええーっ？」

拓真の口から不平が漏れる。

「だって、企画部は、工場事故とは何の関係もないじゃありませんか」

「そうだよ」

杉戸課長は、あっさりと認めた。

「でも、現実に金井さんは困っているようだ。だから、お前に情報を流した。役員会議室で、非常事態が発生していると。お前は助けてやらないのか？」

「助けると言われましても……」

拓真は困った顔をした。実際に困ってもいた。経営管理部が工場事故に関わっているといっても、報告書を右から左に流すだけだ。現場で事故を処理したわけではない。そんな自分に、いったいどう助けろというのか。いや、それ以前に、助けるのなら杉戸課長の方だろう。なんといっても、課長なんだし。

「お前の仕事だ」

拓真の訴えを、上司は却下した。

「金井さんが助けを求めたのは、お前だ。俺じゃない。だったら行動するのは、お前の役目に決まってるじゃないか」

「そんなあ」

「ここで頑張っていいところを見せたら、惚れ直されるぞ。なんなら、結婚式の祝辞で、俺が話題にしてもいい。新郎は全力を尽くして新婦を護りましたと」

「調子のいいことを言わないでください」

結婚式と言われてどきりとしたけれど、とりあえず唇を尖らせるに留めた。

「そもそも、どうやって助けるんですか？　まさか、会議室に乗り込むわけにもいかないでしょう」

「それは無理だな」

杉戸課長も認めた。

「手ぶらで行っても、追い返されるだけだ。それなりの情報を集めて、準備をしてからじゃないとな。ボケ揃いでも、一応は役員だ。俺たち下っ端が、無遠慮に干渉していいものでもない」

正論だ。しかしそれなりの情報とは、いったいどうやって集めるのだろう。

課長は、総務部を指さした。

「あるだろう？　絶好の情報源が」

実は、言われなくてもわかっている。松本係長が紙ファイルに綴じているらしい、工場事故報告書。あれを読むことができれば、突破口になるかもしれない。

拓真はため息をついた。

「僕が行くんですか」

上司は憐れみの表情を見せた。

「仕方なかろう。ヒロインの危機だ。白馬の王子様が助けなきゃ」

ぱあん、と杉戸課長が拓真の尻を叩いた。

仕方がない。深雪のためだ。なんとかして、松本係長から情報を引き出さないと。

二人で総務部に戻った。青柳正美が「あら」と迎えてくれる。

「二人で廊下に出て、何してたの？」

「作戦会議です」

杉戸課長が答える。

「小林がどうやって松本さんに対抗するかの」

「ええっ？」

正美が声を上げた。続いて声を潜める。

「小林くんが、松本さんに対抗するの？」

「ええ、まあ」

曖昧な返事にならざるを得ない。自分だって、どうしてこうなったのか、完全に把握できていないのだから。

「確かに、いいかもね」

正美は、納得した顔を見せる。

「だって総務部の人間は、全員松本さんに弱みを握られているでしょうから。関係のない小林くんが交渉するのはありかも」

「さあ、行け」

杉戸課長が、無責任に背中を押す。渋々、部長席に向かって歩きだした。

さて、どうしよう。モデムの電源を入れさせてくれと言ったところで、松本係長に拒否されるのは、目に見えている。

やはり、まずは正攻法だろう。正直にいって、老練な係長に、正攻法で対抗できるとも思えない。けれどここが会社である以上、正攻法から始めるべきだ。大丈夫。自分が玉《ぎょく》砕《さい》しても、杉戸課長がフォローしてくれる。

拓真は、部長席の脇に立った。中林部長と松本係長が、同時に拓真に視線を向けた。

「あの」

拓真は言った。部長と係長、どちらに顔を向けていいのかわからない。だから、松本係長が手にした紙ファイルに声をかけた。

松本係長が、ほんのわずかに首を傾げた。「何か?」

「あの」

拓真はもう一度言う。正攻法。それが大切だ。

「先ほど見せていただきました、工場事故報告書ですが、日付が七月三日になっていました。私ども経営管理部は、七月三日付の工場事故報告書を、受け取っておりません。今日は八月十五日。すでに一カ月以上経過しております。問題があると思われますので、その報告書を、確認させていただけますでしょうか」

松本係長は、拓真の顔を見上げた。探るような目。いや、それ以上に、面白がるような目だった。

「そんなことは」

答えたのは、中林部長だった。

「君が気にすることではない！」

おいおい。

思わず拓真はつっこみそうになった。この報告書で困っているのは、あんただろう。こっちは助けに来た立場だぞ。それなのに、そんな居丈高《いたけだか》な態度でいいのか？

松本係長が、ふっと笑った。

「小林主任。部長はこうおっしゃっています。あなた方経営管理部が知らない工場事故報告書があったとして、それが何を意味するのでしょうね」

いきなり質問されて、拓真は口ごもる。それがわからないから、勇気を振り絞って、ここまでやってきたのだ。

「それは……」

「仮説も、何もなしですか」

定年間際の係長は、ため息をつく。

「それでは、どうしようもありませんね。もう少し考えてから、出直してらっしゃい。部長もご立腹です」

やられた。予想はしていたけれど、鼻であしらわれてしまった。

失礼しましたと言ってきびすを返す。いったい、どうしろというのか。

すごすごと退散する拓真の背中に、声がかかった。小さい声だったけれど、松本係長だとわかる。

「ファイト」


「ダメでした」

部長席から退散した拓真は、ギャラリーにそう告げた。

ギャラリーとは、拓真の上司である杉戸課長、総務部の青柳正美、そして同じく総務部の森下俊太郎だ。皆興味津々といった顔で、拓真の報告を待っている。

「なぜ経営管理部の知らない工場事故報告書があるのか。それに対する仮説くらい考えてこいと言われました。部長も怒っていると」

「ふむ」

杉戸課長は自らの顎をつまんだ。

「面白い対応だな。総務部からすれば、経営管理部は、いわば取締役の代理人だ。だから小林が見せろと言えば、普通は見せなければならない。それなのに、仮説を用意しろとはね」

上司の論評に、拓真は少ししょげてしまう。

「あの場で、とにかく見せろと言い張ればよかったんでしょうか」

自分が未熟だから、理もなにもない松本係長の舌先三寸にだまされてしまったのだろうか。拓真がそう言うと、杉戸課長は首を振った。

「そうでもない。お前も、中林部長の反応を見ただろう。あいつは、工場事故報告書について、経営管理部が乗り出すことを望んでいない。松本さんは、そのことを言いたかったんじゃないかな。仮にも部長が関わっている以上、きちんと理論武装してこないといけないよ、とね」

「それって」

今まで黙っていた森下が口を挟んだ。

「松本係長が、中林部長をかばったということですか？」

納得しかねる、という表情だ。部長席で繰り広げられているのは、どう見ても松本係長が中林部長を責めている光景だ。それなのに、なぜかばうのかと。

「あっ、そうか」

正美が少しだけ目を大きくする。

「むしろ逆じゃない？　松本さんは小林くんを追い払うために、部長を利用したんじゃないのかな」

杉戸課長がうなずいた。

「私もそう思います。仮説なんて、その場ですぐに組み立てられるものではありませんから」

そのとおりだ。自分には、そんな機転を利かせることはできない。それに得られた情報は、工場事故報告書の表紙だけ。いったいどうすればいいというのか。

拓真は投げ出しかけた。しかしここで思考停止してしまうと、深雪を助けることができない。それに、ここには拓真の一挙手一投足《いっきょしゅいっとうそく》を深雪に報告しそうな、正美がいる。もう少し頑張らないと、後々深雪に対して立場が弱くなってしまう。

考えろ。情報が少なすぎるのなら、どうすればいい。情報を集めればいい。それでは工場事故報告書に関する情報を得るためには、何をすればいい？

「そうか」

拓真はつぶやき、その結果全員の視線を集めた。

「簡単なことでした。工場に確認すればいいんです。報告書は事故発生工場、つまり富士工場が作成しています。あそこには同期がいるから、そいつに訊いてみれば――」

そこまで言ったところで、拓真は自分のアイデアを没にした。

「ダメだ。今日は、工場が休みだ」

「そうね」

正美が素っ気なく同意した。そう。夏休みを自分の都合で取得できる本社と違って、団体行動が必要な工場は、お盆に全員が休んで、工場を止める。工場に電話しても、今日は誰も出ない。確認しようがないのだ。

「だから松本係長は、平然と報告書を見せたのか……」

今さらながら、松本係長の周到さに気づかされる。カミソリと渾名されるほど優秀だったという正美の情報を、拓真は信じざるを得ない。

「栗原課長がお休みのときに行動を起こしたのも、同じ考えからでしょうね」

納得するように、正美が言った。

拓真も同感だった。通常、中林部長と松本係長の間には、栗原課長がいる。栗原課長がいれば、松本係長は直接部長席に行くことができない。引き継ぎを装うのなら、まず課長に話をしなければならないからだ。勝手に部長席に行ったところで、すぐに栗原課長が近寄ってきて、自分の知らない工場事故報告書に関して追及するだろう。正論と良心に従って行動することにかけて、彼以上の人材はいない。松本係長も、さぞやりにくかったに違いない。

「まいったな」

拓真は天を仰いだ。

「これじゃ、どうすることもできません」

部下の泣き言に、杉戸課長は肩を叩くことで答えた。

「そう言うな。まだやりようはある」

「やりよう？」

「そう」

杉戸課長は、部長席を視線で示す。

「具体的な情報は工場事故報告書の表紙だけでも、その周辺情報から読み取れることはある」

周辺情報、とオウム返しにつぶやく。拓真には、上司の言いたいことがわからない。杉戸課長は指導教官の顔になった。

「困ったときは、最初に戻るんだよ。そもそもの始まりは、松本さんが中林部長に得体の知れない報告書を見せたことだ。まずは、そこから自分が見聞きしたことを思いだしてみろ。工場事故報告書だけに囚われるな。そうしたら、考える材料は出てくるものだ」

「えっ……」

そんなこと言われてもと思ったが、思考停止に陥るわけにはいかない。

「まず、中林部長が固まりました」

「うん」

「そして、そのような報告書を、総務部の人たちは知りませんでした」

「そうね」

これは正美。森下もうなずいている。杉戸課長は、面白がるような表情で、拓真に問いかけた。

「その事実から、何が言える？」

「そうですね」

拓真は唇を舐めた。

「まず、あの報告書は、非公式なものだといえます。総務部員は知らないけれど、総務部長は知っている。捺印もない。そんなおかしな報告書が、正規なものであるはずがありません。そして部長は、報告書を経営管理部に回しませんでした。業務として、部長は明らかなルール違反をしています」

「わかるのは、それだけか？」

「いえ。あの工場事故報告書が公式だろうと非公式だろうと、工場事故自体が実際に起きたのであれば、報告書は事実に沿って作成されたのでしょう。一方起きていなかった場合、報告書はまったくの捏造となります。より悪質なのは、後者です」

「そうだな」

杉戸課長が賛成してくれる。

「しかし今のところ、どちらともいえない。まず前者を考えてみよう」

前者。富士工場で、実際になんらかの事故が起きたという仮説だ。

「工場事故といっても、重大なものではないと思います。労災なら労働基準監督署が乗り出しますし、施設が壊れるような事故なら消防署が出動します。そうでなくても修繕にはお金がかかりますから、修理費を出してもらうために、報告書を提出せざるを得ません。ですから仮に何かが起きたとしても、ごく小さなものでしょう。六月に起きた、今治工場の漏水のような」

工場事故という言葉の定義が、オニセンは他の会社と少し違うかもしれない。多くの企業では、拓真が口にしたような、大事故を示しているのだろう。しかしオニセンでは、ごく小さなトラブルであっても、工場事故として報告書が作成される。単純な水漏れですら、取締役である常務に報告が上がるのだ。

――常務に報告？

先ほどの電話を思い出す。受話器から漏れてきた、行徳常務の声。

違います……私は何も知りません――。

何かに触れた気がしたが、捉えることはできなかった。仕方がないから、拓真は検討を進める。

「しかし、ごく小さなものだとすると、逆に隠す必要はありません。適切な対応を取れば済むことですし、消費者にも地域住民にも自治体にも悪影響は与えません。それでも中林部長が隠したとすると、事故自体に問題があったのではなくて、他の要因によるものでしょう」

それが何かはわかりませんが、と付け加えた。杉戸課長は、満足したようにうなずく。

「じゃあ、後者の場合は？　工場事故なんてなかったとしたら」

「はい」

拓真は唾を飲み込む。こちらは重大だ。

「ありもしない工場事故の報告書をでっち上げたとすると、まず考えられるのは、工場に対して悪意を持っている場合でしょう。あるいは生産部全体、極端な話をすれば行徳常務に対する嫌がらせとも受け取れます。ただ、それだと報告書を隠したという事実と矛盾します。騒ぎたてて迷惑をかけるのが、捏造の目的でしょうから。もっとも、いくら騒ぎたてたところで、事故なんて起きていないという事実を突きつけられると、捏造した側はどうしようもありません。逆に自分が困った立場に置かれることになります」

うんうんと杉戸課長はうなずく。

「あれほど嫌な奴であるにもかかわらず、部長にまで出世した。中林のおっさんは、無能だとしても、保身には長《た》けているだろう。そんな奴が、危険な賭けに出るかな」

拓真は首を振る。

「出ないとすれば、真相は前者でしょう。ごく小さい工場事故を握りつぶして、リスクマネジメント会議を開かなかった。事故が余りに小さすぎたから、会議を開くまでもないと判断したのかもしれません。総務部長に、個人の裁量で取捨選択する権限はありませんが」

筋道を立てて話をしたつもりだった。しかし正美が首を傾げる。

「でも、それなら部長は、あんなに動揺しないよね。『自分は取締役に余計な手間をかけさせるのを防いでやったんだ』くらいのことを言って、居直りそうなものだけど。それ以前に、報告書は直接部長に提出されるものじゃないよ。提出先は、あくまで総務課。つまり栗原課長ね。だから、部長一人だけが知ることができて、部長一人だけの判断で握りつぶせる流れになっていない。栗原課長が共犯なら別だけど、実際問題として、あり得ないでしょう」

「同感です」

森下が小さな声で賛意を示した。森下に限らず、四人とも小声で話している。同じ部屋にいる中林部長にも松本係長にも、話の内容を聞かれたくないからだ。部長席に視線をやる。部長が、手渡された表紙を引き出しにしまう様子が目に入った。それを松本係長は止めるでもなく、ただ部長が隠すに任せていた。二人とも、こちらの話に聞き耳を立てている様子はない。

「確かにそうですね」

拓真は、正美の指摘が正しいことを認めた。あれほど動揺するのは、もっと大きい悪事を暴かれたときだ。インサイダー取引を暴露された西口のように。

さて、困った。あらゆる可能性が否定されてしまった気がする。やはりこれだけの材料で説得力のある仮説を組み立てるのは無理なのだろうか。

一瞬諦めかけたが、話しながら問題点を整理したことがよかったのか、拓真はすべての仮説に共通するワードを見つけた。

隠す。

これだ。工場事故報告書は、隠されていた。それが問題のキーになっている。

小さい事故なら、リスクマネジメント委員会にかけるまでもないから、隠す。

大きい事故なら隠しきれない。

捏造なら、隠す意味がない。

どの可能性も、隠すという行為と自分たちが知っている事実との間を揺れ動いている。

隠すことの意味を見つけたときに、はじめて松本係長に対抗できるのではないか。そんな気がした。

　では、隠すことについて、もう少し考えてみよう。隠したのは、中林部長だ。それは間違いないだろう。証拠があるわけではないけれど、思考を進める上で、どこかにアンカーを打っておいた方がいい。そこが拠点となる。ここでは、中林部長の隠蔽を絶対的な事実として決めつけておこう。絶対的な事実だからこそ松本係長は部長席に行ったのだろうし、中林部長は動揺したのだ。

　事故の大小と隠蔽の関係を、もう一度整理する。

　本当にごく小さなトラブルなら、報告書が作成されない。だから部長が知ることはできない。

　報告書が作成される最低限のトラブルなら、正規のルートを通るから、部長が知る前に正美や森下が知るだろう。

　大きなトラブルなら、やはり報告書が作成され、総務課全員が知ることになる。その上で経営管理部に報告書を回すなと部長が指示すれば、総務課は大騒ぎになる。隠すどころではない。

　拓真はそっと息をついた。やっぱり行き詰まる。というか、同じところをぐるぐる回っている気がする。課長、やっぱり仮説なんて立てられませんよ——そう言いかけたが、そのとき杉戸課長の言葉を思い出した。課長はこう言ったのだ。工場事故報告書だけに囚われるな、と。

紙に印刷された表紙だけではなくて、周辺の状況をよく見ろという意味だろう。その後のサジェスチョンからも、杉戸課長はそんな意図を込めたはずだ。しかし拓真は、違うことを考えた。工場「事故」に囚われるな。

頭の中で、パチンと音が鳴った気がした。それは理詰めの思考がもたらしてくれた、論理的でないひらめきだった。

工場で何かが起きたとしても、それは事故ではないのではないか――。

「どうした？」

突然黙り込んだ拓真を見て、杉戸課長が声をかけてきた。心配そうな口調だ。拓真が白旗を揚げたのではないか。そう考えているのかもしれない。しかし顔を上げた拓真は、決して絶望してはいなかった。

「思いついたことがあるんです」

そう言って、今までの自分の考えを説明した。

「事故ならば、報告書が作成されます。けれど、起きたのが『事故』でなく『問題』ならば、報告書は作成されません。問題。つまり、将来的に大きな事故やトラブルに繋がる事象。航空機事故などでいう重大インシデントが富士工場で起きたなら？　問題の深刻さに気づいた工場の人間が、こっそり総務部長に相談した可能性はないでしょうか。捺印のない、非公式な工場事故報告書の形で。これなら、青柳さんも森下くんも知らない報告書が存在することを説明できませんか」

拓真が口を閉ざすと、小さな人の輪に沈黙が訪れた。誰もが黙って拓真の話を吟味している。

「ほほう」

沈黙を破ったのは、正美だった。口がOの字になっている。

「小林くん、やるわね」

「どうですか」

「疑問がふたつばかりあるけどね」

「なんでしょうか」

正美は真剣な顔で指を折る。

「ひとつめは、工場の人が相談する先として、なぜ総務部長を選んだのかしらね。生産部には、行徳常務がいるよ。工場長が取り合ってくれなくて、直接本社に訴えるのなら、行徳常務に相談するのが普通でしょう。工場長の上司なんだから」

なんだ。そのことか。拓真は説明しようとしたが、杉戸課長が先に口を開いた。

「いや、それは問題ありません。行徳常務は、部下の相談に乗るような人物ではありませんから。『そんなことは工場内で解決しろ』と追い払うでしょう。工場のスタッフなら、誰だってわかっていることです。だったら工場事故報告書の送付先である、総務部のトップに話を持ちかけるのは、自然なことに思えます」

そう言って課長は、拓真を見た。

「そうだよな？」

拓真はうなずく。正美も再反論しようとはしなかった。事情通の正美は、行徳常務の悪評をよく知っているのだろう。

「じゃあ、ふたつめ。工場の人に相談された中林部長は、どうして問題を握りつぶしたの？　問題を放置したおかげで大事故が起きたら、自分も困るのよ。どんな問題かにもよるけど、工場の問題を解決するのは、総務部の仕事じゃない。そんな能力もない。総務部の仕事は、解決に最も適した部署に依頼することでしょ。だったら隠すんじゃなくて、その逆。大騒ぎして、社長の耳にも入れて、生産部に解決させようとするんじゃないのかな」

さすがに痛いところを突いてくる。正美は確か高卒のはずだ。けれど一回聞いただけの話に、これほど的を射た疑問を投げかけるなど、並大抵ではできない。会社に入って七年。学歴がいかにアテにならないものかはよくわかっているけれど、正美の存在は、その最たるものだと思う。

「その疑問は、私も持ちました」

拓真は正直に答える。

「回答も考えはしましたが、想像の域を出ません」

「想像でいいよ」

拓真はまた唇を舐めた。

「ひょっとしたら部長は、ことの重大さに怖じ気づいたんじゃないでしょうか。相談を受けた問題は、あまりに重大すぎた。会社の根幹を揺るがしてしまうほどに。公にすると、相当しんどいことになる。そう考えて、問題を隠したとは考えられませんか。もっとも、この考えには前提があります。問題とは、すぐに事故に繋がるのではなく、数年後、十数年後に起こりえる種類のものだった。それなら、その頃部長はもう会社にいませんから、自分がいる間だけ隠そうとした理由になります」

正美が眉間にしわを寄せた。拓真の答えについて考えている。そして眉間のしわをそのままに、口を開いた。

「具体的な例は、考えてあるの？」

「そうですね」

言おうかどうか迷ったが、拓真は口を開いた。

「いい加減な想像ですが、うちの洗剤に、発ガン性物質が含まれていることが判明したとか」

その場の全員が息を呑んだ。しかし数秒後に、杉戸課長が首を振った。

「あり得ないな。万が一そんな事態が発生したとしても、それは研究所で判明することだ。工場が動くネタじゃない」

「僕もそう思います」

拓真はあっさり認めた。

「でも、仮にインシデント説が正しいのなら、それに近い事柄じゃないかと思うんです。発ガン性ならば、証明されるまでには長い時間がかかりますから。下手をしたら、何十年も。中林部長が、問題の大きさに頬被りして逃げようとしても、不思議はありません」

「ふむ」

正美の目が面白そうな色をたたえた。

「具体的な証拠がないから完全に納得はできないけど、一応の説明にはなるね。中林部長のキャラクターもよく読んでるし」

「そうだな」

杉戸課長も息をついた。

「その問題がいったい何なのか。その見当がつけば満点なんだけどな。まあ、現段階ではまずまずの仮説だろう。ただし――」

杉戸課長は、指導教官から会社員の目に戻って、拓真を見た。

「お前は判断しなければならない。正しいかどうかはともかくとして、松本さんと話をするきっかけはできたわけだ。ここでお前は考えなければならない。今現在、お前が味方にしておくべきなのは、どっちなのか。松本さんか、中林部長か」

「そりゃ、部長ですよ」

拓真は即答する。

「もうすぐ定年でいなくなる松本係長よりも、まだしばらくは総務部にいる中林部長を味方にする方が、ずっと合理的です」

明快な回答に、杉戸課長はうなずいてみせる。

「部署責任者として、お前がそう考えてくれることを嬉しく思うよ。しかし残念ながら、お前の仮説では、中林部長が完全に悪役になっている。重大なインシデントを隠蔽する役どころだからな。それなのに、お前はその仮説を抱えて部長席に乗り込むつもりか？」

「………」

実はそうなのだ。会社員としての拓真は、松本係長を切って中林部長を助けることを望んでいる。だったら、この仮説は葬り去るべきものだ。

しかし一個人としての小林拓真は、決してそう考えてはいない。なぜか。中林部長が個人的に嫌いだからか。いや、そうではない。逆に、松本係長が好きだからか。それも違う。それでは、義憤だろうか。水面下で、重大な不正が行われている。不正を目にしたときの、若者らしい怒りが自分の中に存在するのか。

拓真は心の中で首を振った。

そうじゃないのだ。

拓真は自分の本心を知っている。拓真は会社員として、中林部長に与することを拒否しているのだ。

原因は、松本係長だ。総務部総務課の、冴えないおじさんではない。自分が所属している経営管理部企画課の、初代責任者としての松本元課長。当時の彼は、今の自分よりもはるかに重要な仕事をしていたという。

かたや、社長に経営方針を提案する仕事。

こなた、役員たちの保育園。

そのギャップが、腹立たしかった。中林部長など、どうでもいい。自分は、松本係長と対峙しなければならない。

足を一歩踏み出した。杉戸課長が目を見開く。「行くのか？」

拓真は課長に笑いかけた。

「大丈夫です。仮説は出しません。もう一度だけ、徒手空拳で行ってみます」

一度深呼吸をして、部長席に向かって歩みを開始した。松本係長がすぐに気づいて、こちらを向く。

「おや。何か考えついたことがありますか？」

「はい」

拓真は、今度は松本係長を正面から見据えて答えた。

「仮説はあります。しかし、仮説は仮説に過ぎません。ここは会社ですから、証拠がないと信用されません。証拠固めのために、そのファイルを拝見させていただけませんか？」

松本係長の表情が止まった。しかしそれはほんの一瞬だけで、すぐに動き出す。笑いだす一歩手前のような、それでいて決してバカにしたわけではない顔。

「なるほど」

声に、艶《つや》があった。先ほどまで、中林部長を相手にぼそぼそとつぶやくように話していたときとは、別人のようだ。

「小林主任は、部長にお渡しした書類の、次のページを見たいというのですね？」

「はい、そうです」

返事は短く、明快に。

松本係長は、紙ファイルを手に取った。そして引きつった顔の部長が止める間もなく、表紙を開いた。「はい、どうぞ」

拓真の目の前に、書類が晒された。表紙の次のページだから、工場事故の内容が記載されている、はずだった。

頭の中が真っ白になった。拓真の要求を容《い》れ、松本係長が見せてくれた書類は、想像とはまったく違うものだったからだ。

いや、確かに工場事故報告書だった。しかしそこにあったのは、またもや表紙だったのだ。

発行部署は、鹿島工場。

発生日は、四月二十一日。

「小林主任。どうですか？」

松本係長は、楽しげに拓真に語りかけた。「この資料は、あなたの仮説を証明したでしょうか」

眼光鋭く睨まれたわけでもないのに、拓真は一歩下がった。

「い、いえ」

拓真の頭は混乱していた。拓真は確かに仮説を持っていた。非公式な報告書に記載されているのは、事故ではなく、重大インシデントではないか。事故未満の深刻な問題に危機感を持った工場の人間が、こっそり事実関係を中林部長に報告したのではないか。松本係長が持っている報告書を読めば、仮説が正しいか、確認できるはずだった。

しかし目に飛び込んできたのは、予想もしなかったものだった。七月三日に富士工場で起きたという工場事故報告書。その表紙の次のページには、またしても表紙があったのだ。発行部署は、鹿島工場となっていた。

これはいったい、どういうことなのか。内容が確認できなかったのは仕方ないとしても、新しい工場事故報告書が登場したのは予想外だった。まずい。今の自分には、予想外の展開に柔軟に対応できる能力はない。

拓真は動揺しながらも、ようやく意味のある言葉を絞り出す。

「予想外のものでした。出直してきます」

ほほう、と松本係長が口をすぼめる。

「出直してくる、と。つまり、仮説を構築し直して、あらためて挑戦するというのですね？」

挑戦。その言葉が、拓真の意識を正常に戻した。この人を前に、尻尾を巻いて逃げるわけにはいかない。

拓真は再び、松本係長の目を正面から見つめた。口調も本来のものになる。

「はい。ぜひ、そうさせてください」

返事を聞かずに下がった。松本係長も、口に出す必要は感じなかったようだ。拓真の方はもう向いておらず、紙ファイルを中林部長に向けていた。ぐう、と妙な音が鳴った。中林部長が喉の奥で唸ったのだ。顔色は黄土《おうど》色になっている。そこまで確認して、背を向けて杉戸課長たちのいる場所に戻っていった。

「どうだった？」

上司の質問に、拓真は部長席で見たものを告げた。そして正美に顔を向ける。

「四月二十一日に、鹿島工場で事故がありましたか？　私たち経営管理部は把握していませんが」

正美は首を振る。

「知らないわね。森下くんはどう？」

森下も首を振った。

「聞いたことありません」

「また変な報告書が出てきたか」

正美は腕組みをした。

「いろいろと興味深いね。総務も経営管理部も知らない工場事故が、二件起きていたことになるわけよね。しかも、四月と七月。間には、今治工場の漏水事故が挟まっている。こいつは六月に起きているわ。鹿島と富士は隠して、今治は隠さなかった。あるいは漏水は隠さなくて、他の事故は隠した。いったい、どういうことなのかしら」

さすがに正美は問題の骨格を素早く見抜いた。しかし疑問に対する解答までは口にしなかった。森下に視線をやる。

「森下くんは、どう思う？」

森下は戸惑った顔をしたけれど、総務部の陰のボスに指名されては、逃げられるわけもない。すぐさま解答を考えはじめた。

「そうですね」

時間稼ぎの決まり文句を口にする。そのまま二秒黙考。

「単純に考えれば、今治は本当に起きた事故で、富士と鹿島はでっち上げというのが、最もありそうです」

「賛成」

そう言ったのは、杉戸課長だ。

「でっち上げだからこそ、中林部長はあれほど動揺しているという解釈が成り立つ」

賛同者が出て、森下はホッとした顔をする。「でしょ？」

しかし杉戸は首を振ってみせる。

「ただし、それではなぜ報告書が隠されたかという疑問を解決できない。でっち上げにしろ何にしろ、隠していては意味がない。偽札だって、使わないと何のために作ったかわからないだろう？　それと同じだよ。目的があって作ったのなら、公表しないと意味がない」

森下が下唇を突き出した。

「課長。賛成だって言ったじゃないですか」

抗議された杉戸課長は、それでも表情を変えなかった。

「賛成だよ。ただ、解決されない疑問があるってことだ。あとは、この疑問に対する解答を導き出せばいいだけ」

「いいだけ、と言われましても……」

森下が途方に暮れた顔をする。次の瞬間、杉戸課長と正美が同時に拓真の方を見た。

「どう思う？」

混声合唱で問いかけられた。思ったとおり、森下に話を振ったのは、拓真に考える時間を与えるためだったようだ。二人の気遣いに感謝しつつ、拓真は浮かんだ仮説を口にすることにした。

「課長の疑問に対する、直接の答えじゃないんですが」

まずはそう言った。杉戸課長はうなずく。

「いいとも。好きなことを言え。なんといっても、今日はお盆だ」

意味のわかりにくい許し方だ。長いつきあいの拓真が解釈するところでは、お盆の出勤日は通常の仕事をする頭にないから、普段とは違う考え方をしてもよいという意味だろう。では、お言葉に甘えて。

「僕が気になったのは、表紙のすぐ次のページが、また表紙だったことです」

松本係長は、紙ファイルの一番上の書類、富士工場の工場事故報告書の表紙を抜き取って、中林部長に渡した。拓真たちは、それを目の当たりにしている。普通考えられるように、表紙の次のページが本文であれば、その直後の一番上の書類は、本文の一ページ目でなければならない。

しかし松本係長はファイルの差し替えなどしていないのに、またしても表紙が一番上にあった。マジックのようだけれど、彼がそのような技を使ったとは思えない。はじめから、表紙を二枚重ねて綴じていたと考えるべきだろう。

「今までの展開を考えると、松本係長は言葉どおり、書類の引き継ぎを相談するために中林部長と相対したわけではないでしょう。なんらかの追及をするべく足を運んだはずです。そして、中林部長に不正の存在を自分が知っているぞと脅すためには、表紙さえあればいいわけです」

正美が瞬きをした。

「――なるほど。小林くんが言いたいのは、鹿島工場の報告書も、表紙だけじゃないかということね」

「すると、その次のページは？」

これは杉戸課長。答えを予想している口調だ。拓真はそれを口にする。

「はい。また別の日付の、別の工場の報告書があるのかもしれません」

正美がげんなりした表情を作る。

「いったい、いくつの報告書があるの？」

拓真は首を振る。

「さあ。それはわかりませんが、西口さんがやったインサイダー取引の証拠は、紙ファイルの中程から抜き出していました。ですからあのファイル全部が表紙ってことはないでしょう」

「何枚あるかはともかく、それらをすべて中林部長が捏造したっていうんですか？」

今度は森下が考える時間を与えられた。

「そんなこまめなことをやる人とは思えないけどなあ」

「それは同感」

拓真は後輩にうなずいてみせる。

「中林部長は、孤独な戦いを挑むタイプじゃないね。当然協力者がいると思う。いや、協力者というより、指示に従った者かな」

「やっぱり、小林さんも中林部長が首謀者だと思いますか」

「それは、現段階ではわからない。でも、一応部長だからな。それくらいの役回りにしておかないと、本人が拗《す》ねてしまうだろう」

拓真は、ごく当たり前のことを言ったつもりだったが、周囲の人間は、揃って奇妙な顔をした。

「どうしました？」

「なんていうか……」

正美がボールペンの頭で額を掻いた。

「珍しいわね。小林くんが、部長をからかう発言をするなんて。君は、思っていても決して口に出さないタイプじゃない？」

杉戸課長も「同感」という表情だ。

拓真は自分に対して首をかしげてみせる。自分は変なことを言っただろうか。だって、経営管理部では、杉戸課長を相手によく取締役の悪口を言っているではないか。拓真がそう言うと、正美は冷たく否定した。

「それは、自分の城で、しかも他に聞かれそうな人がいないときでしょ？　ここは他部署で、しかも当の本人がすぐそこにいるのよ。自分の話が総務部長に聞こえるかもしれないのに、平気でそんなことを言わない人だよ、君は。今日だって、ハンコをもらうまでは、わたしが水を向けても乗ってこなかったじゃない」

そういうものだろうか。よく理解できなかったけれど、今問題になっているのは自分ではない。話題を戻さなければ。

話題。なんだっけ。そう。中林部長が報告書捏造だか隠蔽だかに関わっているとして、部長が首謀者なのかどうかだ。取締役や執行役員でなくても、仮にも総務部長なのだ。首謀者であってもおかしくないだろう。二・二六事件みたいに、若手将校の武装蜂起ではないのだし。

そういえば、会社で何かトラブルがあったときは、総務部や広報部が対応の窓口になるはずだ。それなのに、中林部長はリスクマネジメント会議のメンバーじゃないんだよな。中林部長よりずっと若い野末部長が、すでに執行役員になっているのに。

やっぱり企画・開発・製造・販売のラインに入っていないと出世が遅れるのかな。総務や広報、経理だって負けず劣らず重要な仕事なのに。

そう考えたら、中林部長も結構不幸なのかもしれないな。行徳常務だって、徳田本部長だって、中林部長より若い。後輩にどんどん先を越されているのだから、当然面白くないだろう。だから自分より地位の低い社員に対してねちねちと嫌みを言うことで、憂さを晴らしているのかもしれない。もちろん、だからといって許されることではないけれど。

——え？

ふと、何かが触れた気がした。

過ぎ去りかけたそれを素早く捕まえる。自分は何に触れたのだ。そう。中林部長は会社全体を見たとき、決して偉くない。中林部長より偉い人間は誰だ。社長と、リスクマネジメント会議のメンバーだ。彼らはどこにいる。

会議室だ。

背筋に軽い戦慄が走る。突拍子もない仮説だ。当てずっぽうに近い。それでも拓真は思いついてしまった。

中林部長は、会議室に入っている誰かに命令されて、工場事故報告書を偽造した？

「小林くん、どうしたの？」

正美の声に、我に返る。どうしよう。今の思いつきを口に出すべきか。深雪からの電話の一件がある。杉戸課長も言っていた。論理的証明はできなくても、関係があると考えるのが、社会人的常識というものだ。拓真は話してみることにした。

話を聞き終えた正美は、今までと違って、すぐにコメントを出さなかった。代わりに席を立って、冷蔵庫の方に足を踏み出す。お茶を取ってくるつもりなのだろう。

「あっ、僕が行きます」

慌てて森下がダッシュした。麦茶の入ったボトルと、コップを人数分持ってくる。空席になっている西口の机にコップを置いて、麦茶を注いだ。「どうぞ」

さんきゅと言って、正美は麦茶を一気に半分飲んだ。ホッと息をつき、口を開く。

「そんなことがあったの。金井さんが、小林くんにねえ」

にやりと笑う。「やっぱり、色男だ」

拓真はうんざりした顔で片手を振る。問題はそんなところにはないのだ。もちろん正美にも、この話題を引っ張るつもりはない。すぐに表情を戻した。

「小林くんの言うとおりだと思う。松本さんの出した総務部の知らない報告書と、工場事故とはまったく関係のない企画部の会議で出た報告書。同じ日の同じ時刻に登場した以上、関係あると考えない方が、どうかしてる」

「ということは」

森下が、今ひとつ状況を呑み込めていない顔で返す。

「松本さんが、会議室の偉い人の誰かと結託しているってことですか？」

正美は答えず、杉戸課長の方を見た。

「杉戸くん。今日会議室に入っているのは、誰だっけ」

「まず社長ですね」

杉戸課長は指を折った。

「営業系は増山専務と菅野常務、それから東京営業本部の徳田本部長。生産系は行徳常務しかいません。それから、企画部の野末部長。合計六名です」

「ふむ」正美はお茶を飲み干す。「聞いただけで、頭がくらくらしてきそうなメンバーだね。まともなのは、社長くらいじゃない？　そんな奴らが経営陣とはね」

「そうでもないですよ」

杉戸課長が大人の対応をする。

「皆さん、実務者としては十分な実績を上げてきた方ばかりです。だから出世したわけですけど、残念ながら経営を学ぶ時間がありませんでした。実務と経営は、まったく違ったスキルです。実務の感覚で経営をやられると、大変なことになります」

「だからうちは、大変なことになりかけてるんじゃないの」

「まあ、そうですけどね。ともかく、あの人たちを無能と決めつけるのは、かわいそうだと言いたいんです。それに野末部長は、執行役員になったばかりですよ。経営者として有能か無能かは、まだわかりません」

「そうかもしれないけど、とんちん菅野は実績を上げてないでしょ」

「まあ、何事にも例外はあるということで」

年長者のやりとりを聞きながら、拓真は妙なことを考えていた。実務と経営は、まったく違うスキル。経営管理部で、よく杉戸課長と話していることだ。拓真も一応経営管理部に在籍している以上、多少なりとも経営陣の気持ちがわかるようにと、経営学に関する通信教育を受講した。セミナーを聴講したりもしている。その経験からも、理解できる考え方だった。

しかし現在の経営陣は、実務はわかっていても、経営がわかっていない。だから自分の実務経験から部下に指示を出すわけだが、彼らの成功体験は、はるか昔のことだ。すでに市場環境は激変している。いくら部下から現状の報告を受けていても、ぴんと来ていないのだろう。そのおかげで社員たちは、はるか昔の現場感覚で出された命令を受けて動かなければならない。そんな非効率的なことをしているから、我が社のシェアは中位安定でとどまっているのだ。

それだけではない。中期経営計画という、かなり重要性の高い指針を、現在の経営陣は策定できない。そのため、今までは「中期経営計画策定プロジェクト」という、よくわからない組織横断のチームが結成されていた。しかしプロジェクトにも、明確な旗振り役がいない。参加者それぞれの部署に都合のいいだけの、フィクションのような計画が立てられるありさまだ。つまり、戦略の不在。行き当たりばったりで日々の業務に当たっているのが実情だ。

ひょっとしたら、松本係長がいた頃の経営管理部こそが、今最も求められているんじゃないだろうか。拓真はそんなことを考えていたのだ。

「プレゼンテーターは？」

正美が話の流れを引き戻した。杉戸課長も瞬時についてくる。

「聞いたところでは、大木課長です。オペレーターまでは聞いていませんが、これは金井さんで間違いないでしょう」

「そうね」

正美は簡単に返事をして、黙った。そのまま少し考えていたようだったが、やがて目を見開いた。

「あれっ？　ちょっと妙じゃない？」

「何がですか？」

杉戸課長の反問に、正美は眉間にしわを寄せることで答えた。

「小林くんはさっき、報告書に関わったのは、中林部長と偉い人かもしれないと考えたよね。その偉い人は現在会議室にいるという話だった。一方告発する側の松本さんにも、会議室に結託している人がいるってことになる。すると、報告書に関与している人が、あの狭い会議室に二人もいることになるよ」

「いえ、それは問題ないでしょう」

杉戸課長が素早く反論した。

「ここにだって、小さい部長席を挟んで、作成側と告発側の二人がいるわけです。会議室にも、いてはいけない理由はありません。それに電話から流れてきた会議室の様子では、工場事故報告書について営業系の人たちが攻撃して、行徳常務が受けていたようでした」

それでも正美は納得していない様子だった。

「すると、行徳常務が工場事故報告書を捏造して、営業系の役員がそれに気づいて責めてるっていうの？　あり得ないよね。行徳常務が自分の不利益になる報告書を、起こってもいないのにわざわざ捏造するわけがないし」

今度は拓真が反論する。

「捏造じゃなくて、隠蔽なら話は通りますよ。工場事故を、行徳常務が隠蔽する。それを内部告発か何かで、営業系が嗅ぎつける。それを、どういう経緯で今日になったのかはわかりませんが、営業系は社長の面前で暴いて行徳常務を失脚させようとしたとか」

「なるほど」

森下が妙に感心した声を出す。まるでドラマみたいにわかりやすい謎解きだからだろう。しかし予想どおり杉戸課長が首を振った。

「いや。行徳の野郎は、保身の天才だ。すぐばれるような嘘はつかない。具体的な指示を出すこともない。事実、俺は工場勤務時代に、行徳から事故隠しをしろと命令されたことはない」

あれれ。とうとう呼び捨てだ。そう思ったけれど、ここでは口に出さない。代わりに、別のことを言った。

「実際、電話の声で行徳常務はずいぶん慌てていたようでしたね。とすると、常務も知らない報告書だったと考えられます。だとすると、捏造でも隠蔽でも、行徳常務は関わっていないと解釈するべきかもしれません」

正美が息を吐き出した。

「まったく、経営管理部の連中は頭がよくって困るわ。話についていけない」

それは最大限の謙遜だろう。案の定、正美はすぐに話を展開させた。

「だったら、営業系が勝手に捏造して、勝手に暴露したのかな」

「その可能性もありますね。ただ、連中は工場のことをまったく知りません。連中が、あるいは連中の誰かが報告書を捏造しようとしても、まるで説得力のないものになるでしょう。報告書を熟知した人間の協力が必要です」

「それが、中林部長ってわけか」

総務部と経営管理部の四人は、お互いの顔を見た。

「話が、つながったかな」

正美の言葉に、杉戸課長が曖昧にうなずいた。

「証拠がありませんから、筋の通った仮説のひとつ、ということにしておきましょう。

——それで、小林はどうするんだ？　仮説を再構築して、また行くんだろう？」

「ええ」

肚《はら》はくくっている。

「営業かどうかは言いません。ここはひとつ、中林部長が誰かに命令された犠牲者という設定で行きます」

拓真もコップを取り、中の麦茶を一気に飲んだ。注がれて少し時間が経ったためか、頭が痛くなるほど冷たくはなかった。

「行ってきます」

コップを西口の机に置いて、歩み出す。

「君は、いったい何のつもりだ？」

喉に引っかかったような声で、中林部長が松本係長に言った。

「奥さんに死なれて、自棄《やけ》になったのか？」

思わず足を止めた。奥さんに死なれた？

松本係長が、力のない笑みを漏らす。

「家内が息を引き取ったのは、五年も前ですよ。今さら自棄もないでしょう。むしろ、死ぬまで女房孝行させてくれたのですから、会社には感謝しています」

「それなのに、なぜ……」

気づけよ、おっさん。

拓真は心の中で部長に話しかけた。「会社には感謝しています」と来たんだから、続く言葉を考えろ。「だから定年退職の前に、会社に恩返ししようと思います」が正解だろう。会社に恩返しとは何だ？　この場合、工場事故報告書を巡る不正を暴いて、社内をクリーンにすることに決まってるじゃないか。

そうか。不正を暴く。会議室で行われてるのも、それなのかもしれない。拓真は営業系の三役員を思い浮かべた。いや、ダメだ。連中は、不正を利用してライバルを失脚させることは考えても、社内をクリーンにすることは考えない。

じゃあ、会議室にいる人間で、そんなことを考えるのは誰だ。まずは社長。そしてもう一人は——大木課長だ。

今まで考えもしなかった名前が浮かんで、拓真は戸惑った。軽く頭を振る。いけない。会議室のことは、すべて想像の域を出ないのだ。自分が深雪のためにやるべきことは、ここ、総務部で具体的証拠を集めることだ。

拓真は歩みを再開した。気配に気づいたのか、二人は話をやめて、拓真の方を見た。

「おや、小林主任じゃありませんか」

松本係長は、すでに嬉しそうな表情を隠しもしない。

「新しい仮説は、できましたか？」

「はい」

拓真は紙ファイルを指さした。

「工場事故報告書の表紙は、いったい何枚あるんでしょうか」

質問の口調ではない。かといって詰問でもなかった。ましてや懇願ではあり得ない。あえていえば、相談の口調だろうか。回ってきた仕事に関して、上司に相談するイメージ。騒ぎを起こしている松本係長に対して、そんな話し方をした自分が不思議だったけれど、戸惑いはなかった。

拓真の問いかけに答えたのは、松本係長ではなかった。

「そんなことは、君が知る必要はない！」

中林部長だった。視線を部長に向ける。商品出荷依頼書に捺印してもらった以上、もう総務部長に用はない。とはいえ無視するわけにもいかない。先ほど杉戸課長に宣言したように、まだまだ会社にいる中林部長は、大切にしなければならない人物なのだ。拓真は軽く頭を下げた。

「個人的には、部長のご意見に賛成です。ですが松本係長が持っておられる工場事故報告書について、私ども経営管理部は把握しておりません。総務部の方々も記憶にないそうです。うかつに放置すると、関連部署が管理責任を問われる危険があります。本日、満島部長はお盆休みを取っておられますが、あの方が存在を知ったら、大騒ぎしかねません」

拓真の反論に、中林部長の表情が強張った。

「満島、部長……」

経営管理部の満島部長、つまり拓真や杉戸課長の上司は、とにかく細かくて融通が利かないことで有名だ。理不尽なことを言うわけではないから、部下から嫌われてはいない。けれど、できれば敬遠したいタイプといえるだろう。報告書に関して中林部長に後ろ暗いところがあるのなら、満島部長こそ、最もその存在を知られたくない人物であるはずだ。

つまるところ拓真は、中林部長に対して「余計な口を挟むと、うるさい親父に言いつけるぞ」と言ったわけだ。

固まったままの中林部長に、拓真は今度は優しげな笑みを向けた。

「私は経営管理部の人間として、こんなとき満島部長がどのような反応を示すか、よく知っております。満島部長が乗り出す前に穏便に済ませた方が、総務部さんにとっても私どもにとってもいいと思います。中林部長はいかがお考えでしょうか」

中林部長はすぐには答えなかったが、微妙な表情の揺らぎが、彼が複数の打算の間で揺れ動いていることを窺わせた。眼球だけを動かして、数メートル離れた観客を一瞥する。そこにいる最も地位が高いのが杉戸課長だと知って、安心したように息を吐く。課長は部長よりも地位が低いし、残りは自分の部下である正美と森下だ。こいつらならどうにでもなる——そんな心の動きが手に取るようにわかった。

底の浅い奴だ。

拓真は心の中で嘆息する。あんたよりずっと下の松本係長にこれだけいじめられているのに、未だに役職にこだわるのか。そんなことだから、あんたは経営の中枢に呼んでもらえないんだよ。

数秒の沈黙の後、中林部長が口を開いた。

「そ、そうだな。忙しい最中《さなか》に、満島部長に余計な負担をかけるわけにはいかない」

「ありがとうございます」

拓真はまた頭を下げた。よし。これで邪魔されずに済む。あらためて松本係長に向き直った。

「松本係長は、いかがでしょうか」

定年間際の係長は、その知的な瞳に同意の色を浮かべた。

「私も、小林主任の意見に賛成です。その方が、私たち総務課の引き継ぎもスムーズに進みますし」

言われて思い出す。

そうだった。もともと松本係長は、定年退職に伴う業務引き継ぎを装って、中林部長を脅しているのだ。すでに本来の目的は他者の知るところとなり、こうして経営陣の代理人である経営管理部がやってきたのだから、今さら隠す必要もないだろう。拓真などはそう思うけれど、ことが終わってからの後始末を考えると、表向きの目的を繰り返し続けた方がいいのかもしれない。今後仕事をしていくうえで、役に立つ手法だ。憶えておこう。

さて。拓真は精神的に居住まいを正す。自分はこれから、松本係長から工場事故報告書の秘密を引き出さなければならない。交渉を開始する前に、自分の立ち位置を確認しておこう。

まず、行動の目的だ。役員会議室で窮地に立っているらしい深雪を助けるため。これに絞る。逆にいえば、報告書の秘密を知らなくても深雪を救えるのなら、それでよい。

次に、自分は責任のある立場ではない。経営管理部という部署にいる以上、工場事故報告書の実情を把握するのは業務の一環だ。しかしながら自分は、部長でも課長でもない。一兵卒に毛の生えた程度の主任だ。しかもこの部屋には、上司である課長がいる。もし自分の行動が大問題に発展したとしても、自分は杉戸課長の指示によって動いたと、正美と森下が証言してくれるだろう。だからこの件が原因で、自分が左遷《させん》されたりすることはない。

そして最後に、自分が相対しているのは、総務部の冴えない万年係長ではないということだ。かつての経営管理部企画課長。カミソリと渾名された切れ者だ。正面切って対決してはならない。敵対して情報を勝ち取るのではなく、むしろ協力してもらう。そんなスタンスで進めなければ、先ほどまでのように、予想もつかない答えを返されて引き下がることを、繰り返すだけで終わってしまう。

これだけのことを肝《きも》に銘《めい》じて、拓真は息を吸った。

「係長は、先ほど富士工場の工場事故報告書を、表紙だけ見せてくださいました。そしてその次のページをお願いしたら、今度は鹿島工場の報告書です。ということは、係長が部長に引き継いでいただこうとしたのは、富士工場の報告書の、表紙だけだということになります。つまり、表紙だけで用が足りるということでしょう。それならば、鹿島工場の報告書も、表紙しかないという可能性があります。それだけではなく、他にも表紙だけの報告書が存在しても、不思議はありません。ですからお尋ねしたのです」

「ふむ」

松本係長は、左に五度ほど首を傾《かし》げた。

「表紙だけで用の足りる報告書。意味がよくわかりませんね。内容がないものは、報告書とは呼べないでしょう」

ぬけぬけと言うなあ。あんたが持っているのが、まさにそれだろう。

しかし肚をくくった拓真は、もうこれくらいでは動揺しない。課長命令で動いている自分は、極端にいえばキレて松本係長に襲いかかっても、破滅しない立場なのだ。命綱を身につけている人間は、いくらでも大胆になれる。大胆になることができれば、頭は回るのだ。

「まったく同感です。ですから私も、本当に表紙だけしか存在しないとは思っておりません。表紙はシンボルに過ぎないわけですから。表紙に捺印されていない報告書は、印刷されている必要がありません。本体は、文書ファイルを保管しているサーバーにあるのでしょう。係長は部長に表紙だけお見せして、報告書の存在自体を引き継げばいいだけです」

そう。考えてみれば簡単なことなのだ。表紙の次に表紙があったことで最初は混乱したけれど、その事象自体は別段不思議でもない。

松本係長は目を細めた。

「無難な解答ですね」

そんなことを言った。

そして小林主任は、そんな引き継ぐべき報告書がいくつもあると考えているのですね」

「そういうことです」

拓真は即答した。

「ただし、この仮説に沿って考えると、お手元の紙ファイルには表紙しかなくて、その内容が私にはわかりませんが」

拓真の答えに、松本係長の視線が一瞬鋭さを帯びる。

「なるほど。仮説と憶測を混同してはいないようですね。それでは、お見せしましょう」

紙ファイルを開く。そして鹿島工場の表紙をめくった。拓真は目を見張る。

やはり。

表紙の後ろには、想像どおり、表紙だけが次々と現れた。

津久見《つくみ》工場、三月三日。

今治工場、一月八日。

北上《きたかみ》工場、十二月二十六日。

津久見工場、十一月一日。

富士工場、十月五日。

北上工場、九月十二日。

鹿島工場、八月二十二日。

「ここまでですね」

松本係長が紙ファイルを閉じた。

なんだ、これは。

オニセンの国内五工場すべてで、拓真の知らない工場事故報告書が作成されている。それも、ほぼ月一回のペースで。

予想していたこととはいえ、実際に見せられると困惑せざるを得ない。これは森下が言うように、すべて捏造されたものなのか。それとも実際に発生していて、隠されたものなのか。あるいは拓真が思いついたような、事故ではなく重大インシデントなのか。

いや、待て。自分に言い聞かせる。まだ結論を考えてはならない。結論を出せるほどのデータを持っているわけではないのだ。今は、得られた情報が何を意味するのかを考える段階だ。

「どうですか？」

松本係長は、あくまで楽しげだ。こういっては何だが、とても勤務時間中の会社員の顔ではない。

「興味深いですね」

拓真は同じように楽しげな表情を作る。

「捺印されていない表紙だけが、九枚もあります。昨年の八月から今年の七月まで、一年の間に事故が九件。これだけでも多いわけですが、実際に私たち経営管理部が処理した事故報告書も、別にあるわけです。私の記憶では、四件ありました」

拓真は、わざとらしく指を折る。

「去年の九月に、北上工場の金属探知機が故障して、金探にかかっていない製品が出荷されかけました。それから仕事納めの二十八日に、富士工場で高所の清掃をしていた社員が脚立から降り損なって、足首を骨折。年が明けて二月には、津久見工場で作業員が指を機械に挟まれて裂傷を負いました。最後は六月の今治工場での、漏水です」

拓真は松本係長の目を覗きこむ。

「本社が把握している事故が四件。把握していない事故が九件。合わせて一年間に十三件の事故が起きた計算になります。ちょっと多すぎますね」

「多すぎますね」

松本係長も同意する。本当のことで、工場では一年間無事故を達成すると、会社から報奨金が出る。そして達成する例も、決して少なくはないのだ。

「多すぎるから、九件は隠されたのでしょうか」

拓真は首を振る。まだその疑問に答える時機ではない。報告書の内容がわからない以上、松本係長に様々な角度から質問をして、その反応を頼りに事実を類推するしかないのだ。だから質問そのものを否定することにした。

「隠されていませんね。こうやって、総務部さんが持っておられるのですから」

松本係長が、唇の両端をつり上げた。笑ったのだ。そして笑顔のまま、目がぎらりと光った。

「それもそうですね。でも、小林主任が指摘したとおり、総務部は工場事故報告書を受け付けて、経営管理部さんに回すのが仕事です。私たちが受け取っておきながら、処理しなかったというのですか？　そのようなことを、中林部長がお許しになるでしょうか」

いきなりカミソリの刃を突きつけられた気がした。ここで中林部長の名前を出して攻撃してくるとは。

しくじったか。確かに自分の発言は、取りようによっては総務部を非難しているとも聞こえる。視線を動かさずに中林部長の様子を確認する。部長は眉間にしわを寄せてこちらを睨んでいた。

ここはうまく言い逃れなければ。かといって、ここに来るまでに前提としていた、「中林部長は、より上位の人間に指示されただけの哀れな犠牲者」という設定は使えない。そんなことを口にすれば、中林部長はプライドを傷つけられて、いっそう扱いにくい存在になる。だったら、思いっきり心にもないことを言って誤魔化そう。

「通常の報告書隠匿であれば、部長が了承されるはずがありません。ですが捺印もされていない報告書を総務部さんが受け取ったところで、正式なものでない以上、通常のルートに載せることはあり得ないでしょう。ですから、総務部さんが留め置いたとしても、問題ないと思います」

とりあえず形式論で盾を作る。松本係長の身体から突き出されていたカミソリが、出たときと同じく瞬時に消えた。拓真は安堵する。なんとかリカバーできたようだ。さあ、ここからだ。

「私が気になったのは、報告書を見せられた部長が、心を痛められたご様子だったことです。この報告書が正式なものでなく、部長がその存在をご存じだったとすれば、ひとつの可能性を考えることができます」

「可能性」元課長の係長は、わかっていないふりをして繰り返す。

「それは、いったいなんでしょうか」

「中林部長は、相談を受けたのではないのでしょうか」

拓真は、考えながら話すという、ライブ感溢れる対応をしていた。いくら命綱が付いているとはいえ、スリリングであることには間違いない。

「工場勤務の社員が、仕事のことで思い悩んでいました。しかし職場に相談する相手がいない。それなら、いろいろと社員の面倒を見てくれる、総務部長に相談しようとしたのかもしれません。部長の目に留まるようにと、工場事故報告書の書式に悩み事を書いて、部長宛に送った。部長はそれを読まれたのではないでしょうか」

中林部長の目が見開かれた。その反応から、拓真が口にした仮説は、事実とまったく異なっていることがわかる。しかし拓真は話を続けた。

「悩み事ですから、相手には秘密を守ることを約束したでしょう。それなのに松本係長は、報告書の存在をご存じでした。部長は社員の秘密がばれたと思い、こうして困って、いえ、正確にはご自分を責めておられるのではないでしょうか」

おそらく、杉戸課長をはじめとする観客たちは、精神的にずっこけたことだろう。社員が報告書の形で総務部長に相談したという仮説は、拓真自身が考えついたものだ。しかし拓真はそれを発展させて、中林部長を部下思いの聖人に仕立て上げてしまった。

「総務部さんが非公式の報告書をお持ちで、しかも中林部長がそのことに言及されていないのは、そのような背景もあり得る。私はそう考えました」

拓真が口を閉ざすと、松本係長はすぐにコメントしなかった。奇妙な沈黙が、部長席に舞い降りる。

突然持ち上げられた中林部長は、呆気にとられた表情をしている。完全に思考停止状態だ。

松本係長は、中林部長以上に目をまん丸にして、じっと拓真を見つめていた。しばらくそのまま動かなかったが、やがて拓真から視線を外してうつむいた。

静かな総務部に、低い忍び笑いが響いた。

声の主は確かめるまでもない。目の前の松本係長が、肩を震わせて笑っていた。しかしすぐに黙ると、顔を上げた。拓真を見る目は三日月になっている。

「君、面白いなあ！」

大声で言った。「面白い！」

楽しくて仕方がない、という気持ちを全身で表している。

「確かに、その仮説に破綻はありません。小林主任は、それが真実だと？」

あまりに楽しそうな様子に、つられて「はい」と言ってしまいそうになる。けれど拓真は曖昧に首を振った。

「まだ、わかりません。ただ、報告書は全国の工場から届いているようです。だとすれば、報告書形式での悩み相談が、社内に広まっていることになりますね。まだ九件だけですが、これから数が増えていくと、部長お一人では対応しきれなくなってしまいます。オニセンは単独でも二千五百名、連結対象のグループ全体なら六千三百名の従業員がいますから。この仮説が真実ならば、部長のご負担を軽減するシステムを考えなければなりません」

松本係長の目は、まだ三日月のままだ。

「ほほう。すると総務部では、内部告発の窓口だけでなく、社員の悩み相談窓口も作る必要がありますか」

　拓真は明確に首を振る。そろそろ話を切り替えなければ。

「必要だとは思いますが、それは今日の一件がきっかけにはならないでしょう。なぜなら、私が申し上げた仮説は、おそらく事実ではないからです」

「というと？」

「この仮説が真実ならば、部長は話を聞いただけで、悩みを解決するための行動を起こしていないことになるからです。中林部長が本当に悩みを聞いたならば、すぐに部下を呼んで、状況を改善するよう指示を出したでしょう。総務部の方々、中でも係長がそれを知らない以上、事実ではないと思われます」

　よし。中林部長に対する評価を落とすことなく、自分が持ち出した与太話を否定できた。今からは、真相に近づくための話をしなければならない。

「なるほど。納得できる話ですね」

　松本係長の目が元の大きさに戻った。

「では、なぜ中林部長はお困りなのでしょう」

　まだ部長の名前を出してくるのか。でも大丈夫。なんといっても自分は現在の経営管理部、別名「役員たちの保育園」に勤務している。偉い人の機嫌を損ねないよう話を進めていくことに、慣れているのだ。いくら松本係長が有能だといっても、この点に関してだけは、自分の方が上だろう。

「はい。社員のことで心を痛めておられないのであれば、残る可能性はふたつあると思います。ひとつは報告書が会社に悪影響をもたらす場合です」

「会社に？」

「はい。先ほど私は、中林部長が社員から相談を受けたと申し上げました。それは、個人的な悩みではなく、もっと大きな問題ではなかったのでしょうか。たとえば会社を揺るがすような。問題が大きすぎたため、さすがの部長も対処に困られた。そして結論が出るまで、とりあえず保留にしておいた。そんなところで、どうでしょうか」

松本係長は、二度瞬きをした。

「会社を揺るがすほどの大きい問題ですか。小林主任は、現実問題としてあり得ると思いますか？」

拓真はまた首を振る。

「実は、自分自身は信じていません。工場事故報告書の形でこっそり相談されたのが一件だけだったなら、十分あり得たと思います。けれど一年の間に九件もあったのなら、もう部長一人で留めておけるような問題ではないでしょう。どこかで露見して、大騒ぎになっているはずです」

そうなのだ。先ほどまで自分は、この可能性は低くないと考えていた。しかし松本係長から、他にも多量の報告書が存在するという情報を引き出した今なら、自信を持って否定できる。可能性をひとつ消せただけでも、ここまで松本係長とやり合った甲斐があったというものだ。

「グッド」松本係長が小さい声で言った。そしてすぐに音量を戻す。

「もう一つの可能性は？」

拓真は困った表情を作った。

「こちらは多少申し上げにくいことです。それは、報告書が怪文書に属するものだった場合です。捺印もされておらず、私たちが知らない報告書である以上、そう判断していいでしょう。そして怪文書は、社内の個人を誹謗中傷《ひぼうちゆうしよう》する場合が多いのです。それも、上層部の。中林部長は、経営陣の誰かを貶《おとし》める怪文書を受け取ってしまったために、心を痛めておられるのかもしれません」

意識して、抑えた口調で話した。案外これが真実なのかもしれないと思ったからだ。

松本係長を相手に口から出任せを話しているうちに、考えついた仮説。仮に中林部長自身が報告書作成に関与していないのであれば、この可能性は無視できないのではないか。中林部長は、下には強くても、上には弱い人間だ。怪文書の内容によっては、自分がどう立ち回るかについて悩むはずだ。しかもそれが、九件も飛び交っていては。そんな悶々とした日々が一年も続いた挙げ句、いきなり松本係長が報告書の話を持ち出したら、動揺するのは当然のことだ。

拓真は、探る目で松本係長を見た。報告書を押さえている以上、彼は真相を知っているだろう。さて、どのような反応を見せるのか。

松本係長は、冷静な表情の中にも、ゆとりを漂わせていた。少なくとも、拓真の意見に動揺したわけではないようだ。指先で、そっと紙ファイルを撫でる。

「興味深い仮説ですね」

拓真の目を見返す。

「仮説も面白いのですが、君自身も面白い。ひとつ仮説を述べたら、それを検証しながら、すぐに次の仮説を思いつく。それぞれにそれなりの説得力があり、おまけに誰も傷つけないように配慮されています。君はなんだか――」

不意に温かい微笑《ほほえ》みを浮かべた。

「大木課長に似ていますね」

――えっ？

意外な名前を出され、一瞬思考が止まった。

大木課長といえば、拓真が知るかぎり、社内に一人しかいない。深雪の上司、企画部の課長だ。彼は今、深雪と共に役員会議に出席している。

拓真は唾を飲み込んだ。やはり松本係長は大木課長と連携しているのか？　松本係長が鍵を握っている総務部長を追及し、役員会議室では大木課長が黒幕を告発する。お盆の緩んだ社内で、彼らは爆弾を破裂させたのだろうか。

拓真は心の中で頭を振る。結論を急ぐな。自分はまだ、その場所にたどり着いていない。

「小林主任」

名前を呼ばれ、意識を現実に戻す。「はい」

松本係長は、右の人差し指を上に向けた。

「大木課長に、会いに行きますか？」

《会議室》

「なんだか、楽しそうなことになってきましたね」

中尾社長が楽しげに言った。

そんな様子を、会議の出席者たちは呆気にとられたような顔で見つめていた。

元々企画部時代から、不謹慎なまでに物事を面白がる人だったと聞いている。社長になって落ち着いたとはいえ、ときおりマーケッターとしての資質が顔を出すようだ。

だからといって、今出さなくてもいいのではないか。会議の席上、まるで怪文書のような工場事故報告書が現れ、役員たちがぎすぎすしたやりとりをしている。しかも、通常業務を行っている日に、総務部に電話がつながらない。とても経営者が喜んでいられる状況ではないはずなのに――出席者の表情は、そう訴えかけている。

しかし社長は役員たちの気持ちを知ってか知らずか、電話機の前に立ちつくしている野末部長に声をかける。

「今かけたのは、中林部長席ですね。では、総務部の他の番号はどうですか？　栗原課長や松本係長は出ないでしょうか」

「やってみます」

野末部長は短く答えると、あらためて内線電話表で番号を確認する。本社の内線番号は、四桁だ。野末部長の細い指が、四回ボタンを押した。そのまま静止。十数秒後、あきらめたように今度は指がフックを押す。同じことを繰り返す。フックを押してあきらめるところまで同じだった。

「誰も、出ません」

そう報告し、今度は内線電話表を見ずにボタンをプッシュした。スピードが今までと全然違う。押し慣れた番号だと想像できた。数秒待って、つながったようだ。

「もしもし。野末ですけど。みんなサボってない？　ちゃんと仕事してる？　いえ、そうならいいの。じゃあね」

それだけ早口で言って、電話を切った。

「企画部は出ました。この電話や、電話のシステムが壊れているわけではなさそうです」

「なるほど」

短く返事をして、今度は正面に立つプレゼンテーターに視線をやった。「大木課長」

「はい」

今日の混乱のきっかけを作った張本人が返事をする。

「本社ビルで、総務部の電話だけをつながらないようにする方法は、あるのでしょうか」

「そうですね」

大木課長は社長から視線を逸らし、思い出すように宙を見据えた。

「本社ビルではIP電話を導入していますので、モデムの電源が切れれば、電話とネットは使えなくなります。可能性のひとつですが、総務部のモデムのコンセントが抜けたか、あるいは故障したのかもしれません」

普段なら「冷蔵庫のお茶に毒が入っていて、総務部全員が倒れているのかも」くらいのことは言う人だけれど、さすがに役員会議の席では当たり前のことしか言わない。社長も「なるほど」と納得の表情を見せた。

「まあ、いいでしょう。今すぐに連絡を取らなければならないわけでもありませんし。

――野末部長」

「はい」

「会議が終わったら総務部に行って、事情を説明してあげてください。そして調査するようにと。大木課長はプレゼン資料のファイルを中林部長にメールで送るように」

「かしこまりました」

「了解しました」

現役の企画部長と課長が指示を肯《うべな》った。中尾社長が満足げな表情を浮かべる。

「では、この件はおしまいにしましょう。大木課長。販促策の続きをどうぞ」

――ええっ？

出席者全員の心の声が聞こえた気がした。

深雪も同感だった。これだけ会議を混乱させた工場事故報告書を放っておいて、会議を進めようというのだろうか。

「あ、あの、社長」

実際に声に出したのは、ナンバー2の増山専務だった。

「総務部は、そのままにしておいてよろしいのでしょうか。電話がつながらなくなった以上、なんらかの確認作業が必要と思われますが……」

「大急ぎでやることでもないでしょう」

社長はあっさりと答える。「総務部にテロリストが侵入して、マシンガンを乱射したのならともかく」

小さい目を白黒させる専務に、社長は柔和な笑みを向けた。

「電話がつながらなくなったら、いの一番に困るのは、総務部です。ですから彼らは、すでに復旧に向けて行動を起こしているでしょう。もっとも業者がお盆休みだったら、すぐには直らないかもしれませんが」

驚くほどの常識論だ。おかげで、増山専務も続けて反論できない。目の前に謎があるのに、そこから回避しようとする姿勢は、深雪としても納得いかない。しかし。

社長の言うことにも、一理ある。

深雪はそう思わざるを得ない。

工場事故報告書は怪しいから、総務部に調査させる。

総務部の電話は、総務部自身が修理しているだろう。

勤務時間中の対応として、ごく当たり前のものだ。もし電話の故障が重大なトラブルによるものだとしたら、すぐさま社長に報告が上がる。逆に言えば、報告がない以上、総務部にたいしたことは起きていないのだ。起きていても、総務部長レベルの判断で解決できる程度のものと思われる。

工場事故報告書だってそうだ。徳田本部長が指摘したように、もし社員の直訴だったとしても、今この瞬間に解決しなければならないものではない。第一、今日は工場が休みだ。週明け、工場が動き出してからでないと、どのような対応も取りようがない。放っておいて会議を続けても、支障はないのだ。

検証してみると、社長の常識論は、完全に正しいことがわかる。かといって、見たくないものに蓋をして、目を逸らしているわけでもない。きちんと調査を命じている。最高権力者ならではの力業という気もするけれど、本日いちばんまともな科白だと思った。

小さく息をついて、深雪は膝の上に置いた携帯電話をなでた。会議室の異常なやりとりを拓真に実況中継したが、不要だった。このまま会議はすんなり終わるだろう。拓真に助けてもらう前に、危機の方が勝手に去ってしまった。

深雪は、ちらりと大木課長を見た。工場事故報告書を会議資料に挿入したのは、大木課長に間違いない。こんなにあっさり幕引きされて、彼は満足なのだろうか。

そんなはずはない、と深雪は考える。プレゼンの資料に怪しげな書類が入っていたら、まず当人が責められる。今は課長は糾弾されていないけれど、それは営業系の役員たちが行徳常務を責める材料にしたいから、後回しにしているだけだ。会議が終わったら、厳しい追及が行われることは、想像に難くない。

そんなリスクを冒してでも実行に移したのに、ここで終わっては意味がない。大木課長は、それでいいのだろうか。

大木課長は不満そうな顔をしていなかった。むしろ、安堵したような表情を社長に向けた。ぺこりと頭を下げる。

「資料をメールで送る件、会議が終わったら直《ただ》ちに実行いたします」

そんなことを言った。

「このような書類が出てきたときは、どうしようかと心底焦りました。けれど社長のご指示のおかげで助かりました。メールを送れば、主導権は総務部さんに移りますから、私の手を離れることになります。肩の荷が下りた気分です」

大木課長の話し方は、社長に対する社員の枠を、少しだけはみ出していた。企画部ではよくある、若い社員の上司に対するフランクさに近い。大木課長が新入社員のとき、中尾社長は企画部長だった。騒ぎを経て、そのときの人間関係が復活したようだった。思わず、といった感じで社長の顔もほころぶ。

しかし。まったく違う表情に変わった出席者がいることに、深雪は気づいていた。

狼狽。焦り。絶望。

そのようなマイナスの感情が、顔の皮膚の下に流れているのがわかる。――行徳常務だ。

深雪はわずかに首を傾げた。工場事故報告書の内容を、なんとか社長に見せまいとしていたのは、行徳常務だったではないか。その目的は達成され、この場では、もう報告書の話題は出てこない。総務部による調査結果次第ではどう転ぶかわからないけれど、少なくとも社長の前で糾弾される事態は回避できたのだ。大木課長以上に安堵していてもおかしくない。それなのに、なぜそんな顔をするのだろうか。

疑問は、しかしすぐに解答を得た。解決のヒントが、自分自身の思考過程にあることに気づいたのだ。

総務部による調査結果次第では。

これだ。大木課長も「メールを送れば、主導権は総務部さんに移ります」と言った。主導権が総務部に移るということは、行徳常務にも手出しができなくなるということを意味しているじゃないか。

報告書の内容がどうであれ、行徳常務が知らない以上、彼にとって心地よいことが書かれているとは考えられない。事故を起こした工場が、行徳常務の立場をおもんぱかって隠蔽した――常務の反応を見るかぎり、十分あり得る仮説だ――などということが総務部の調査によって明らかにされたら、大変な問題になる。それは行徳常務の失脚に直結するだろう。野末部長の常識的な助言と、社長の常識的な判断によって、彼は今、破滅の際に立たされているのだ。

おやおや。

深雪は、行徳常務が立たされた奇妙な立場を思う。社長に見せまいとしていた書類が、社長が見ないことによって、自分を滅ぼそうとしている。なんという皮肉な結果なのか。

しかし、どうしようもない。総務部に渡さないためには、この場で報告書の謎を明らかにしなければならない。要は、自らの手で滅びるか、総務部の手によって滅びるかの違いだけだ。

彼は、終わった。

深雪はそう判断した。常務の座を追われないまでも、もう次期社長にはなれない。

行徳常務が潔白ならば、あるいは潔白という自覚があるのなら、怪文書の域を出ない報告書など、一笑に付して終わりだろう。報告書が自分を誹謗中傷しても、気にもしない。むしろこの場で内容を熟読して、悪意を向けた相手を特定して、徹底的に叩き潰す。それが行徳常務のキャラクターだ。

しかし現実の常務は違った。怒ったり青ざめたりを繰り返すだけだ。報告書にいいように翻弄されている。つまり報告書に対して、本気で対応しているのだ。そんな彼の態度が、自分自身が潔白ではないことを証明していた。

とすると。深雪はあらためて大木課長を見る。大木課長の目的は、やはり行徳常務を失脚させることにあったのだろうか。

どこからか怪文書を入手して、社長や営業系の役員のいる場所で公開する。それらしい仮説をふたつ三つ並べ立てて、いかにも報告書が重大な意味を持っているよう、信じさせる。

報告書が真実を語っているかどうかなど、問題ではないのだ。工場で実際に不正が行われている必要もない。社長に「こいつは我が社のトップにふさわしくないな」と思わせれば。取締役なんて、どうせ叩けば埃などいくらでも出てくる身体だ。真実は後からついてくる。

見事だ。見事な手管だと思う。大木課長なら、そのくらいのことは朝飯前だろう。深雪は納得した。ただ一点を除いては。

こんなことをして、大木課長に何のメリットがあるのだろうか。

「いやいや、社長のおっしゃるとおりです」

大げさに感心した声が、深雪の思考を中断させた。菅野常務だった。

「私どもがこの場で真相を究明するには、データが不足しすぎています。ですからこの場で判断せずに、総務部の調査結果を待つのが最上だと思います。申し訳ございません。社長のご指摘があるまで、私どもは思いつきませんでした」

あまり内容のある言葉ではない。単なるお追従《ついしょう》だ。人当たりの良さだけで出世した菅野常務は、社長に対するケアも抜かりがないようだ。増山専務や徳田本部長は冷ややかな視線を菅野常務に向けるが、本人は気づいていない様子で話を続けた。

「大木課長も、工場事故など起きていないだろうと言いました。私もそう思います。総務部が調べれば、真実は早晩明らかになるでしょう」

そして営業系のトップは、生産系のトップに笑顔を向けた。

「行徳常務、よかったですね」

ぞっとした。

とんちん菅野は、悪意を持って話したわけではないだろう。営業系が生産系を責めたてるという構図の中、菅野常務一人がなんとかとりなそうとしていた。特定の一人を悪者にしない気配りは賞賛に値すると、深雪も思う。けれど、彼の言葉は表面的すぎるのだ。場当たり的にもっともらしいことを言おうとするから、時として逆効果になってしまう。今の言葉など、まさにそれだった。

行徳常務、よかったですね――。

深雪は一連の騒動により、行徳常務は失脚したと考えた。社長は、行徳常務を副社長――つまり次期社長――に指名することはないと。おそらくは、菅野常務を除く全員が同じ意見だろう。それなのにとんちん菅野は、当の本人を相手に「よかったですね」と言ってしまったのだ。聞きようによっては、これほど痛烈な嫌みもない。

深雪の悪寒は、深雪一人に舞い降りたものではなかったようだ。会議室の空気は凍りつき、本来行徳常務の失脚を狙っていたはずの増山専務や徳田本部長、それに野末部長までもが固まってしまっていた。そして行徳常務に目を向ける。

次の瞬間、見てしまったことを後悔した。深雪が目にしたのは、一人の人間の理性がぷつんと音を立てて切れた瞬間だったのだ。行徳常務は、引きつった顔に無理矢理な笑顔を浮かべ、口を開いた。

「そう、ですね。総務部さんが調べれば、こんなものは、何の証拠もない、でたらめだと、わかるでしょう」

「そうでしょうとも」

まるで追い討ちをかけるような菅野常務の対応だったが、行徳常務の話は、終わっていなかった。

「ですが、私はこのような薄汚い書類が存在すること自体、許せません。書類の真偽は総務部さんが調査するのでしょうが、大木課長が出所について答えられないのであれば、私は独自に調べる覚悟があります」

行徳常務は、据わった目を対面に向けた。営業系に。彼は、自分を陥《おとしい》れたのが営業系の役員たちだと、信じて疑っていないのだ。

しかし増山専務も徳田本部長も、平然としている。負け犬の遠吠えと聞き流しているようにも見えた。

行徳常務は、いつまでも政敵を睨みつけてはいなかった。視線を発端に向けた。つまり大木課長に。

「おい、君。続きを見せなさい」

「えっ？」

思わず、といった声だった。大木課長はきょとんとした顔を生産系常務に向ける。行徳常務は、忌まわしい工場事故報告書が映し出されたスクリーンを指さす。

「こんな報告書をでっち上げた奴は、足跡を残しているに違いない。足跡を捜すには、証拠物件をチェックするに限る」

ぎらぎらと光る目が、大木課長を射る。課長は押されたように後ずさりした。

「し、しかし、真実かどうかわからない報告書を読むべきではないと、常務はおっしゃいましたが……」

「かまわん」

行徳常務は大木課長の言葉をはねのけた。

「どうせ嘘だとわかる書類だ。だったら、見ても関係ない」

どうせ自分は失脚するんだから、と聞こえた。

大木課長はうろたえた素振りを見せた。助けを求めるように社長を見る。社長は、穏やかな表情のまま首を縦に振った。

大木課長はため息をついた。深いため息だ。息を吐ききった後、少し吸ってから、深雪に声をかけた。

「次のページを」

深雪は指示どおり、ページを一枚送った。スクリーンとノートパソコンの液晶画面に、同じ映像が映し出される。

あれ?

深雪は反射的に前のページに戻していた。そして再びページを送る。

間違いない。最初は何かの勘違いかもしれないと思ったけれど、間違いない。

工場事故報告書の表紙。それが深雪の知らない三十一ページ目だった。だったら、その次のページは、報告書の内容でなければならない。それなのに、次のページ、三十二ページ目には、やはり表紙が出てきたのだ。

前のページと、同じ体裁。違うのは、工場名と日付だけだ。前は富士工場、七月三日だった。このページは鹿島工場、四月二十一日となっている。そして同じように、捺印がされていない。

深雪は混乱していた。行徳常務を破滅に追いやった工場事故報告書の表紙。その次のページに、なぜまた表紙がある?

「これは……」

つぶやいたのは、徳田本部長だった。

「これは、なんだ?」

太い黒縁眼鏡越しに大木課長を睨む。しかし課長は本部長を見ていなかった。口を開けてスクリーンを見つめていた。すでに資料に理性的な解釈を求めることを、あきらめたような顔だった。

次に声を発したのは、増山専務だった。

「またしても、工場事故だ」

甲高い声が会議室に響いた。

「前のページ同様、私はこんな事故のことを知らない」

左右を見回す。

「皆さんも、同様のことと思うが。行徳常務。こちらに見覚えは？」

行徳常務は腕組みをして首を左右に振る。

「知りません。知るわけがないでしょう」

ふてくされたしゃべり方だ。社長がほんの少し眉をひそめたが、気にしている様子はない。将来が閉ざされたと自覚して、子供じみた本性がさらけ出された気がした。

「ひょっとして……」

増山専務がつぶやく。そして、猜疑心の強そうな目を深雪に向けた。

「君、次を出しなさい」

直接指示された深雪は慌てたが、指示どおりするしかないとわかっている。大木課長に確認を取らないまま、ページを送った。

半ば予想していたとはいえ、やはり衝撃的だった。

そこには、三枚目の表紙が映っていた。

深雪は役員の指示に従って、次々とページを送っていく。表紙が五枚になったところで、マウスから手を放した。バランスよく、国内五工場すべての報告書が出そろった。

誰もが、咳ひとつしないままスクリーンを見つめている。中尾社長までが、目を丸くして不思議な工場事故報告書の表紙を眺めていた。

「なんだ、これは」

沈黙を破ったのは、増山専務だった。

「五工場すべてから、内部告発めいた書類が出てきた。行徳常務。これはいったいどういうことですか？　工場で、いったい何が起こっているんですか？　私たち経営陣は、それを知る権利がある。いや、知る義務がある。あんたが、工場で何をしたかを」

行徳常務が、ぎらぎらとした目を増山専務に向けた。

「ほう。私が何をしたとおっしゃるんですか？」

「それを知りたいのは、私の方だ」

突っぱねるような返答に、行徳常務の頰がぴくりと震えた。

「知りませんね。というか、何も起きていないんです。私は何もしていないし、工場で皆さんの知らない事故が起きているわけでもない。すべてがまやかしなんです。専務ともあろう方が、まやかしを信じるんですか？」

「まやかしなんかじゃない」

反射的になされた反論だった。考えて発した言葉じゃない。案の定、行徳常務が「根拠は？」と聞いてくる。増山専務は答えられない。答えられないから、考えて喋ることを放棄したようだ。

「そもそも、どうして工場事故報告書なんだ。本当に事故が起きたのなら悪質な労災隠しだし、事故が起きていなければガキのいたずらだ。いったい工場とは、どんなところなんだ」

「どんなところって」

こちらはすでに自棄になっている。

「工場は、製品を作るところですよ。そんなこともご存じないのですか？」

あからさまな嘲笑に、増山専務の顔も赤黒くなる。

「知らないね。少なくとも、営業部にはそんなバカな連中はいない。工場とは、バカの集まりが不良品ばかり作っている場所かっ！」

息を呑む音が聞こえた。野末部長だ。その視線の先には、社長がいる。社長は、その穏やかな性格に似合わない、不快な表情を浮かべていた。

「増山専務」

怒りを隠しきれない声だ。

「それは、経営者として、言ってはならないことですね」

その言葉を聞いた途端、増山専務が凍りついた。小さかった目が、倍くらいに見開かれている。

自分は、いったい何を口走ったのか。行徳常務の挑発に、ついカッとなってしまったのか。

そんな後悔が見て取れた。しかし一度発せられた言葉は、取り消せない。役員会議に出席している人間は、全員が聞いてしまった。専務取締役ともあろう人間が、工場に対して吐いた、取り返しのつかない暴言を。

深雪は、自分が目にしている光景が信じられなかった。こんな短時間に、行徳常務に続いて、また一人社長不適格の烙印を押された人間が現れた。

深雪は心の中で手を合わせた。

増山専務。失脚――。

間　章

松本係長が訪ねてきたのは、午後八時を回った頃だった。

「遅くに、すまないね」

靴を脱ぎながら、松本係長はそう言った。

「いえ。こちらこそ、お気遣いいただきまして」

大木は頭を下げた。事実、この時間帯を指定したのは、大木の方だ。

『奥さんに、お線香をあげさせてもらえるかな？』

そんなメールが届いたのは、一週間前のことだった。妻の一周忌には、墓前でお経をあげてもらうことになっている。親族が出席して、その後簡単な食事会を開く予定だ。それらがすべて済んで、マンションに戻ってくるのは八時頃だろう。大木はそう返信し、松本係長はそのとおりにやってきたわけだ。

大木は松本係長を、和室に設置した仏壇の前に案内した。松本係長は持参した線香に火をつけ、亡妻の遺影に向かって手を合わせた。そしてジャケットの内ポケットから「御仏前」と書かれた香典袋を取り出した。断ろうとする大木に無理に手渡す。

「夕食は？」

大木の質問に、松本係長は首を振った。

「済ませてきたよ」

それではと、キッチンから缶ビールと乾き物を持ってきた。プルタブを開け、缶を軽く触れ合わせる。

「気持ちの整理は、ついた？」

ビールを飲んで息を吐き出すと、松本係長はそう尋ねてきた。今度は大木が首を振る。

「全然ですね。一年経って、家内がいないという現実には慣れました。でも、気持ちの整理といわれると……」

松本係長は、缶ビールに向かってうなずいてみせた。

「そうかもしれないな。私のように、じっくり考える時間があったわけじゃない」

私のように。松本係長はそう言った。

企画部の課長である大木と、総務部の松本係長。個人的な交流などなかった二人を結びつけたのは、妻の交通死亡事故だった。妻の死にひどく落ち込んだ大木を気遣い、なにかにつけてケアをしてくれたのが、松本係長だったのだ。

社員のケアが業務である総務部なのだから、当然のことと言えなくもない。しかし定年も間近な松本係長がほとんど非公式に動いてくれたのには、別の理由があった。彼もまた、社内結婚の奥さんを亡くしていたのだ。

大木も缶ビールに向かって話しかける。

「松本さんのケースと、私のケース。どちらも最悪の事例ではありますが、あえて比べるのなら、どちらがよりマシなんでしょうね」

松本係長は、曖昧に首を振った。

「それは、わからんよ。私の妻は、寝たきりで何年も過ごした。私は妻の介護をするために、出世を捨てた。おかげで心の交流はできたと思う。一方、君は奥さんの死に立ち会えなかった。君は内省の時間を与えられず、いきなり結果だけを聞かされたわけだ。その代わり、会社の仕事は、今までどおりできる」

「それなんですけどね」

大木は缶ビールから松本係長に視線を戻した。

「気持ちの整理はつかなくても、決断はしました」

「決断？」

「ええ」

大木は、缶ビールを飲んだ。社内の人間で、真っ先に告げるのならばこの人だと思っていたのだ。

「やっぱり、会社を辞めることにしました」

松本係長は、すぐには答えなかった。しばらく無言で大木を見つめていたけれど、その表情に驚きはなかった。数秒の後、ゆっくりとうなずく。

「そうか」

「私は妻の死に際に、傍にいてやることができませんでした。でもそれが会社のせいじゃないことは、よくわかっています」

大木は言った。言い訳の口調になっていないことを、自分で確認する。

「あのときの海外出張は、自ら希望したものでしたから。逆恨みで辞めるわけじゃありません」

「でも、奥さんが亡くなった後も、のほほんと同じ仕事を続けたくはないと」

考えを正確に読まれてしまった。さすがに鋭い。「カミソリ」と呼ばれ、経営陣を意のままに動かしただけのことはある。

「どこに行くのか、聞いてもいいかい？」

さりげない質問に、さりげなく答える。

「はい。TPMSジャパンが誘ってくださったので、行ってみることにしました」

「TPMS」松本係長が繰り返す。「簡易型GPSやスマートフォンを作っているメーカーだっけ。確か、台湾が本社の」

「そう。そこです。日本法人の企画担当に欠員ができたとかで」

「洗剤から電子機器か。大胆な転身だな」

松本係長が笑う。

「まあ、ジョン・スカリーもペプシからアップルに呼ばれた。それほど変でもないか」

大木も笑顔を作った。

「同業他社に転職するわけではありませんから、辞めるにしても気楽なものです」

「そうだね。君が野末部長と仲が悪いという話は聞いていないから、少なくともケンカ別れではないと思う。後ろ足で砂をかけることも、しそうにない。でも、社長が残念がるだろうな」

別に、悪気があって言ったわけではないだろう。それでも松本係長のコメントは、大木の心を重くする。

「それについては、申し訳なく思っています。社長には、新卒時代から気にかけていただきましたから」

本音だった。大木が入社して企画部に配属されたときの企画部長が、現在の社長である中尾孝好だった。上下関係に厳しくない企画部で、大木は部長から企画のなんたるかを教わった気がする。今の自分があるのは、そして急成長しているＩＴ企業からヘッドハンティングの誘いが来るのは、中尾社長のおかげなのだ。

「ふむ」

松本係長はそう言って、缶ビールを飲み干した。大木は冷蔵庫から新しいビールを持ってくる。係長は礼を言って受け取り、プルタブを開けた。

「それなら、辞める際に恩返しをしていくかい？」

「えっ？」

思わず松本係長を見返す。穏やかな瞳には、かつての切れ者の面影があった。

「ちょっと面白い情報を手に入れたんだ」

松本係長はジャケットの内側に手を入れた。香典袋は右胸の内ポケットに入っていた。今度は左胸だ。取り出したのは、折りたたまれたコピー用紙だった。

「君なら、有効活用できるかもしれない」

大木は手渡されたコピー用紙を受け取った。開く。Ａ４縦の用紙には、中央付近に短い文字が印刷されていた。それは、こう書かれていた。

工場事故報告書。

第三章　後継者

《総務部》

「大木課長に、会いに行きますか？」

松本係長は右手の人差し指を、天に向けて立てていた。

おそらく、九階の会議室を指しているつもりだろう。そこでは企画部の大木課長が、経営陣を相手にプレゼンテーションしている。

八月十五日の午後。ほとんどの取引先が休んでいる今日は、会社の仕事は概して暇だ。社内の空気も緩んでいる。そんな中、総務部の一角で、拓真は緊張を強いられていた。

本来なら、逃げてもよかった。工場事故報告書は、工場で発行され、総務部が受け付ける。そして総務部から経営管理部に回され、経営管理部が要旨をまとめてリスクマネジメント会議に提出する。それが事故が発生したときのルールだ。

だから、経営管理部に回ってきていない報告書は、あくまで総務部の管理下にある。拓真が知らない以上、経営管理部に責任はない。総務部さんで処理してくださいよ、と突き放してもよかった。いや、突き放すべきだったのだ。それが真っ当な会社員の、正しい対応というものだ。

それでも拓真は踏み込んでしまった。それも、かなり深みに。危険だと思っていても、もう逃れようがない。いや、逆だ。肚をくっている拓真には、逃げる意志はなかった。

大木課長に、会いに行きますか。

魅力的な誘いだ。この一件で、総務部の松本係長と企画部の大木課長は、結託している可能性がある。拓真はそう考えていた。それも、企んだ側ではなく、追及する側にいる。それならば、誘いに乗っても危険はないように思えた。

それでも。拓真は内心で首を振る。大木課長に会いに行くということは、社長をはじめ経営陣が出席している会議に乗り込むことを意味する。自分はまだ、なにも得ていない。それなのに、いくらお盆の暇を潰すための会議とはいえ、準備もなしに経営陣の前に出るわけにはいかない。拓真にも、その程度の常識はある。だからそのままを口にした。

「いえ。大木課長は、役員報告の最中でしょう。定時を過ぎればまだしも、このタイミングでご挨拶させていただくわけにはまいりません」

松本係長は、ほんの少しだけ意外な表情を見せた。あえて表現するならば「おや？」だろうか。どうやら彼は、拓真があっさり承諾すると予想していたとみえる。

「そうですか」

わざとらしい落胆を見せた。

「せっかくの、金井さんに会える機会を」

どきりとした。

拓真が深雪とつき合っていることと、深雪が今日の会議に出席していること。このふたつの事実を、松本係長が把握していたからだ。これはつまり、松本係長と大木課長が、今日の決起のために、入念な準備をしていたことを意味しないだろうか。拓真のことを調べていたわけではなく、会議にオペレーターとして出席する深雪の周辺を押さえておいた。二人の切れ者の周到さに、慄然とする。

しかし拓真は動揺を顔に出さなかった。

「金井さんはいいんです。それこそ定時を過ぎたら、いくらでも会えますから」

あえて勤務時間中にふさわしくないことを言った。こちらの態勢を整えるための時間稼ぎだったけれど、松本係長を喜ばせたようだ。定年間際の係長は、唇をVの字にした。

「乗ってきませんでしたね。私と一緒に会議室に行けば、工場事故報告書の謎が解ける。そんな期待から承諾するものだと思っていましたが」

やっぱり罠か。少し前までの自分なら、あっさりと誘いに乗ったかもしれない。しかしリングに上がった以上、油断してはいなかった。いいぞ。今のところ、松本係長と戦えている。

拓真は首を傾げてみせた。きょとんとした表情も忘れない。

「すみません。おっしゃる意味がよくわかりません。なぜ会議室に行ったら、報告書の謎が解けるのでしょうか。確かに出席されている方々のほとんどは、リスクマネジメント会議のメンバーです。しかし今日の役員報告は、企画部によるクリーミー・アシストの販促策です。工場事故とは、何の関係もありません」

優等生的解答という点では、百点満点だ。だからこそ、松本係長は演技を感じ取ったようだ。笑顔が大きくなる。

「どうやら小林主任は、会議室で工場事故報告書について議論されていることを、ご存じのようですね。ちょっと驚きました。どうやって知ったかはともかく、たいしたものです」

偶然の産物だ。拓真に誇る気持ちはない。それでも、松本係長の心を少し動かすことに成功したようだ。自分が、彼の意のままになっていないことがわかったからだろう。それなら、たまにはこちらから攻めてみよう。そんな気になった。

「係長こそ、どうしてそのようなことをご存じなのですか？　企画部による役員報告は、総務部さんが内容を事前に知りうるものではないと理解していますが」

半ば予想したとおり、松本係長に動揺はなかった。笑顔も変わらないままだ。答えあぐねることもなく、ゆとりを持って口を開いた。

「なるほど。小林主任は、本日の会議の内容を、総務部の私が知っていることを、不思議に思っているのですね。秘書課に上げられていない、突発的な議題なのに。私が部長に提示してさしあげた、工場事故報告書。これについて社長がご存じだという事実を、なぜ私が知っているのかと」

反応したのは拓真ではなく、中林部長だった。午後になって、何度も驚愕の表情を浮かべていた総務部長は、今までで最上級の恐怖を見せていた。これほどの表情は、ベテラン俳優でも表現できるものではないだろう。そんな感想を持ってしまうほどだった。

人間というものは、真の恐怖を味わうと、顔が黄土色になるのか。

拓真は、冷ややかな気持ちで、総務部長の顔を眺めていた。

無理もない。背景や真相はともかく、中林部長は、明らかに社内のルールに違反している。少なくとも、本人にはその自覚がある。

総務部のルール違反は、他の部署とは意味合いが違う。社内の情報が集約される総務部にいれば、その気になれば悪いことはいくらでもできるのだ。株のインサイダー取引をした西口のように。だから露見した場合、総務部社員へのペナルティは、他より重くなりがちだ。

　そんな総務部のトップである中林部長のルール違反を、社長が知ってしまった。彼の今後の会社員人生に、いい影響があるとは思えない――というのは、ソフトすぎる表現だろう。残念ながら総務部長は、取締役でも執行役員でもない。ただのサラリーマンだ。リスクマネジメント会議の決定次第で、簡単に左遷させられてしまう。

　松本係長も、中林部長の変化には気づいているようだった。こちらは拓真の攻撃に揺らぐことなく、上司に顔を向けた。

「おや、中林部長。どうされましたか？　やはり、お暑いのでしょうか。麦茶を、もう一杯持ってこさせましょうか？」

　部下の提案を、中林部長は無視した。

「し、知らんっ！」

　中林部長が突然叫んだ。

「私は知らん。私の責任ではないんだ！」

　矛盾している。「私は知らん」と「私の責任ではないんだ」は、相矛盾する科白だ。私の責任ではないと主張する以上、内容を知っているはずだからだ。追い詰められた人間ならではの発言だった。

　ふと思う。今の中林部長なら、わりと簡単に落とせるのではないか。優しい言葉を囁きながら聞き出せば、工場事故報告書について吐くかもしれない。少なくとも、松本係長よりははるかに与しやすいだろう。そんなことを考えた。

いや——。

拓真は心の中で首を振る。自分が相手を部長に切り替えたと知ったとき、松本係長がどのような行動に出るか、予想できない。それに、報告書の一件のために部長が左遷される保証はないのだ。報告書は悪質ないたずら程度のもので、中林部長への処分は厳重注意で済むかもしれない。地位を守ることができた部長は、尋問した拓真に対して、復讐しようとするかもしれない。現段階では、危ない橋は渡らない方が賢明だろう。

中林部長に対する攻撃は、松本係長に任せるべきだ。拓真はそう決めた。部長が自らの罪を認めるような発言をした以上、松本係長はかさにかかって責めたてるだろう。自分はただ黙って、情報だけを手に入れればいい。

拓真は一歩後ろに下がった。中林部長の取り乱した発言に、松本係長がどう答えるか。それを見極めるつもりだった。

松本係長は、穏やかな笑顔を部長に向けていた。今までの無表情でもなく、拓真に対する面白がるような笑顔でもない。慈しむような表情。意外だった。どうして係長は、攻撃対象にこのような顔を向けるのか。

「部長はご存じありませんか」

その口調も穏やかだ。

「では、仕方ありませんね」

そして顔をこちらに向けた。

「小林主任。部長はご存じないそうです」

えっ？　それだけ？

拓真は拍子抜けした。松本係長は、中林部長が絡んでいる不正を追及するために、部長席にいるのではなかったのか。それなのに、相手がぼろを出したにもかかわらず、攻め込まない。どういうことなのだろう。

拓真の不審をよそに、係長は言葉を続ける。表情はまたしても、面白がるような笑顔に変わっていた。

「あなたが唱えた、この報告書が怪文書であり、経営陣の誰かを貶める目的で作成されたという仮説。それが正しいかどうかは、部長に質問してもわからないということです。それでは、あなたはどうやって検証しますか？」

またこちらにボールが投げられた。あんた、間違っているぞ。大きくリードを取った挙げ句に転んでしまったのは、目の前の部長だ。自分じゃない。牽制球を投げるなら、あっちだ。そう訴えたかったけれど、カミソリはあくまで刃先を拓真に向けたいようだった。

拓真は内心でため息をつく。仕方ない。中林部長のパニックを利用して、楽に物事を運ぼうとしたのが間違いだったようだ。おまけに、自分でも忘れかけていた、口から出任せの仮説を蒸し返されてしまった。やはり鍵を握っている元経営管理部企画課長を相手にするしかない。

「検証するには、本文を読むのが最も効率的です」

まずはシンプルな発言をした。

「係長は、報告書の本文をお持ちですか？」

「本文ですか」

拓真の発言を予想していたのだろう。面白がる表情は、いささかも揺らぐことはなかった。傍らのノートパソコンを叩く。

「本文は、電子データのままです」

やはり印刷したのは表紙だけで、本文はパソコンの中か。しかし、本文が存在すると明言した以上、では画面で見せてくださいと言える。見たところ、松本係長が部長席に持ち込んだのは、アップルのマックブックプロだ。松本係長に似合わないおしゃれな機種だな。そんなことを考えた。妙な違和感が頭を通り抜けたが、まずは口に出すことが先決だ。見せてくれと言おうとした瞬間、係長の方が先に発言した。

「ですが、この報告書は、部長のご印鑑をいただいていません。総務部長印が押されていない報告書を、経営管理部に渡すことはできません。部長ご本人が許可してくだされば別ですが」

そう来たか。今までの流れから考えて、中林部長が報告書を拓真に見せるわけがない。結局のところ、松本係長は、拓真に報告書を読ませる気はないのだろう。

さて、どうしようかと考えているうちに、先ほどの違和感の正体に思い当たった。

マックブックプロ。

これだ。松本係長は、マックブックプロを叩いて、本文は電子データのままだと言った。しかし我が社が導入しているパソコンは、ヒューレット・パッカードで統一している。外回りをする営業マンが、例外的にパナソニックのレッツノートを使っているくらいだ。つまり、係長が手にしているマックブックプロは、会社の所有物ではない。松本係長は、私物に会社のデータを入れているのか？

意外なところから、攻撃するネタが転がり込んできた。私物のパソコンに会社のデータを入れるのは、明らかな業務規定違反だ。業務上出歩く必要のない総務部は、ノートパソコンを所有していない。それでも中林部長を責めるグッズとして必要だったから、自前のパソコンを使ったのか。

拓真の攻撃本能が、舌なめずりをした。老練な係長が見せた、わずかな隙。どう追及すれば、彼は真相を吐くだろうか。

まずは、一度フェイントをかけてみようか。こちらが観念したふりをして、油断させる。そこから一気に攻め込む。

中林部長を利用するのも手だ。係長ではなく、部長に対して業務規則違反だと言いたてる。今まで松本係長にさんざんやりこめられてきた部長は、一気に反撃に出るだろう。しかも、こちらの味方につけることができる。さて、どちらがいいか——。

そこまで考えて、我に返った。

いけない。自分のスタンスを思い出せ。なぜ自分はここにいるのか。会議室で苦境に立たされているらしい、深雪を救うためではないか。

そして松本係長と敵対しないことも、心に決めていたはずだ。敵対するのではなく、協力してもらう。そんな腹づもりがないと、事態の打開には至らない。

だったら、松本係長を攻撃しても、何の意味もない。逆にその全能力を使って妨害されたら、深雪を救うことなどできない。

敵失は敵失として、放置するべきだ。自分は、あくまで会社員として、松本係長と相対さなければならない。

拓真は、松本係長の目を見つめて言った。

「なるほど。本文のデータは、サーバーにあるのですね。でしたら、総務部の端末であればアクセスできます。データを保存しているフォルダを教えていただけますか？　青柳さんか、森下くんの端末で確認することにします」

拓真が口を閉ざすと、部長席に沈黙が落ちた。松本係長は、黙って拓真の顔を見つめ返している。拓真はその視線を、正面から受けた。

どのくらいの時間、見つめ合っていたのか。不意に松本係長が目を逸らした。小さくため息をつく。

「引っかかりませんでしたか」

えっ？

戸惑う拓真に、松本係長は生真面目な表情で続ける。

「あなたは今、私が私物のパソコンに会社のデータを入れたと思ったでしょう？　実は、それは罠だったのですよ。そう思わせただけで、実際にはそんなことをしていません。これは、邪魔しに来た人の度量を計るための罠だったのです。ただ相手を負かそうとするだけの安い奴なら、喜んで追及したでしょう。その程度の相手なら、潰すのは簡単です」

係長の顔から、面白がるような表情が消えていた。

「でも君は違った。こちらの隙に勘づいていながら、理をもって事に当たろうとした。この局面でそれができる人間は、そう多くない」

口調が変わっていた。松本係長は、カミソリの目で拓真を見つめた。

「どうやら、君とは真剣に対峙しなければならないようだ」

松本係長は、栗原課長席を指さした。

「今日は、課長は夏休みを取っている。空いているから、椅子を持ってきて座るといい」

椅子を持ってくる。それはつまり、拓真を簡単な立ち話で帰すつもりはないということだ。

今までだって、ずいぶん長々と話をしていた。それなのに今さら座れと言うのは、ここからの会話は、さらに気合いを入れて取り組まなければならないことを示している。

どうやら、君とは真剣に対峙しなければならないようだ——。

松本係長の科白だ。それまでの、ずっと年下の拓真に対して丁寧な、それでいて面白がるような話し方を続けていた係長が、突然その口調を変えた。表情もだ。急に偉そうになったわけではない。言葉どおり、真剣になったのだ。

その変化に拓真は戸惑う。自分は会社員として真っ当な発言をしただけで、それほどたいそうなことを言ったわけではない。それとも、この局面で真っ当な発言ができたこと自体が、評価に値するのだろうか。

「わかりました」

短く答えて、拓真は課長席に向かう。肘掛け椅子を転がしながら、中林部長席に戻ってきた。そんな拓真を、部長は得体の知れないものを見るような目で見た。

まあ、そうだろうな。

拓真は中林部長の心情を思いやった。部長が何をやったのかはともかくとして、彼にプレッシャーを与えていたのは松本係長だけだった。それなのに、突然拓真が現れた。表だって敵対しないものの、経営管理部という経営陣と極めて近い位置にいる社員が。しかも、松本係長とあまりに上手に対話しているものだから、二人が事前に打ち合わせしていたようにすら見えるだろう。

しかし、彼の心配は現実を捉えていない。現実の拓真は松本係長と結託しているどころか、振り回されっぱなしだ。

少し間を取ろう。そう思って、拓真は椅子に座る前に、老練な係長に話しかけた。

「麦茶、飲まれますか？」

真剣な表情が緩む。

「いいですね」

「わかりました」

拓真は観客席に戻った。

「森下くん。申し訳ないけど、麦茶を三杯もらえないかな」

「あ、はい」

慌てて森下が立ち上がる。冷蔵庫から麦茶の入ったピッチャーを取り出し、コップに注いだ。お盆ごとこちらに差し出す。「はい」

礼を言って受け取りながら、拓真は不思議な違和感に囚われた。おかしいな。自分は森下にお願い事をして、彼は応えてくれた。それに対して礼を言っただけなのに。首を実際にひねる前に、拓真は違和感の正体に行き当たった。森下の表情だ。彼が拓真に対して浮かべている表情は、中林部長のそれと同じなのだ。

なぜ？　どうして若い森下が、部長と同じ反応をするのだろう。自分は決して松本係長と結託してなんかいないのに。ついさっきまで部長席での出来事について、あーだこーだと一緒に話をしていたじゃないか。自分と森下はその意味で仲間のはずだ。そんな森下が、どうして自分に対して距離を作りたがるのだろう。

まあいい。自分は今から松本係長と話をしなければならない。トレイを持って部長席に戻った。まず中林部長。次いで松本係長にコップを渡した。中林部長はごくりと、松本係長はちびりと麦茶を飲んだ。

拓真は栗原課長の椅子に座った。麦茶の入ったコップは、部長席の袖机の端に置かせてもらう。

「先ほど申し上げた、報告書の本文ですが、やはりデータの保存場所を教えてはいただけないでしょうか。部長のご印鑑をいただいていないから」

松本係長の顔からは、面白がるような笑顔は消えている。まるで杉戸課長のような表情を拓真に向けてきた。つまり、指導教官の顔。

「総務部のルールとしてはね」

当然の回答だろう。拓真は反論する。

「見せていただいた表紙には、工場長の印鑑もありませんでした。それなのに発行部署の工場から本社総務にデータが届いています。本来なら、印刷した報告書に捺印してから、原本を社内便で送ります。その際、データもメールで送らせます。つまりこの時点でルールを逸脱しているわけですから、データのまま経営管理部が閲覧することも可能かと思いますが」

「ふむ」松本係長が自らの顎をつまんだ。「いい回答だ。でも見せないと言ったら、どうする?」

まるで意地悪しているような答えだ。しかしこの程度であれば、対応策はすぐに思いつく。

「係長は、報告書の存在自体は私に教えてくださいました。ということは、経営管理部が報告書について追及することを許可してくださったわけです。私がお願いしてもダメなら、満島部長に本件を報告して、満島部長から中林部長にデータ閲覧を依頼させていただくというのは、いかがでしょうか」

中林部長の顔が強張った。先ほど拓真は中林部長に対して、小うるさい満島部長が報告書の存在を知ると面倒になるから、この場の話し合いで片を付けてしまおうと提案したのだ。それなのに改めて満島部長の名前が出たから、硬直してしまったのだろう。

しかし松本係長は、筋肉をわずかでも緊張させなかった。

「目的を達するためには、効率的な方法だ。ただ、これから先の人間関係を考えると、上司を使って他部署にものを頼むのは、あまり褒められたことではない。特に、君のような若い社員がね。他の方法を考えた方がいい」

しまった。拓真は後悔する。松本係長の指摘したとおりだ。会社で最も嫌われるのは、上司の威光をバックに威張る奴なのだ。自分としたことが、目的達成のために、つい安易な手段を口にしてしまった。

そもそも満島部長は、今日は休みなのだ。休み明けにそんな行動に出たところで、今現在会議室で困っている深雪を助けることはできない。拓真は内心赤面する。未熟者が思いつきで口走った、くだらない提案。自分の発言が、まさにそれだったからだ。

しかしいつまでも恥じ入ってばかりはいられない。松本係長が言うとおり、他の方法を考えればいいだけのことだ。拓真は口を開いた。

「では、こういうのはどうでしょうか。データの保存場所を聞き出す相手は、係長である必要はありません。中林部長や松本係長がご存じである以上、総務部がアクセスできるフォルダでしょう。それなら、青柳さんや森下くんもアクセスできるはずです。総務部の方々に探してもらえばいいのです」

松本係長が、また笑った。

「ほう。その方法を採りますか？」

拓真は首を振る。

「ダメですね。中林部長は、私が報告書を読むことを、望んでおられないようです。総務部のみなさんは、これからも中林部長の下で働くわけですから、私がそんなことを依頼したら、彼らの立場が悪くなってしまうでしょう。工場事故報告書の把握は経営管理部の業務ですが、業務のためという理屈づけで、二人に迷惑をかけるわけにはいきません」

係長が満足そうにうなずく。

「そう結論づけてもらえると、総務部としては助かるよ。他には？」

「はい。総務部以外の人に検索してもらう方法もあります。たとえばＯＡシステムセンターなら、サーバー上の全データにアクセスできます。データ管理をしている添島課長に事情を話して、探してもらうというのはどうでしょうか」

拓真は、松本係長が西口のインサイダー取引の証拠をつかんだのは、添島課長の助けを借りたと睨んでいる。自分も同じことをするぞと告げたわけだ。少なくとも、正美や森下を利用するよりは、会社員として正しいと思えた。

しかし松本係長は、また笑みを浮かべただけだった。しかも、今度は苦笑に近い。

「それを、実行するつもりかい？　実際にやったら、どうなるだろうね」

言われて、頭の中で提案を再検討する。そして、このアイデアも却下した。

「話が大げさになりすぎますね。経営管理部がOAシステムセンターに依頼して、総務部のフォルダを探ってもらう。そんなことをすれば、当然添島課長は上に報告するでしょう。そうしたらセンター長は『なぜ経営管理部が総務部を内偵するようなことをするのか。会社ではいったい何が起きているんだ？』と言いだして、全社的な騒ぎになってしまいます。現在の局面では、情報を広げすぎるのはよくないように思えます」

拓真の検証は、松本係長の考えと一致していたようだ。再びうなずいて、真顔に戻る。拓真は困ってしまった。松本係長は、工場事故報告書の本文を拓真に読ませる気はないようだ。中林部長はもちろんだろう。彼ら以外に検索を依頼することもできない。これでは、あっさり白旗ではないか。

実際、拓真はあきらめかけた。席を立ち、「それでは、経営管理部は知りません。すべて総務部さんで責任を取ってください」と言い捨てて帰ろうとさえ考えた。

しかし松本係長の顔を見て思い留まる。係長は、言葉とは裏腹に、意地悪な顔をしていない。会社員として、真剣に対応している。そう思えたのだ。松本係長が、報告書に関して拓真と真面目に向き合っているのなら、彼の発言には違う意味があるのではないか。そう考えたとき、不意に思いついた。

「ひょっとして……」

思わずそんな言葉が口から滑り出た。係長の目がわずかに大きくなる。

「ひょっとして？」

「ひょっとして、係長はこうおっしゃりたいのですか？　工場事故報告書は、本文を読まなくても、その謎は解ける、と……」

拓真は、松本係長の顔をじっと見つめた。

そうなのか？　内容を知らなくてもいいというのか？

常識的に考えれば、あり得ない。そんな試みは、「内容も知らないくせに何を言っているんだ」という反論の前に、簡単に跳ね返されるだろう。しかし拓真が巻き込まれているのは、非常識な展開だ。だったら、一考の余地はあるのではないだろうか。

松本係長は、鼻で笑ったりしなかった。真剣な顔のまま、先を促した。

「続きを」

内容を知らなくても、考える方法はある。それは拓真にも理解できる。仮に工場で機械が壊れて、それを内緒にしておきたいのであれば、工場は修理費用を別名目で捻出しなければならない。そのため工場から、不自然な稟議書が本社に上がってくることになる。その稟議を詳細に調べれば、報告書がなくても、工場で起きたトラブルはある程度類推することができる。そんな感じだ。

もちろん今回のケースでは、今までにない考え方をしなければならないだろう。なんといっても事故を隠したのは、工場ではなく総務部長なのだ。報告書に関して、ありとあらゆる可能性を考えなければならない。しかし報告書の出自や目的は、先ほど杉戸課長たちとさんざん考えた。でも結論が出なかったからこそ、拓真はここにいるのだ。

松本係長が澄んだ目で拓真を見つめていた。その目が、一緒に戦えと訴えている。係長は、中林部長の悪行を暴くために立ち上がった。定年を迎えるに当たって、世話になった会社に恩返しをするために。一方、やむを得ない事情で介入せざるを得なかった拓真に対して、一定の評価を与えているようだ。だからこそ、西口のように追い払うのではなく、ここに留まって自分に協力しろと要求している。そんな気がした。

——あれ？

松本係長の心情に思いを馳せていた拓真の脳を、自らの思考が引っ掻いた。今、自分はヒントをつかまなかったか？

確かにつかんだ。その自覚があった。拓真は唾を飲み込んだ。飲み込んでから、麦茶があったことを思い出し、コップを取ってひと口飲んだ。喉を潤して、息をつく。

「係長。ひとつ質問があります」

そう言った。係長がほんの少しの期待を瞳に浮かべて答える。

「何かな？」

「本日、係長は業務引き継ぎのために、部長席にいらっしゃるのですよね。そのことを、部長は事前にご存じでしたか？」

松本係長の目が、今度ははっきりと大きくなった。

「いや、ご存じなかった」

拓真はうなずく。

「それでは、係長が工場事故報告書の表紙を提示されたのは、部長にとって青天《せいてん》の霹靂《へきれき》だったわけですね」

「そういうことになるだろうね」

「だとしたら」拓真は唇を舐めた。もうひと口麦茶を飲む。

「仮に係長が工場事故報告書について言及しなかったら、部長は、この先報告書をどうするつもりだったのでしょう」

しゃっくりのような音が聞こえた。発信源は見なくてもわかる。中林部長だ。しかし拓真も松本係長も、一顧だにしない。正面の相手に集中していた。

「どうするつもりだったのか」

松本係長がゆっくりと口を開く。

「君は、部長にそう尋ねるつもりかい？」

拓真は首を振る。

「まさか。質問しても、とうていお答えいただけないでしょう。ですが、そこに考える余地があると思うのです。報告書の内容は問題ではなく、報告書が存在すること自体が重要ならば」

「考えてみなさい」

それが返答だった。

「方向性は正しい。考えてみなさい」

どきりとする。はじめて松本係長が、答えらしき科白を吐いたからだ。しかし、彼の指摘は危険を含んでいる気がした。拓真はそれを口にする。

「しかし、考える材料はあっても、証拠がありません。それでも考えるべきなのでしょうか」

拓真の弱気を、係長は責めなかった。

「かまわない。会社の業務などというものは、考える材料がすべて揃っていることはまれだ。足りないピースを想像と行動で補う。そんなものだよ。実際、君の日常業務もそんなものだろう?」

言われてみれば、そのとおりだ。当の総務部長を目の前にして想像を繰り広げるのは気が引けるけれど、ここに至っては仕方がない。

「会社の常識でいいんだよ」

松本係長はなおも言う。

「私たちは会社という組織の中にいる。論理的な正確さは、必ずしも必要ない。証拠ですら、絶対ではないんだ。会社の論理。考えのベースをそこに置くことは、間違っていない。実際この場で君が披露してくれた、部長をかばうような解釈は、まさしく会社の論理だった。会社の論理と、倫理的な正しさは、必ずしも相反しないんだよ。経営管理部にいる君なら、わかってくれるだろう」

主任になるまで役員たちの保父をしていた拓真には、よく理解できる意見だった。会社の論理。それに沿って考えてみよう。

「はい。では、本日係長が何もなさらなかったという仮定の下で、考えを進めてみます。工場事故報告書を総務部で留めておくのは、それがどのような出自のものであろうと、危険です。業務放棄と取られかねませんから。ここで可能性がふたつあります。ひとつは、部長がリスク覚悟で上がってきた報告書を握りつぶした可能性。そしてもうひとつは、溜まっていた報告書を、どこかのタイミングで公表するつもりだった可能性です」

「なるほど。では、君はどちらと考える？」

「それを考えてみましょう。まず前者の可能性。少なくとも、工場から正式に発行された報告書でないことは確かです。正式に発行されたなら、部長に直接届いたりしませんから。総務課が受け付けるルールなので、部長より先に栗原課長がその存在を知ることになります。部長が独断で握りつぶしたのなら、それは正式に発行される前に、工場からこっそり部長に相談があったはずなのです」

ここで松本係長が話を遮った。

「栗原課長が、部長と一緒に握りつぶした可能性は？　それなら正式なものでも隠匿できるよ」

拓真は首を振る。

「論理的には、そうかもしれません。ですがここで大切なのは、社内の常識です。あの栗原課長が、不正に荷担するはずがありません。おそらく栗原課長を知る社員の一致した意見でしょう。ですから、その可能性は却下します」

松本係長がくすりと笑う。

「よしよし。その調子」

妙な表現で、拓真の意見を肯定してくれた。少し安心して、話を続ける。

「部長が工場からこっそり相談を受けていた。そのための資料として、工場は報告書に捺印する前に、データだけを部長宛にメールで送った。経営管理部は把握しておりませんでしたが、各工場と総務部長の間には、そんな約束ができあがっていたのかもしれません。この仮説は、報告書のデータが残されていることを説明できます」

「説明はできるね」

「はい。でも、現実問題としてあり得ないと考えます。係長がご覧になった以上、報告書の本文はサーバー上にあるのでしょう。そんな危ない書類を、サーバーに置きっぱなしにするわけがないからです。何かの弾みで見つかってしまったら、大変なことになりますから。握りつぶすと判断したら、すぐにサーバーから消去するのが普通でしょう。サーバーに残っている以上、こっそり相談を受けて、その上で握りつぶした可能性は低いと思います」

考えながら喋っているから、自らの仮説に矛盾がないか、検証する余裕がない。拓真は半ば、松本係長を添削係とみなして話していた。どうやら松本チェックは入らなかったようだ。拓真は仮説をさらに進めることにした。

「これで前者の可能性は無視できると思います。そうすると、後者、つまり部長がどこかのタイミングで報告書の存在を公表するつもりだったことになります。そうなると、データがサーバー上にあることが重要になってきます。サーバーにある以上、自分以外の誰かに見られる可能性があります。実際、係長がご覧になったわけですから」

「サーバー上にファイルを置いても、他人に読まれないようにする方法は、いくらでもあるよ」

「そうですね。パスワードロックをかければ、他人に読まれることはありません。あるいはファイル名を、工場事故とは何の関係もないものに変更してしまうこともできます。ですが、その可能性は高くないと思います。いえ、今現在はそうしているかもしれませんが、将来的にはオープンにすると思うからです」

「なぜ？」

松本係長の疑問に、拓真はうなずきながら答えを考えた。そして頭の位置が戻る前に、思いついた。

「なぜなら、部長がデータを公表しようとしたときのことを考えたからです。係長から見せていただいた報告書の表紙。最も古い日付は、昨年の八月でした。すでに一年が経過しています。それを部長ご自身の口から言及なさったら、『どうして総務部は一年間も放っておいたんだ』と責められるでしょう。偶然見つけたという言い訳も、苦しいですね。工場が作成して発行していない報告書ならば、データは工場だけがアクセスできるフォルダにあるはずだからです。そう考えると、部長ご自身が報告書の存在を明らかにするのは、得策ではないのではないかという気がしてきます。そう。部長には、そのおつもりはなかったのです」

続きは、最早口にする必要はなかったのだろう。松本係長は、拓真の言いたいことをすでに理解しているからだ。しかし彼は許してくれなかった。視線で拓真に先を促した。拓真は麦茶のコップを取って、中身を飲み干す。

「部長が報告書の公表を望んでおられて、しかもご自身では行う意志がない。一見矛盾しているようですが、簡単に解決する方法があります。他人に発見させればいいのです。そして自分とは関係のないところで騒ぎになってもらえればいい。それが部長のお考えだったとすれば？　発見させる方法はいろいろあります。決算期には、工場事故に関わる出費をまとめる必要があるでしょう。紙で提出された工場事故報告書をいちいちめくるよりも、捺印された紙が届くと同時にメールで送られてきた電子データを検索する方が楽です。総務や経理の担当者なら、そうするでしょう。そうして、経営管理部もリスクマネジメント会議のメンバーも知らない報告書が、自然な形で発見されます。最も近い決算期は、九月末の半期決算ですね。部長は、来月末を公表のタイミングと考えていたのかもしれません。それなのに、係長が予定を一カ月半も早めてしまった。部長がお困りなのは、そのせいではないでしょうか」

拓真が口を閉ざすと、松本係長に変化が現れた。にんまりと笑ったのだ。一方の中林部長は、図星を指されたように絶句している。

「自然な形で発見」

松本係長が笑った唇のまま発言した。

「それで困るのは、誰かな？」

「それははっきりしていますね」

あえて軽い口調で答えた。真剣に言うのは重くなりすぎる。おそらく、これが本質だろうから。

「行徳常務です。係長から、報告書は内容ではなく、その存在自体を問題にするべきだとアドバイスを受けました。アドバイスに沿って考えを進めていけば、どうしてもそうなってしまうのです。内容なんて重要ではない。隠された報告書が存在すること自体が大切だとしたら、報告書を握りつぶしたのは、総務部長ではなく、公表されると嬉しくない人間ということになります。つまり、生産系のトップ、行徳常務」

拓真は、自分がすでに松本係長に対して全幅の信頼を置いていることを、自覚せずに話していた。

「やっぱり、報告書の内容など、問題にならないのです。隠された報告書が存在し、隠匿するようプレッシャーを与えたのが行徳常務だと、社内で認識されれば、それでよかった。報告書を仕掛けた人間の意図ははっきりしています」

拓真は、一気に最後まで喋った。

「工場事故報告書の目的。それは、行徳常務の追い落としです」

《会議室》

行徳常務取締役、失脚。

増山専務取締役、失脚。

失脚といっても、彼らが取締役の座を追われるわけではない。それでも、深雪は失脚という言葉しか思いつかなかった。

なぜなら、彼らは次期副社長レース――現在副社長職が空席である以上、実質上の次期社長レース――から脱落したからだ。この会社では、伝統的に副社長、つまり次期社長は現在の社長が指名することになっている。その社長の目の前で醜態を晒《さら》した二人が、副社長の座を射止めることは、およそ考えられなかった。

大失態をやらかしたうちの一人、増山専務は、着座したまま固まっていた。その顔はろうそくのように白くなっている。

「す、すみません。つい……」

次の言葉が出てこない。取り繕うことは不可能だった。社長はその言葉を無視した。

営業部だけの飲み会で発言されたならば、問題にはならない。むしろ生産系に対する悪口など、毎回のように出ているだろう。けれど会社という組織では、他部署の悪口は、公の場では決して口にしてはならないのだ。組織というものは、大なり小なり縦割りになっていく。縦割りであるがゆえに、他の「島」とは自然に不可侵条約が結ばれる。お互いの縄張りを荒らさないことが、うまくやっていく唯一の方法だから。

それなのに増山専務は、議事録の残る会議で堂々と発言してしまった。彼はもう、副社長や社長となって、生産系を統《す》べる資格なしと判断された。おそらくはこのまま専務に留まり、数年のうちに肩たたきされる。

それでも、営業系はまだいい方かもしれない。増山専務がいなくなっても、他に人材がいる。とんちん菅野は問題外としても、徳田本部長がいる。一、二年のうちに取締役に任ぜられ、営業部門の責任者になるだろう。

一方、生産系はどうか。行徳常務以外に、生産系出身の取締役はいない。国内五工場の工場長、本社の生産管理部長、そして原料購買部長は執行役員だ。しかし残念ながら、彼らは定年間際のおじさんか、行徳常務のいいなりになるイエスマンだ。

仮にも東証一部に上場している製造業なのだから、生産系には優秀な人材を採用しているはずだ。けれど能力と気概を持った人物は、行徳常務が全員潰してしまったか、常務に嫌気が差して転職してしまった。そもそも生産系の取締役が行徳常務一人しかいないのも、彼が様々な妨害工作を行って、ライバルの台頭を防いできたせいなのだ。そんな環境を生き残った執行役員の中には、自ら取締役になって、メーカーとしての競争力を上げようとする人材はいない。

しかし行徳常務は、これ以上の出世はできなくなった。だとすると、これからの生産系は誰が担うのか。正直に言って、まるで見当がつかなかった。

居心地の悪い沈黙を、中尾社長が破った。

「やはりこの話題は、ここで終わりにすべきでしょうね。そもそも工場事故報告書の表紙が映し出された時点で、無視して議事を進めるべきでした」

無視せずに大騒ぎしたのは、増山専務だ。どうしても専務を非難しているように聞こえてしまう。

もともと増山専務は、前社長の懐刀として権勢をふるっていた。前社長とはすなわち現会長なわけで、社長交代によって増山専務の影響力が衰えたわけではない。中尾社長にとって、増山専務が煙たい存在であることは、間違いないところだった。中尾社長は、出身部署である企画部には優しく接してくれる。しかし社長になったくらいだから、出世レースを勝ち抜いた人間なのだ。これ幸いと増山専務抹殺に動く可能性は低くない。権力闘争の腐臭を嗅いだ気がして、深雪は胸が悪くなった。

「ちょっと待ってください」

異議を唱えたのは、行徳常務だった。

「わたしたち生産部門がこれほど貶《おとし》められて、黙っているわけには参りません。この場で徹底追及させてください」

ほとんど破れかぶれな常務に向かって、社長は憐れみのこもった視線を向けた。

「真相究明は、総務部の仕事だと、先ほど決めましたが」

「総務部に何ができるというのですか！」

だん、とテーブルを叩いた。

「工場のことは、工場に聞くのが一番です。総務が知らない事故なんて発生していないことは、調べればすぐにわかります」

行徳常務は、スクリーンを指さした。

「そうしたら、この報告書が捏造されたものだと証明されるわけですから、次はＯＡシステムセンターの出番です。会社中のデータを解析して、企画部のプレゼン資料にこんな怪文書を紛れ込ませた張本人を割り出します。総務部の出る幕などないのです」

そんなことしても、あなたは復権しないけどね――。

深雪はそう思った。おそらく同様に失脚した増山専務を除く全員が、同じことを考えたことだろう。

それ以上に、行徳常務の提案を採用しようという人間がいるわけもなかった。工場に問い合わせても、行徳常務を恐れる工場長が、本当のことを言うわけがない。自分のいいなりになる人物を選んで、行徳常務は工場長に据えているのだから。

だから彼らから真実を聞き出すためには、先行して行徳常務を更迭《こうてつ》しなければならない。本人は気づいていないようだけれど、常務は「自分をさっさとクビにしろ」と言っているのと同じだった。

それでも社長は、行徳常務の提案をきちんと聞いていたようだった。小さくうなずき、発言者に向かって口を開いた。

「そうですね。その方法もあるかもしれません。しかし総務部に調査を担当させることは、すでに決まっています。――そうですね？　野末部長」

いきなり話を振られた企画部長は、それでもまったく動揺することはなかった。

「はい。おっしゃるとおりです」

社長は会議の出席者をゆっくりと見回す。行徳常務を除いた全員が首肯した。取り残された一人は、引きつった顔で唇を震わせていた。

深雪は慄然とする。権力とは、こんなに脆《もろ》いものなのか。

企画部の社員として、深雪は生産系の部署と折衝することが多い。彼らと仕事をしていて実感するのは、彼らがいかに行徳常務を恐れているかということだ。

「いや、それは常務の確認を取らないと」

「だって、常務のご指示事項だから」

「そんな内容では、常務に報告できない」

生産系の決まり文句ベストスリーだ。執行役員にすら判断権限がないから、どうしてもそんな科白を吐くことになる。

権力の一極集中は、鶴のひと声で社員が一斉に動くから、仕事をスピーディに進められる。常識論としてはそうだろう。しかしそれが幻想に過ぎないことを、深雪は知っている。

なぜなら、すべての打ち合わせに常務が出席するわけではないからだ。その場で判断できずに、後日常務に報告して了解をもらわないと、先に進まない。必然的に、スケジュールは遅れがちになる。会社にとって明らかなマイナスだけれど、社員にそんな対応をさせてしまうほど、行徳常務の権力は絶大だったのだ。

それなのに今の行徳常務は、半べそをかいている迷子のようだった。ひとりぼっちで、誰も助けてくれない。本人が熱望していた社長の座も幻と消え、後はどのタイミングでいなくなるか、だ。取締役は一般社員とは雇用形態が違うから、いち社員に戻ることはない。常務から平取締役に降格されるか、関連会社へ転出するか、非常勤顧問の形で実務から外されるか、自ら会社を辞めるか。少なくとも、彼が権力を維持するのは不可能だと思える。

深雪が恐怖を感じるのは、盤石《ばんじゃく》と思われた行徳常務の足をすくったのが、たった一枚のスライドだったということだ。しかも、内容は何もない。「工場事故報告書」という一言が書いてあるだけだ。権力とは、こんなもので簡単に失われてしまうようなものなのか。会社における地位とは、こんなに軽いものだったのか。

いや。実はそれほど盤石ではなかったのかもしれない。生産系の中では絶対的権力者でも、役員の中には同格のライバルがいる。ライバル同士が、水面下で足の引っ張り合いをしていたのだ。固いと思われた岩盤の下では、不安定なマグマが渦巻いていた。ちょっと刺激を与えるだけで、噴き出してしまうくらいに。そして今回、大木課長がその刺激を与えた。マグマを全身に浴びた行徳常務は、焼け死んでしまった。

社長は、もう一度野末部長に視線を固定した。

「今日の議題は企画部提案ですから、議事録を書くのは野末部長ですね。資料に入っていた工場事故報告書。それを調査するのは総務部であり、責任者を中林部長とすることを、議事録に記載してください」

「かしこまりました」

野末部長が、感情を込めない口調で指示を肯った。

やれやれだ。

深雪は小さく息をつく。もう、これで終わりだ。怪文書を巡るごたごたは終了し、会議室は会議を続ける雰囲気ではなくなった。このままクリーミー・アシストの販売促進案は会議で了承され、自分はこの場所から離れられる。もう少し。もう少しの辛抱だ。しかし。

深雪は考える。会議を終えたら、大木課長はどうするつもりなのだろうか。この場では責められなくても、企画部に戻ったら野末部長から追及されることは間違いがない。

もし工場事故報告書が、本来映し出すべき二十一ページに差し替えられていたら、第三者が資料を改竄した可能性が残る。しかし大木課長は、存在しないことを知っているページ番号を告げた。

そのことに、野末部長が気づかないわけがない。企画部に戻ったら、部長は会議資料を精査するだろう。そして、大木課長が仕掛け人であるという結論に至る。

現在のところ、この会議で野末部長は傷ついていない。しかし恥をかかされたことは間違いなかった。今まで信頼してきた部下に裏切られた部長が、どのような行動に出るのか、深雪には想像もつかなかった。

仮に部長が何もしなかったとしても、総務部が動く。中林部長は使えなくても、有能な栗原課長がいる。実務担当者には頭の回転が速い青柳正美や、堅実でミスのない仕事ぶりに定評がある森下俊太郎もいる。彼らが工場事故報告書の秘密を解き明かす可能性は高い。報告書がどんな経緯で作成されたかを調べ上げ、誰が今日の会議資料に紛れ込ませたかも特定するだろう。最終的には、大木課長にたどり着く。報告書作成に関与していなくても、自らの意志で会議に持ち出したことを調査報告書に記載されてしまえば、社長だって処断せざるを得ない。

大木課長にも、そのことはわかっているはずだ。わかっていながら、なぜこんな暴挙に出たのか。やるのなら、なぜ自分も被害者であるという演出を徹底しなかったのか。なぜ？　この場で深雪にすら気づかれてしまう底の浅さは、課長のキャラクターに似合わない。

考えられるのは、自分の行動が問題視されても、一向にかまわなかった場合だ。なぜ、かまわないのか。

課長の行動には、より上位者の意志が反映されている可能性が考えられる。つまり、課長は誰かの命令で実行した。命令者が権力を持っているからこそ、課長は自らの安全を気にすることなく行動できた。

それは誰だ。単純に考えれば、所属部門の長である、野末部長だ。一連の騒動は、ライバルを蹴落とすための、部長の陰謀なのか？

深雪は心の中で首を振る。あり得ない。だって、会議出席者の中で、野末部長はいちばんの下っ端だ。行徳常務を社長レースから脱落させたとしても、他に上位者は何人もいる。彼らは、会議後に野末部長を責め立てるだろう。社長も出席する会議での攻撃は、諸刃の剣だ。部長に行徳常務と刺し違える覚悟がないと、とても実行できない。

では、徳田本部長か？　生産系とも営業系とも折衝しなければならない企画部だから、大木課長は徳田本部長と知らない仲ではない。そしてその関係も、決して悪いものではないと記憶している。

しかし、徳田本部長も、野末部長と同じ理由で除外される。彼は取締役ではない。副社長に指名されるためには、まず、いち社員の身分から抜け出して、取締役にならなければならない。騒ぎを起こしても、内部調査で自分の関与が表面化しないと思うほど、彼は無能ではない。徳田本部長もまた、ここで勝負をかける必要はないのだ。

菅野常務はどうか。彼が副社長の座を狙っているのなら、勝負する時期なのかもしれない。現社長は企画部出身で、前社長は営業部出身だ。そろそろ生産系の社長を誕生させた方がいいのではないか。そんな社内バランスを中尾社長が考えたとしたら、自分の目はなくなる。その懸念が現実のものとなる前に、行動を起こす。その可能性はありそうだ。

しかし、大木課長のキャラクターからすると、最も低い可能性だと考えざるを得ない。あの大木課長が、とんちん菅野の命令を素直に聞くとは思えないのだ。企画部の人間は、大なり小なりひねくれている。自分より無能な上司の指示を、無分別に実行するはずがなかった。

それなら、増山専務か？　彼は、社長を除くと最上位者だ。大木課長だって、専務命令には従うかもしれない。

しかし、これは現実が否定した。もし専務が黒幕ならば、行徳常務が自滅したことに満足したはずだ。相手の安い挑発に乗って、暴言を吐いたりしないだろう。彼自身の態度が、大木課長の行動が、増山専務の意志によるものではないことを証明している。

内心、首を傾げる。黒幕の候補者がいなくなってしまった。そう思いかけたが、もう一人残っていることを思い出した。

中尾社長。

社長が、行徳常務の専横ぶりに危機感を抱き、彼を排除しようとしたとする。しかし表だった失点がない以上、それもできない。そこで、工場事故報告書を利用することを思いついた。誰かに命じて、根拠があるのかないのかわからない報告書を作成させる。それを利用して行徳常務を攻撃する。

それには、企画部の会議が適当だ。常務はまさか工場事故に話が飛ぶとは思わないから、不意打ちができる。しかもプレゼンテーターの大木課長は、自分が企画部長時代からの子飼いだ。社内改革の一環だと言えば、大木課長が断るはずがない。しかも、その後の調査で社長が黒幕だと判明しても、いったい誰が暴露するというのか。そして陰謀は闇に葬られる。

この仮説には、破綻がないように思えた。すべては、社長の意志によるものなのか？

――違う。

中尾社長黒幕説には、決定的な欠点がある。それは、副社長を指名するのは、社長だという事実だ。これは、衆議院を解散する権限が首相の専権事項であるのと同じくらい、確かなことだ。だったら中尾社長は、副社長に行徳常務を選ばなければ済む話だ。そしてもう少しまともな生産系社員を、取締役にする。社長は正々堂々と行徳常務を出世コースから外せるのだ。

深雪の理性は頭を抱える。ここまで考えると、大木課長が誰かの命令で今日の騒ぎを起こした可能性は低いように思われた。やはり、課長は自らの意志で爆弾を投げつけたのだ。

後に厳しい処分を下されることを覚悟の上で。しかし会社員は、自らを滅ぼす行動は取らない。肉体が無意識のうちに危険から遠ざかるように。肉体があえてそんな行動に出るときは、自殺するときだ。

ぞっとした。深雪は、最も考えたくない可能性に思い至ったからだ。

自殺。会社員にとっての自殺とは何か。

ひょっとしたら大木課長は、会社を辞めるつもりではないのか。

辞める決心をしたからこそ、行動に出た。どうせ辞めるのだから、会社をぐちゃぐちゃに混乱させてやろうと考えたかもしれないし、辞める前に、会社の膿を一掃していこうと思ったからかもしれない。

大切なのは動機ではなく、この仮説に欠点が見つけられないことだ。大木課長が辞職を前提に行動を起こしたのなら、後顧を憂う必要がない。

大木課長に視線をやった。深雪の直属の上司は、その瞳に何の感情も浮かべていなかった。そこにあるのは、上役を前にした、会社員の表情。それ以上でも以下でもなかった。

会社員が、口を開く。

「それでは、報告を進めさせていただいて、よろしいでしょうか」

答えたのは、中尾社長だった。

「いいでしょう。続けてください」

「ありがとうございます」

大木課長は、深雪の方を向いた。

「二十一ページ、お願いします」

深雪はキーボードを操作する。原価比較表がスクリーンに映し出された。

「行徳常務のご指摘は、新型洗濯乾燥機に添付するクリーミー・アシストを、製品ひと箱にするべきか否かということでした。ご承知のように、旅行用パックは分封しているため、洗剤グラム単価としては高価になります。しかしお試し用として入り数を少なくすれば、コストは十分に見合います」

ここで菅野常務が口を挟んだ。

「これが、当初出すべき資料でしたか」

「はい。さようでございます」

「大木課長は、会議前に資料全体をチェックしておくべきでしたね。そうしたら、意味不明の報告書はその詳細までもが事前に発見され、今日の混乱はありませんでした」

大木課長は、深々と頭を下げた。

「申し訳ございません」

おや、と思う。とんちん菅野ともあろう者が、普通の取締役のような科白を吐いたからだ。もちろん、彼だって常務になったくらいだから、いつもいつも的外れなことばかり言っているわけではないのだろうけれど。

大木課長は気を取り直して、テーブルの中心を指さした。

「一回一袋という旅行用パックは、気楽に試せる点で優れています。ですから今回の販促策では、一回分に個包装された半製品を横持ちして、先ほどお見せしたギフトセットに入れることを考えております」

指さした先には、先ほど深雪が社長に提示した、洗濯機の形を模したダミーが置いてある。社長に確認してもらった後、出席者全員に見やすい場所に置いた。そのダミーに、全員の視線が集まった。いや、それは正確ではなかった。一人だけ、ダミーをまったく無視した出席者がいた。

行徳常務が立ち上がり、つかつかと歩き始めた。目指す先は——深雪だ。

常務は深雪からマウスを奪い取った。ノートパソコンを、強引に自分の方へ向ける。LANケーブルがぴんと伸びた。

「この資料には、一体何が入ってるんだ」

独り言のようにつぶやいて、立ったままパソコンの操作を始める。その姿を、他の出席者たちは、呆気にとられた顔で見つめている。中尾社長ですら、例外ではなかった。

非常識だ。あまりに非常識な行動だった。

社長が出席している会議で、社長が指示した議事進行を無視して、行徳常務は勝手な行動を繰り広げている。社長に「次期社長として不適格だ」と判断されてしまったという自覚に、絶望したのだろうか。そう解釈しないと、とうてい説明できない暴挙だった。

一瞬遅れて反応したのは、徳田本部長だった。

「行徳常務。何をなさるのですか」

しかし行徳常務は、営業部のエースを無視する。パワーポイントをスライドショーモードから編集モードに戻し、表紙から一枚一枚、内容を確認していく。四枚目を見たところで、徳田本部長が立ち上がった。

「何をするっ！　やめなさい！」

考えてみれば、止めるのは彼しかいなかった。増山専務は行徳常務と同じく、副社長レースから脱落した立場だ。とんちん菅野は、的確な対応で場を収める能力がない。野末部長は、嫌いな奴の自滅を止める人ではない。元ラガーマンで熱血漢の徳田本部長しか、行動を起こせなかったのだ。

しかし、言い方が悪かった。やめなさい。これは、上位の者が下位の者に対して言う科白だ。徳田本部長は執行役員で、行徳常務は取締役。どう考えたって、取締役の方が立場が上だ。それなのに、徳田本部長は、行徳常務を部下のように叱責した。行徳常務が失脚したのを見て、精神的に優位に立ってしまったためだろうか。それが行徳常務を刺激した。

ぎらぎらと光る目を、東京営業本部のトップに向ける。

「やめなさいだと？　おまえ、誰に向かって言っている」

徳田本部長が、表情を険しくした。

「失礼があったら謝罪します。しかし常務、今は会議中ですよ。ルールに沿って議事を進行しなければなりません。今のあなたは、明らかに議事進行を妨害しています」

「こんな議事に、意味はない」

常務は再びノートパソコンの画面に視線を向ける。スライドを五枚目に送った。

「この資料は、生産系を陥れるために作られている。いったい誰が作ったか確かめて、私は工場を守らなければならない」

そうすれば、社長が自分を信任してくれると思いこんでいる科白だった。今この瞬間に起こしている行動こそが、さらに自分を破滅に追いやっていることにも気づかずに。

徳田本部長は、放っておいてもいいはずだった。ライバルの愚行を、冷ややかに見つめているだけで。しかし傍観していては、自分も社長から「会社をよりよい方に導く気がない」と思われるのを恐れたのだろうか。巨体を揺らして行徳常務に歩み寄った。つまり、深雪の傍へ来た。

「やめなさいっ！」

マウスを奪い取ろうとした。行徳常務が身を躱《かわ》してマウスを守る。揉み合いになった。本来なら、腕力に勝る徳田本部長が優位なはずだった。しかし絶望した行徳常務には、予想外の力が備わっていたらしい。簡単には奪い取れなかった。争う二人の動きが、次第に乱暴になっていった。そして――。

おそらく、意図したわけではなかったのだろう。あまりにしつこい常務に業を煮やしたのか、つい手が出てしまった。徳田本部長の大きな拳が、行徳常務の顔面に炸裂《さくれつ》した。行徳常務が、うめき声をあげて転がる。大量の鼻血が、カーペットを汚した。

「あ……」

徳田本部長が自分の拳を見つめた。続いて床に倒れ伏す行徳常務を。そして、最後に社長へと視線を向ける。中尾社長は、沈痛な面持ちで、頭を振っていた。

徳田本部長が泣きそうな顔をした。自分は、正義を実行しようとした。少なくとも、彼自身はそう思っていたのだろう。しかしいい年をした社会人は、とっさに拳を振り上げたりしない。それをやるのは、日頃からそのような行為を繰り返している人間だ。徳田本部長は、日常業務において、営業成績の悪い部下に対して、鉄拳制裁をしているのではないだろうか。少なくとも、社長にそう思わせるのに十分だった。

吐き気がしてきた。自分は今、どこにいるのか。ぬるい会議のオペレーターとして、会議室にいるのではなかったのか。

深雪は自分の胃に手を当てた。

徳田本部長、失脚。

《総務部》

「工場事故報告書の目的。それは、行徳常務の追い落としです」

拓真は言い切った。

松本係長は、マックブックプロにちらりと視線をやると、わずかに眉間にしわを寄せた。その態度が拓真の感覚を軽く撫でた。しかしそれが具体的な形になる前に、松本係長はすぐに元の表情に戻って、拓真に視線を移した。

「行徳常務の追い落とし。そう断言する理由を、聞かせてもらえるかな？」

「はい」

拓真は高揚した精神を抱えたまま続ける。

「私は、報告書が公表されたらどうなってしまうのかを考えました。作成者の意図ではなく、一人歩きした結果を。なぜ工場は事故を隠したのか。今まで検討されたように、問題になるほどの事故は起きていないと思われます。けれど会社という組織では、隠したという行為自体が問題になるのです。最初に責められるのは、工場長でしょう」

拓真は手を伸ばして麦茶のコップを取ろうとした。しかしすでに飲み干していることを思い出して、仕方なく唾を飲んだ。

「一工場だけならば、工場長が責任をかぶって終わりです。行徳常務に傷はつきません。しかし五工場すべてから、隠された報告書が出てきたら？　総務部だって、リスクマネジメント会議だって、生産系のあり方そのものを問題にせざるを得ません。そして国内五工場の工場長は、全員行徳常務の言いなりであることなど、少しでも社内事情を知る人間にとっては常識です」

拓真の話を聞きながら、松本係長は麦茶を飲んだ。コップを空にすると、拓真のコップも空なのを確認してから、拓真の肩越しに観客席を見た。背後で人が動く気配。森下が麦茶のピッチャーを持って現れた。三人のコップに、麦茶を注ぎ足す。さすがにそつのない仕事ぶりに定評がある森下だ。

拓真は礼を言ってコップを取り、喉を湿らせた。ひと息ついて、話を再開する。

「ここでも、社内の常識が活きてきます。常務一人が何を言おうとも、『行徳常務による一極支配こそが、問題の根源なんだ』という空気が醸成されます。行徳常務を生産系のトップから外す、今以上出世させない。それこそが、報告書の目的といえるのです」

拓真には、真相に触れたという手応えがあった。精神が高揚しているのは、そのためだ。しかし同時に、頭の中で危険信号も点滅していた。これ以上話を進めるな。身を滅ぼすことになるぞ。

拓真には、危険信号の意味がわかっていた。報告書作成の目的については、見当がついた。ここから更に論を進めていくと、戻れない道に足を踏み入れることになる。なぜなら、続きはこうだからだ。

では、それを仕掛けたのは、誰だ?

中林総務部長の関与は確定している。せこいプライドだけは高い総務部長が、格下の社員の言うことを聞くはずがない。中林部長本人が首謀者か、より上位者の指示によるものだろう。どちらにせよ、会社の中枢部にいる人間の仕業だ。そんな偉い人を名指しで非難したりしたら、こっちの身が危うい。

かといって、首謀者の行為を正当化してしまえば、今度は行徳常務を非難することになる。彼が失脚したとしても、それは身から出た錆《さび》だといえるだろう。しかし報告書の存在が明るみに出た次の日から、彼がいなくなるわけではないのだ。行徳常務が非難される最大の理由である、恐怖政治。去り際に、その手腕を拓真に向けられては困る。

松本係長は、気にする必要がない。もうすぐ定年退職して、会社からいなくなるのだから。しかしこちらは、転職しないかぎり、あと三十年は会社にいる立場だ。経営管理部という部署にいることもある。上層部とは仲良くやっていきたい。それが拓真の希望だ。定年間際の口車に乗ってうかつなことを口走れば、中林部長だけでなく、観客たちにも危ない発言を聞かれてしまう。それは避けたかった。

しかし同時に、このまま突っ走ってしまいたい気持ちもあるのだ。なぜなら松本係長との対話は、今までのぬるま湯のような毎日とは、趣の異なるものだったから。

会社員としての行動からは、一歩もはみ出していない。海外青年協力隊に入ったわけじゃないのだ。むしろこれまで以上に、どっぷりと会社の論理に浸かっていた。それでも拓真にとっては新鮮だった。

役員たちのわがままを、機械的に通すだけの仕事。それが拓真の日常だ。しかし今日は違う。自分は全能力を使って、会社で何が起きているかを知ろうとしている。入社以来、これほど会社について真剣に考えたことはなかった。拓真はそこに、充実を見いだしていた。そしてそれは、松本係長がもたらしたものなのだ。

松本係長は、これまで知らなかったステージへと、自分を連れて行ってくれる。そんな気がしてならない。危険とわかっていても、ついていきたくなる。松本係長には、そんな雰囲気があった。

拓真から複雑な思いを向けられている当人は、真剣な顔で話を聞いていた。そして拓真が言葉を切ったことを確認すると、ゆっくりと口を開いた。

「満点」

からかいの口調ではない、真正直な発言だった。

「満点、といっていいだろう。経営管理部にいるだけあって、社内の状況をよく把握しているね、君は」

「恐れ入ります」

拓真は頭を下げる。まずい。今、自分の心は揺れている。このタイミングで攻撃を仕掛けられたら、対応できない。

松本係長は、拓真の胸の内を探るような目を向けてきた。

「報告書は、行徳常務から生産部門を取り上げるために作られた。そこまではいい。社内の誰かが会社の現状を憂えて、何とか体制を変えなければと立ち上がった。手法はテロリスト的で、問題は多々ある。だが、後ろ暗いところがたくさんある行徳常務には、効果的だ。では——」

拓真は身構えた。

「その誰かとは、誰だろうね」

来た。

予想どおりの展開だ。どう答えても、勤務時間中の会社員にとっては、よろしくない回答になってしまう質問。

判断に迷う。このまま、高揚した精神のまま突っ走ってしまうのか。それとも「これ以上は、ちょっと」と言って逃げるのか。後者を選んだとしても、松本係長は自分を責めないような気がした。それもまた、会社の論理だからだ。

しかし。それでは、深雪を助けられないのではないか。報告書は行徳常務を追い落とす目的で作成された。その結果を持って会議室に乗り込んだとする。本人も出席している会議で、闖入者《ちんにゅうしゃ》が「あんたは、もう終わりだ」と言って、深雪を救えるのか？

——ちょっと待てよ。

ふと我に返った。深雪は携帯電話を操作して、拓真に会議室の状況を知らせた。そうまでして彼女が拓真に求めていることとは、いったい何だ。騎士道精神から行動を起こしてはみたけれど、自分は肝心なところがわかっていなかったのではないか。

松本係長と対峙する際、心に決めたルールがある。目的は、役員会議室で窮地に立っているらしい深雪を助けるため。これに絞ったはずだ。では、深雪を助けるというのは、具体的にはどういう状況になることなのか。目的を絞ったといいながら、自分には目的の明確な形が見えていなかったのではないか。

拓真はコップを取って麦茶を飲んだ。この冷たさは助かる。少しでも、頭を冷やしてくれた。ありがとう、森下。

今さらながら、考えてみよう。深雪は、一体何を困っているのか。

今日の会議は、クリーミー・アシストの新しい販売促進策について報告するものだ。企画部は決裁が必要な案件を持っており、それを決定権を持つ役員にプレゼンテーションして、了解を得る。いくらお盆の暇つぶしとはいえ、役員会議だ。一応の体裁は整っていなければならない。工場事故報告書の入り込む余地など、まるでない。

そのはずなのに、報告書は会議で話題になってしまった。それで深雪が困っているとしたら、プレゼンテーター側から提示されたものだろう。つまり企画部。彼女は報告書の話題を持ち出した一味なわけだ。まさかオペレーターを務めているだけの女性社員を、会議室で血祭りにしたりはしないだろうけれど、冷たい視線を浴びていてもおかしくない。彼女が陥っている危機とは、そんなところだろう。

よし。会議室の状況は、想像がついた。では、どんな結果が、深雪にとって最善なのか。彼女が報告書と無関係であることを説明できればよい。そのためには、報告書が作成された目的を述べただけでは、不十分だ。やはり、犯人の名前を挙げなければならないのだ。

拓真は心の中でため息をつく。オーケー。このまま松本係長につき合おう。まずは裏の事情を知ることだ。その上で、自分が傷つかない解決を考えればよい。

背筋を伸ばす。おそらくはすべての真実を掌中に収めているカミソリを、真正面から見つめた。

「報告書を作成したのは誰か。いえ、これは正確な表現ではありませんね。作成したのは、おそらく工場の人間です。作成を指示したのは誰か、ですか。いや、それさえも正しくはないかもしれません。作成者は上司の命令を受けただけでしょうし、その上司もまた、別の人間に指示されたのだと思います。たどっていけば、まずは中林部長に到達します」

　中林部長が真っ赤になって怒り出すかと思ったが、もうそんな気力すら湧いてこないようだった。黄土色だった顔色を、どす黒くしただけだ。

「先ほど私は、工場の従業員の悩みを聞いた中林部長が、心を痛められたという仮説を述べました。実はこれは、当たらずとも遠からずではないかと思っています。国内五工場すべてのスタッフに、決して悪いようにはしないからと説明して、正式でない工場事故報告書を書かせるなど、誰にでもできることではありません。生産系の上層部は、全員いわば行徳常務派です。いくら甘い言葉を囁いたところで、生産系の社員が信用するはずがありません。営業系の人間もダメです。メーカーでは悲しいことに、生産系と営業系がどうしても対立してしまうからです。いわば敵の言うことを聞いたりしないでしょう。求められるのは、中立性です」

　丁寧に説明しているつもりだったが、冗長かもしれない。長い説明は、会社では敬遠される。それを心配していたのだが、杞憂《きゆう》だったようだ。松本係長は、ひとつひとつうなずきながら、拓真の話を聞いていた。その過程こそが大切なんだと言いたげに。

「そこで登場するのが総務部です。全社員のケアを行い、かつ工場事故報告書を受け付ける総務部。そのトップの発言であれば、誰だって信じるでしょう。そう。やはり中林部長しかおられないのです」

ここは、どうしても通過しておかなければならないポイントだ。いくら目の前にいるからといって、中林部長の関与を無視すれば、真実にたどり着けない。

「中林部長が、工場の人間に指示して、非公式な報告書を書かせた」

松本係長が復唱した。そしてどす黒い顔をした上司に話しかけた。

「部長。どうでしょうか。小林主任は、行徳常務の圧政に苦しむ工場の現状を看過できずに、義憤から部長が行動を起こしたと主張しています。彼の推察は、当たっているでしょうか」

驚きに口を半開きにしたのは、むしろ拓真の方だった。松本係長が拓真の側に立って発言したのは、これがはじめてだったからだ。

中林部長の濁んだ目が、久しぶりに光を帯びた。

「そ、そうだ」

総務部長は、鳩のように首を縦に振った。

「工場は、ひどい有様だ。誰もが行徳常務の機嫌を損ねるのを恐れて、縮こまっている。それでは、いい製品を作ることなど、できっこない。だから、私は、会社のために――」

これは、罠かな？

中林部長の告白を聞きながら、拓真はそう思った。甘い言葉を囁いて、中林部長に認めさせる。言質を取ったら、一気に責め立てる。松本係長の狙いは、そんなところかもしれない。

もちろん、中林部長の告白は、真実ではないだろう。この男が、義憤なんかで危ない橋を渡るはずがない。彼もまた、社内での評判は、よくないのだ。そのせいなのか、総務部長という要職にありながら、取締役にも執行役員にもなれないでいる。それどころか、総務部長のくせに、リスクマネジメント会議のメンバーにすらなっていないのだ。焦りがあったはずだ。だからといって、自主的に行徳常務を破滅させたところで、空席に自分が座れる保証はない。より上位者から、「成功した暁には、君も執行役員にしてやろう」とか言われて、その気になったに違いない。

たぶんその辺りが真相だと思うけれど、拓真には口にする気はなかった。相手を面罵するのは簡単だし、ある意味楽しい。けれど会社では、やってはならないことなのだ。明日以降の業務のためにも。だから拓真は、あくまで中林部長の行動原理は義憤だという路線で、話を進めるつもりだった。では、松本係長はどうか。

係長は、部長の言い訳を、優しい校長先生のような顔で聞いていた。そしてうなずく。

「やはり、そうでしたか。会社のために、通常の業務を超えて働かれる。この松本、感服いたしました」

芝居がかった科白だ。当然裏があるだろう。案の定、ホッとした顔の部長に、松本係長は爆弾を投げつけた。

「それで、それは部長お一人の判断なのですか？」

ぐえ、と喉が鳴る音が聞こえた。もちろん部長の身体から発せられたものだ。松本係長は、問題の根幹にいきなり斬りつけたのだ。今まで、ずっと拓真を相手にして油断させ、一気に本丸を攻める、見事な手際だった。

松本係長は、なおも言う。

「九階の役員会議室で、どうやら工場事故報告書問題のことが、社長のお耳に入っているようです。おそらく社長は、公正中立な立場である総務部に、真相究明を命じると思われます。そんな総務部の長自らが正体不明の報告書に関わっていたとわかると、社長はお困りになるでしょうね。ましてや、総務部長の独断で行ったことだということになれば……」

中林部長の顔色が、再び黄土色になった。まるで泥人形のような、不気味な姿だった。しばらくの間、松本係長は中林部長を放っておいた。中林部長はただ震えていたが、やがて肩ががっくりと落ちた。

「私に、どうしろというのだ……」

拓真は唾を飲み込んだ。中林部長もまた、上位者の命で動いていた。それを証明する科白だったからだ。

なおも口を開きかける部長を、松本係長は掌を向けて遮った。

「それ以上は、おっしゃらなくて結構です。部長は、もう何もする必要はありません。社長が調査を命じたとしても、栗原課長にすべてを任せればいいのです。それで、悪いことにはならないでしょう」

中林部長を解放する科白だった。もう、これ以上部長からは、何も出てこない。そう判断したかのようだった。

拓真は拍子抜けする。このまま中林部長を落城させ、背後関係をすべて白状させる。それが松本係長の狙いだと思っていたのだ。

しかし松本係長は、部長が自らの関与を認め、背後には黒幕がいることを示唆したところで、追及をやめるつもりのようだった。用済みの部長を放り出して、再び拓真に向き合った。

「小林主任。中林部長は、お疲れのようだ。これ以上心労をおかけするわけにはいかないだろう。君に、決着を任せていいかな？」

「えっ？」

無意識のうちに、そんな声が出ていた。決着を任せる？　どういうことだ。

拓真は決して大きいとはいえない目を最大限に見開いて、初老の係長を見つめた。

「係長は部長に、お一人でやったことかどうかを尋ねられました。けれど部長からは、お答えはいただけませんでした。係長のおっしゃる決着というのは、質問の答えを、私に探し出せということですか？」

松本係長の返事は短かった。

「とりあえずはね」

拓真は息を吐き出す。どうやら、本気で拓真に事態の収拾をさせたいようだ。まいったなあ、と口には出さなかったけれど、途方に暮れかけたのも事実だ。なにしろ、オニセンはグループ会社全体で、六千三百人も社員がいるのだ。そのうちから一人だけを、どうやって抽出しろというのか。

しかし、できそうな気はしていた。ここまで議論を進めてきて、拓真は松本係長の考え方がだいぶわかってきた。この人は、報告書の内容を読まなくても謎は解けることを、拓真に教えてくれた。今回も同じなのではないのか。拓真が得ている情報だけで、あるいは拓真が得ていると松本係長が考えている情報だけで、黒幕は特定できるのだと。

特定できるのだ。このまま進んでいけば。拓真には、考える材料があった。ついさっきまで、うかつにも気づかなかった、自分がここにいる目的。それこそが糸口になる。

「では、考えてみましょう」

拓真はゆっくりと口を開いた。

「でも、係長。その前に一つだけ確認させてください。役員会議の場で、工場事故報告書について言及したのは、大木課長ですね？」

松本係長は、簡単にうなずいた。

「それくらいは教えてあげてもいいだろう。そのとおりだよ」

「ありがとうございます」

礼を言って、話を続ける。

「では、大木課長が、工場事故報告書を使った陰謀の首謀者なのでしょうか。その可能性を考えてみましょう。それには、大木課長が自ら口にすることが、課長の目的にかなっているかどうかを考える必要があります」

松本係長は、マックブックプロの液晶画面を、ちらりと見る。

「目的にかなっているか。どうかな？」

「かなっていません」

拓真はきっぱりと答えた。

「なぜなら、企画部は工場事故報告書に触れる部署ではないからです。企画部が報告書を振りかざして『行徳常務、どういうことですか』と詰め寄るなんて、不自然すぎます。会議に出席しているのは、リスクマネジメント会議のメンバーです。この点に矛盾を見いださないわけがありません。その結果、報告書に対する役員たちの反応は、『怪しい』から『嘘だ』になります。報告書に真実味がなければ、効果を発揮できません」

「なるほど」

松本係長が自らの顎をつまんだ。

「大木課長が首謀者ならば、このタイミングで自ら話を持ち出すはずがない。だから彼は、首謀者ではないというわけか。筋は通っているね」

ホッとする。ここまでは正しかったようだ。

「同じ理由で、大木課長は一味でもありませんね。だとすると、課長は陰謀には無関係で、何らかの事情でたまたま報告書の存在を知ったことになります。大木課長ほどの人物であれば、先ほどの私と同じルートをたどって、報告書が行徳常務潰しのために作られたものだと気づくでしょう。ここで、課長は何を考えたのか。企画部で仕事を進める上で、行徳常務に困らされたことは数限りないでしょう。だったら、報告書を利用して行徳常務を抹殺しようと考えたのか。私はそう思いません。これも同じ理由です。自分の口から言ってしまうと、かえって目的を達成できない危険性が高まります。むしろ陰謀が進むのを、ただ傍観するでしょう。手を汚すことなく、邪魔者を排斥できるのですから」

松本係長の目が嬉しそうに細められた。珍しい反応だ。

拓真は思い出す。深雪がかつて、大木課長と松本係長はラーメン友だちだと言っていたことを。

「うちの切れ者と、昼行灯みたいな総務のおじさんが仲良しなんて、意外よね」

深雪は、そんな話をしてくれた。友だちだから、友人が褒められて喜んだのだろうか。今ならわかる。彼らは、確かに友だちなのだ。ラーメンは媒介物に過ぎない。東証一部上場企業であるオニセンの中ですら、数少ない本当に優秀な人材。二人は、お互いの能力に共鳴しあったのだろう。

無益な想像を脇にどけて、拓真は話を進める。

「大木課長が義憤に燃えた可能性もあります。いくら行徳常務が嫌いでも、社内で陰謀を成功させてはいけない。そう考えて、陰謀を潰すために、あえてその存在を暴露した可能性があります」

中林部長の顔が引きつった。無理もない。その場合だと、潰れるのは自分だからだ。

「しかし、それもどうかなと思います。この考え方に沿って進めば、陰謀が潰れた後には、行徳常務の権限がより強化されるからです。排斥しようとするくらいですから、首謀者は常務の敵対者でしょう。その敵対者を葬ってしまうのですから、相対的に行徳常務がより強くなっても不思議はありません。それもまた、課長には容認しがたいでしょう」

嬉しそうな松本係長の目が、ぎらりと光った。まさしくカミソリの刃の輝きだ。

「大木課長は、行徳常務を潰したいけれど、表だっては動けない。それでも彼は行動した。なぜかな？」

「はい」拓真は麦茶を飲み干した。

「大木課長は、あえて工場事故報告書を会議の場に出しました。課長の真意はともかく、私がその立場に立ったならば、上手に使えば大きな成果が得られると考えます。たとえば、自ら報告書を提示するけれど、自分はその意味がわからないという顔をするのです。そして役員たちの前で言うのです。これって、なんでしょうね、と。すると、役員たちは報告書の正体を巡って、勝手に紛糾してくれます。課長の真意は、紛糾を利用して、行徳常務と首謀者の両方を葬り去ることではないのでしょうか」

空になったコップを握りしめる。

「いえ、ひょっとしたら、それだけに留まらない可能性すらあります。社長の目の前で役員たちを対立させることによって、役員たちの人間性を、社長にさらけ出したいのかもしれません」

このとき拓真は、松本係長の友人というだけで、大木課長のことを松本係長と同列だと見なしていた。松本係長なら、そこまでやる。だったら大木課長も。論理的とはいえない考察だったけれど、拓真にとっては、絶対の真実のように思えた。

「報告書を手に入れた大木課長の目的。それは、誰が副社長にふさわしいかを決定するコロシアムを、会議室に出現させることではないのですか?」

わずかな沈黙。

松本係長の目は輝いていた。カミソリの刃が持つ光だ。しかし刃先は、拓真に向けられていない。悦びを含んだ光は、この刃を持てと言っているようだった。

「役員たちが、正体不明の報告書を巡って紛糾する。その過程で、誰が副社長にふさわしいのかを、社長に判断していただく。それが大木課長の目的だと思われます。筋道立てて考えると、どうしてもそうなってしまうのです」

拓真は口を閉ざし、松本係長のコメントを待った。待つ時間はそれほど長くなかった。係長がうなずいたのだ。

「驚いたな。そこまで達したとは。想像が入っていることは難点だが、それは仕方がない。必要なのは、『絵』を描く力だ。君の話を、大木課長に聞かせてあげたいよ。もっとも、君の仮説には前提が必要ということは、わかっているかな？」

やはり気づかれたか。拓真は心の中で渋面を作る。思いつきながらもあえて無視したポイント。仮説の弱点と言ってもいい。やはり松本係長は見逃さなかった。

「はい」

悔しそうな響きを伴わないよう、注意して答えた。

「この仮説を成立させるためには、大木課長が覚悟を決めていることが必要です。目的が達成できたなら、自分がどうなってもかまわないと。今日の会議が終わった後、課長は社長が出席する会議で騒ぎを起こした責任を問われます。よくて厳重注意。悪ければ左遷です」

「そうかもしれないね」

松本係長はどこか楽しそうだった。少し前のように、拓真をあしらおうと、あるいは試そうとしていたときの楽しさとは違う。変な言い方だけれど、真剣に楽しんでいる。そんな雰囲気のある表情だ。

「騒ぎを起こした大木課長が、その後の追及を逃れる方法は、ないのかな？」

「ひとつあります」

拓真は即答する。自説の欠点を解説している最中に、そこまでは思いついた。

「大木課長がより上位者の指示によって動いていた場合であれば、難を逃れられるかもしれません。ただし、捨て駒にならず、指示者がちゃんと護ってくれる保証付きが条件ですが。しかし、それも確実ではありません。大木課長の経歴に、確実に傷がつかない唯一の可能性は、指示したのが社長だった場合です」

「社長が」

光る目が細くなった。明らかに現状を楽しんでいる。

「君は、社長が行徳常務を切るために、大木課長を使ったと？」

拓真は首を振った。

「そうだったらこの話は終わったのですが、おそらくは違います。なぜなら、社長は策を弄する必要がないからです。行徳常務に表立った失点がなければ、彼を常務の座から引きずり下ろすことは、いくら社長でもできません。でも、副社長に指名しないことはできます。そして、もっと気の利いた生産系の社員を引き立てる。社長ならば、正々堂々と行徳常務を出世コースから外すことができます。わざわざ大木課長を使う必要はありません」

「だとすると、大木課長が会議後の追及を逃れる可能性は、まったくないね」

「はい。大木課長は、行徳常務と差し違えたことになります。あるいは、会議室で起こっているトラブルから、さらに誰かが副社長不適格の烙印を押されているかもしれません。そうやって社内の浄化を行い、自らは静かに消える。そう考えるしか、なくなりました」

松本係長は、今度はすぐに答えなかった。少し寂しそうな顔でマックブックプロの画面を見て、小さく息をついた。

その寂しそうな顔を見たとき、ひとつの可能性を思いついた。ひょっとして大木課長は、会社を辞めるつもりなのではないのか。転職先が決まっているから、暴挙ともいえる行動に出たのかもしれない。松本係長の表情は、会社にとって有用な人材がいなくなってしまうことを憂えているようにも見えた。

表情は納得の範囲だったけれど、彼の仕草が脳を引っ掻いた。さっきも感じた、何かに触れたような感覚。あのときも、係長はマックブックプロを見ていた。

そうか。

ようやく捕まえた。松本係長は、マックブックプロを叩いて、これは邪魔をしに来た人の度量を計るための罠だと言った。私物のパソコンに会社のデータを入れた疑いに気づき、問題の本質から逃げて責め立てるような人間なら、潰す。そのつもりで。

これだ。誰がやってくるのか。あるいは、やってくるかさえわからない。ここが中林部長席ということを考えたら、いくら電話とネットが使えなくても、誰も来ない可能性の方が高い。それなのに松本係長ほどの人間が、重たいノートパソコンなど持ってくるだろうか。誰も通らない道に地雷を仕掛けるような行為が、松本係長のキャラクターに合わないのだ。

だとすれば、マックブックプロを持ち込んだ目的は、他にある。罠云々は、その場で考えたか、前もって考えていたとしても、副次的なものだろう。記憶を呼び覚ます。松本係長はマックの電源を入れ、操作をしていた。明確な目的を持って、何かのソフトウェアを立ち上げたのだ。何のために？

普通に考えれば、中林部長を追及するためだ。しかし係長は、紙ファイル以外の道具を使っていない。他に使った道具といえば、拓真くらいだ。少なくとも、マックブックプロで部長を攻撃したことはなかった。

拓真がじっとマックを見つめていたことに気づいたのだろう。松本係長が薄く笑って、筐体《きようたい》を撫でた。

「もう少し、話を進めようか」

画面を見せる気はなさそうだった。

「報告書は、大木課長ではない、他の誰かが作った。正確には、中林部長に作らせた。課長は、それを利用しただけだ。そこまでわかったのなら、残る謎はひとつだ。首謀者は誰か。——わかるかな？」

拓真は唾を飲み込む。いよいよ危険領域だ。ここから、可能なかぎり身を護りながら真相に近づくことはできるだろうか。

そっと周囲を窺った。遠くからは、杉戸課長や青柳正美がこちらの様子を眺めている。彼らの助けは期待できない。松本係長も、助けてはくれないだろう。自分が困った立場に立たされるときは、彼はもう定年退職で会社にいない。だとすると、残りは一人だ。あまりやりたくないけれど、中林部長を利用することにしよう。

「首謀者。中林部長の義侠心を利用して、危ない橋を渡らせた人間のことですか？」

拓真はそう言った。中林部長に恩を売っておいて、いざというときには総務部長に自分のことをかばってもらうのが、今の自分にできる最大限の保身だ。

松本係長は失笑しかけたものの、声には出さなかった。

「そういうこと」

中林部長が安堵の息を漏らす。どうやら、こちらの意図は通じたようだ。これで部長の心は、首謀者からこちら側に移った。

「案外、簡単にわかるかもしれません。中林部長に指示を出せるくらいですから、より上位の人間でしょう。トップは会長ですが、もうすぐ引退する人間がそんなことをやっても、意味がありません。社長も違いますね。先ほど大木課長に指示を出した可能性を否定したのと、同じ理屈です。行徳常務に社長不適格者の烙印を押して喜ぶのは、やはりライバルでしょう。次期副社長レースの競争相手といえば、増山専務、菅野常務、徳田本部長、野末部長の四人です」

横目で中林部長の様子を窺う。肩がびくりと震えた。その反応は、首謀者は、間違いなくこの四人の中にいることを示していた。拓真は自信を得て、話を続けた。

「全員がリスクマネジメント会議のメンバーですから、工場事故報告書のことはよく知っています。報告書を上手に使えば、生産系のトップである行徳常務を蹴落とせる。そのようなことを思いついても、不思議はありません。では、四人のうちの誰か。正直、私は野末部長である可能性は低いと考えています」

「野末部長は切れ者だよ」

松本係長が口を挟んだ。

「他の三人より、イマジネーションの力ははるかに秀《ひい》でている。陰謀には向いているように思うがね」

「根拠は、会社の常識です」

係長の反論に、拓真は苦笑で答えた。

「現在の中尾社長は、企画部出身です。持ち回り人事が慣例化しているオニセンで、企画部出身の社長が二代続くとは思えません。事実、中尾社長は当初、豊中副社長を選びました。海外事業部の出身ですね。中尾社長が野末部長に社長の椅子を与えようと考えたとしても、他部署の人間をワンクッション置こうとするはずです。野末部長だって、会社の慣例も中尾社長の考えもわかっているでしょう。野末部長は、次の次を狙います。ですから、ここで危ない橋を渡る必要は、まったくありません」

松本係長はうなずいて賛意を示したが、口では反論した。

「野末部長と行徳常務が犬猿の仲で、行徳常務が社長になったら、自分が干されると思った。だから先手を打って行動したということは？」

「ないですね」

拓真は反論を切り捨てた。

「営業系のお三方なら、そう考えても不思議はありません。でも、野末部長は企画部です。生産系と営業系の間に入って、うまくやる。あるいはコウモリのようにどちらにもつきながら、上手に企画を通す。それが企画部です。そのトップが、生産系や営業系のトップとケンカするはずがありません。内心はともかく、表面上はどちらともうまくやれる人間でないと、企画部長は務まりません。行徳常務だって野末部長のことを、女性だからと侮ってはいても、決して嫌ってはいないでしょう。まあ、こうして理屈を述べるよりも……」

拓真は松本係長を上目遣いに見た。

「日頃から経営管理部で経営陣を見ている私にとっては、二人がうまくやっているというのは、自明なのですが」

今度こそ、松本係長はくすりと笑った。

「君の言うとおりだ。では、野末部長は除外することにしよう。残るは、営業系の三人。誰だと思う？」

「難しいですね」

先ほど簡単といった言葉を、拓真はあっさり撤回した。

「三人とも行徳常務とは仲が悪いですから、行徳常務が社長になったら、自分の先はないと考えてもおかしくない人たちです。だとすると、同じ営業系の偉い人ということで、誰でもいいと結論づけても問題ないように思われますが」

「それはダメ」

おどけたもの言いに、拓真はまた苦笑する。

「一人とは限りません。三人が結託している可能性もあります」

「あの三人が、結託すると？」

「ないですね。行徳常務と仲が悪いのと同じように、あるいはそれ以上に、三人はお互い仲が悪いですから。生産系の邪魔者を排斥するために、一時的に手を組んだ可能性もありますが、一時的にせよ手を組める人たちなら、この会社はもっと業績がよくなっていたはずです」

松本係長は噴き出した。

「君も、ずいぶんとひどいことを言うなあ」

よく言うよ。言わせといて。

拓真は咳払いをした。

「では、真面目に考えましょう。三人のうちの誰かが、行徳常務を潰すために行動した。それがうまくいったとしましょう。では、中尾社長は、誰を副社長に選ぶでしょうか。そこで確実に自分を選ぶと確信できる人こそが、首謀者です。自分以外の営業系が副社長、つまり次期社長になったなら、先ほどの持ち回り人事の法則に従って、かえって社長の座から遠ざかりますから。この観点から考えると、徳田本部長は外れます」

「最も野心家なのに？」

「野心家だからです。営業系に三人。その中で、自分だけは取締役ではない、ただの執行役員。いくら上の二人が自分より能力が劣っていると考えていたとしても、徳田本部長にはツーステップが必要なのです。まずは取締役になること。次に取締役として実績を残して、副社長に選ばれることです。前者は、それほど問題にはならないでしょう。徳田本部長は、東京営業本部長として、それなりの実績を残しています。取締役になるのも、時間の問題です。彼にとって心配なのは、社長がそれまで待ってくれるかです。歴代社長の任期を考えると、最短で三年後には、中尾社長は後進に道を譲ります。三年で取締役になって、上の二人を追い越すほどの実績を残すのは、さすがの徳田本部長でもきついでしょう。彼が行動することによって、上の二人が副社長になる、つまり次期社長になってしまえば、同じ営業系の自分が、その次の社長になることはできない。そう考えるでしょう。徳田本部長の立場に立ってみれば、彼はこのタイミングで勝負をかけられないのです。むしろ行徳常務に社長になってもらって、彼が社長の任期中に、増山専務も菅野常務も時間切れで消えてもらう。そう考える方が得なのです」

「ふむ」

拓真の答案用紙は、松本係長を失望させなかったようだ。

「これで、徳田本部長も消えた。残るは二人。どっちだい？」

「どうでしょうか」

拓真はどうでもいいことを言って、考える時間を稼いだ。

「増山専務と菅野常務。社長がどちらかを選ばなければならなくなったとき、相手でなく自分を選ぶと思えるのは、どっちなんでしょうね。単純に考えれば、より上位の増山専務なら、序列により自分だと信じ込みそうなものです。加えて言えば、自分は前社長、すなわち現会長の懐刀として、未だに社内への影響力を維持している。一方菅野常務は、とんちん菅野と呼ばれる程度の存在。勝負にならないと考えても不思議はありません」

「なるほど」松本係長がすかさず言った。「首謀者は、増山専務か」

「その可能性が濃厚なのですが……」

拓真は言葉を濁す。そこで結論づけていいはずだった。

野末部長が現時点で行徳常務を潰しても、メリットはない。リスクがあるだけだ。

徳田本部長は、行徳常務を潰してしまえば、逆に社長になる可能性が小さくなる。

二人とも、行徳常務を攻撃しない合理的な理由がある。では、増山専務に行徳常務を潰す、合理的理由があるだろうか。社長に持ち回り人事のバイアスがかかっていれば、営業系、企画系と続いている以上、次は生産系を自然に選ぶかもしれない。逆に、前社長の懐刀という立場が、現社長から煙たがられていることも知っている。自分を選ぶしかない状況に追い込まないと、自分の目はない。増山専務がそう考えたとしたら、それはリスクを負って勝負に出る、合理的な理由になる。

菅野常務の場合は、どうだろう。行徳常務を潰す、合理的な理由はある。しかし自分と増山専務を比べたとき、社長が自分を選ぶためには、社長が専務を煙たがっているから、まだ御しやすい自分を選ぶのではないかという、淡い期待に頼るしかない。

やっぱりだ。増山専務ならば、工場事故報告書の偽造が、社長の椅子に直接結びつく。菅野常務を首謀者に擬しても成立するけれど、より可能性が高いのは、増山専務だ。

そのはずだ。そのはずなのに、拓真はなぜかその結論に納得していなかった。本当にそうか？　脳の中で、そう問いかける声が聞こえる。

今までの推論は、確かに筋が通っている。しかし、すべては思考の結果だ。松本係長は「証拠ですら、絶対ではない」と言った。けれど、これはあくまで「証拠がなくても何とかなる」という程度の意味に捉えるべきだろう。現実に証拠があったら、優先されるのは証拠の方だ。

なぜ自分は、そんなことを考えるのか。理由は明白だ。脳のどこかに、証拠がある。自分はそのことを知っている。それなのに思い出せない苛立ちが、推論だけで結論を出そうとする自分に抗議しているのだ。

そこまで考えたとき、頭の中で蓋をしていた小石が、ころりと落ちた感覚があった。

そうだ。大木課長がいた。

拓真は、松本係長に向かって首を振ってみせた。

「でも、そうではないようです。係長は、会議室で報告書の話を持ち出したのは、大木課長だと教えてくださいました。今までの議論で、大木課長と首謀者は結託していないことが証明されたわけですから、首謀者にとっては寝耳に水の出来事です」

松本係長の口がOの字になった。ほう、と言ったように見えた。拓真は少しの自信を得て、話を続ける。

「首謀者は動揺したことでしょう。大木課長はどこまで知っているのか。この場で報告書を偽造して、ライバルを蹴落とそうとしたのが自分であることをばらすのではないか。けれど、大木課長は行徳常務を潰すことを優先したのか、報告書の裏をばらすようなことはしませんでした。首謀者はいったん安堵します。ここで、彼はどのような態度を見せるでしょうか。知らないふりをするのか。これ幸いと行徳常務を責めるのか。あるいは自分は潔白だという代わりに、むしろ行徳常務をかばうのか。私は最後の選択肢を採りました。大木課長が報告書によって、副社長候補者たちを争わせようとするのなら、それに乗らないのが、身を護る最善の手段だからです」

拓真はぺこりと頭を下げた。

「すみません。私は少しズルをしました。ひょんなことから、会議室での会話を聞いてしまったのです。『私は何も知りません』と言う行徳常務に対して、増山専務は『報告を受けていないのなら、知らないはずだ』と答えました。その尊大な口調は十分に攻撃的で、専務が大木課長の仕掛けたゲームに乗ったことを表していました。一方の菅野常務はどうだったでしょう。『まあまあ』と周囲をなだめる声が聞こえました。彼はゲームに乗っていない。むしろ、公正中立を演じることで、他の営業系二人の攻撃性を際だたせているようでした。論より証拠です。首謀者は、菅野常務だということになります」

拓真が口を閉ざすと、総務部は沈黙に包まれた。誰一人、口を開かなかった。だから拓真の結論が正しいといってくれる人はいなかったけれど、唯一中林部長のみが、拓真の説を支持してくれた。がっくりと、頭を垂れたのだ。

ぱちぱちという音が聞こえた。松本係長が拍手しているのだ。誉められている。そう実感させる音だった。

「お見事」

松本係長は、そう言った。

「実に見事だ。参考までに、君が会議室の様子を知った経緯について、教えてくれるかな？」

拓真は、深雪が携帯電話で会議室の様子を実況中継してくれたことを話した。係長はうんうんとうなずきながら、話を聞いていた。

「君は、優秀な彼女を持ったね。でも、それを『運がよかった』で済ませてはいけない。運なんて、どこにでも転がっている。それを見逃さずに捕まえて、取り込めるかどうかで、人間の価値は決まる。君には、価値があるようだ」

またマックブックプロの画面を見た。少し目を細める。

「そろそろ、いい頃合いだ。会議室に行こうか」

そう言って、液晶画面をこちらに向けた。

拓真は息を呑んだ。画面には、テキストが矢継ぎ早に表示されている。

――ぎょうとくじょうむ　なにをなさるのですか
――なにをする　やめなさい
――やめなさいだと　おまえ　だれにむかっていっている
「これ、は……？」

拓真の質問に、松本係長は笑顔で答えた。

「いくら私でも、会議室の様子を知らないまま行動できない。会議室にマイクを仕込んで、音声を拾ってマックの画面上でテキスト化しているんだ」

「マイクを、仕込んで？」

役員会議室に、そんなことができるのだろうか。松本係長は総務部総務課だ。役員会議室に入る機会はない。しかし、今日に限っては、大木課長という協力者がいる。

「そうか。洗濯機のダミー……」

松本係長はうなずいた。会議のテーマである、亜細亜電機の新型洗濯乾燥機を模した、プレゼント用の洗剤入れ。役員報告の内容を事前に聞いている経営管理部は、報告にダミーを使うことも聞いている。あのダミーの中に、マイクが仕込んであるのか。ダミーならば、役員の誰からも等距離に置かれ、全員の声を拾える。

松本係長は立ち上がった。

「さあ、行こうか」

中林部長には目もくれず、歩きだす。拓真は慌てて後を追った。総務部を出る直前、松本係長は杉戸課長に話しかけた。

「君は、いい部下を持ったね」

杉戸課長は肩をすくめた。「おかげさまで」

「小林主任は、もう少し借りるよ」

返事を待たずに部屋を出た。エレベーターに乗る。拓真も一緒だ。

「君、財務諸表は読めるかい？」

エレベーターが上昇を始めてから、係長はそんなことを言った。拓真は答える。

「ええ。一応は」

「マーケティングの4Pを知っている？」

「プロダクト、プライス、プレイス、プロモーションのことですか？」

「ふむ」自らの顎をつまむ。「基礎はできているか」

エレベーターが九階に到着した。扉が開くと、会議室に向かってまっすぐに歩いていく。若い拓真が追うのに苦労するほど、颯爽《さっそう》とした歩みだった。

あっという間に会議室に到着した。無造作にノックする。「はい」という声と同時にドアを開いた。

拓真の目に、会議室の光景が飛び込んできた。中尾社長。菅野常務。野末部長。大木課長。そして深雪。深雪は拓真の姿を認めると、安堵と驚愕という相反する表情を、同時に浮かべた。意外と器用な奴だ。

「おや、松本くんじゃないか」

社長が懐かしそうな声で言った。しかし顔は作ったような渋面だ。

「君がいなくなってから、私は苦労の連続だよ。見てくれ。この有様を」

会議室は、閑散としていた。増山専務、行徳常務、徳田本部長がいない。

「君がこの席に座っていたら、こんなことにはならなかった。どうだ。今からでも座るか？」

松本係長は、簡単に首を振った。

「いいえ。でも、私の代わりに座れそうな人間を連れてきました。経営管理部の、小林主任」

松本係長は、拓真の腕をつかんで前に引っ張り出した。

「私の、後継者です」

《会議室》

深雪は、めまいに似た感覚を味わっていた。

生産担当常務が、旧悪をばらされた。

営業担当専務が、公の場で工場を誹謗中傷する発言をした。

執行役員が、上位者である取締役を殴った。

通常では起こりえないことが起こっている。それも、社長の目の前で。

部下たちの見苦しい姿を見せつけられた中尾社長は、深いため息をついた。

「行徳常務を、医務室に連れて行ってください」

野末部長が立ち上がる。

「では、秘書課を呼びましょう」

しかし電話に向かおうとする野末部長を、社長は止めた。

「その必要はありません。徳田本部長。あなたが連れて行ってください。一人では大変でしょうから、増山専務も手助けしてあげてください」

名指しされた徳田本部長と増山専務、それだけでなく被害者である行徳常務も息を呑んだ。医務室へ行く、あるいは連れて行く。それはつまり、役員会議室から退席することを意味する。彼ら三人は、社長の口から「出て行け」と告げられたのだ。君たちには、ここにいる資格はないと。

さすがに三人の幹部は、すぐに動こうとはしなかった。動けなかったのかもしれない。しかし社長にドアを指さされては、どうしようもなかった。三人は——行徳常務は、歩くのに手助けが必要な状態ではなかった——肩を落としてドアを開け、役員会議室から出て行った。医務室は、総務部と同じ二階にある。会議室のある九階から下りるエレベーターは、彼らにとっては地獄への特急列車だ。

会議室に残っているのは、社長を除くと四人だった。その内二人は、会議のプレゼンテーターに過ぎない。残った経営幹部は、営業系の菅野常務と、企画部長の野末執行役員だけだ。

今さらながら、我が社の人材不足に愕然とする。何年か前に、意思決定のスピードを上げると称して、取締役の人数を大幅に減らし、重要な役職に執行役員を充てた。それが裏目に出たわけだ。社長のため息は、後継者の育成にもっと力を注がなかったことを、悔いたからなのかもしれない。あるいは、本当なら後継者になったはずの、豊中副社長の不在を嘆いているのかもしれなかった。

「あの――」

沈黙を破ったのは、大木課長だった。

「議事を、進めさせていただいてよろしいでしょうか」

菅野常務と野末部長が、同時に目を見開いた。自分がなぜ会議室にいるかを、突然思い出したかのように。

「亜細亜電機さんの新型洗濯乾燥機発売に絡めた販促案。ご了解いただけますでしょうか」

大木課長の口調は、あくまで企画を提案する社員のものから外れていなかった。深雪はといえば、精神的に開いた口がふさがらなかった。ただでさえ少ない出席者のうち、三人が退席している。残り三人の採決で、議案は成立するのだろうか。しかも野末部長は企画部の人間だから、はじめから賛成の立場だ。とすると、社長が意見を求めることができるのは、菅野常務しかいない。そんな状況を作り出した本人なのに、「ご了解いただけますでしょうか」などと、よく言えたものだ。

仕方なく、といった風情で、社長が菅野常務に顔を向けた。

「菅野常務。どう思いますか？」

一人残った取締役は、笑顔を浮かべた。

「はい。いい提案だと思います。我が社の販促に留まらず、協力関係にある亜細亜電機さんの新製品にとってもプラスに働く、ウィン―ウィンの関係を築けるところが重要だと思います。私は、賛成いたします」

社長が、おやという顔をする。無難な、かつ気の利いた意見だったからだ。しかしすぐに表情を戻し、大木課長を見た。

「いいでしょう。企画部の提案を、本会議は了承しました」

ありがとうございます、と大木課長が頭を下げた。深雪も立ち上がって同じように頭を垂れる。同時に肩から力が抜けた。これで異常な会議が終わり、深雪は解放される。しかし頭を上げたときにも、社長の視線は、まだ大木課長に固定されたままだった。

「大木くん、君は――」

社長の立場を一歩はみ出した響き。企画部長が部下に話しかける口調だった。

しかし大木課長は、社長を前にした社員の立場を崩そうとはしなかった。ただ黙って、社長の次の言葉を待った。

一体どういうことだろう。大木課長が目的を果たしたのならば、以前の立場で返事をしてもいいはずだ。ということは、彼はまだ目的を達していない。

深雪はそっと視線を動かす。会議室には、まだ菅野常務と野末部長が残っている。社長の目の前で経営幹部に争わせるのが目的ならば、残る一人になるまで続けたいのか。

経営幹部は、次期副社長レースに参加している。そのために、陰で足の引っ張り合いをしている。そんな陰湿なレースを、議事録の残る正式な会議で表面化させた。その狙いは見事に当たった。五人のうち三人が、本性をさらけ出して退場に追い込まれた。大木課長の読みどおりに。

本当に、そうか？

深雪は、ふと気がついた。大木課長は自ら積極的に彼らを攻撃したわけではない。むしろ、何もしなかったに近い。彼がやったのは、黄金の林檎《りんご》を投げただけだ。最も美しい女神に、この林檎を贈るというコメントを付けて。そしてヘラ、アフロディーテ、アテナは黄金の林檎を巡って争いを演じた。

ギリシャ神話の女神同様、オニセンの経営幹部も争った。しかし、次々と馬脚を露わしたのは、いくら何でもうまく行き過ぎではないだろうか。

深雪は、工場事故報告書がスクリーンに投影されてから、現在までの流れを反芻してみた。誰が、どんな発言をして、どのような結果が得られたのか。細かいところまでは思い出せないから、三人が失脚するきっかけになった、直接の展開を。

行徳常務はいい。争いのきっかけが工場事故報告書である以上、どう転んでも彼は苦しい立場に立たされる。問題は、残る二人だ。増山専務と、徳田本部長。

増山専務が失脚したのは、工場に対する暴言が原因だった。なぜそんな科白を吐いたのか。資料の続きを見せるよう、行徳常務が要求したことからだ。その部分だけを切り取れば、行徳常務が増山専務を道連れにしたように見える。しかしなぜ行徳常務は、捨て鉢とも思える行動に出たのか。彼の理性が音を立てて切れたのは、ある発言がきっかけだった。

——行徳常務、よかったですね。

徳田本部長はどうだ。彼は行徳常務を殴ったことが、破滅をもたらした。なぜ殴ったのか。行徳常務が深雪からマウスを奪い取り、社長を無視して勝手に資料を確認しようとしたからだ。なぜ彼は、次期社長の椅子どころか、企業人としての適性を疑われるような行動を取ったのか。深雪は、またしても一人の発言を思い出す。

——大木課長は、会議前に資料全体をチェックしておくべきでしたね。そうしたら、意味不明の報告書はその詳細までもが事前に発見され、今日の混乱はありませんでした。

資料全体をチェック。詳細までもが。この言葉が、彼を行動に走らせた。他の人間に邪魔されないよう、資料全体を確認し、反撃の糸口をつかもうとしたのだ。

どちらも、行徳常務の行動がきっかけとなって敗北した。常務の行動は、誰かに使嗾《しそう》されたものではないのか。

そういえば、行徳常務を追及する際にも、重要な発言があった。膠着《こうちゃく》状態に陥り、どちらも責め手を欠いたとき。

——行徳常務はご存じないとおっしゃってますよ。まずはお話を伺おうじゃありませんか。

こんなことを言われてしまったために、効果的なコメントができなかった行徳常務は、再び苦境に陥った。

これらの発言は、一人の人間から発せられた。菅野常務だ。

深雪は、自分がたどり着いた仮説を、にわかには信じることができなかった。大木課長は確かに仕掛けた。しかし彼が行ったのは、次期副社長選抜のコロシアムを設定したことだけだ。舞台をうまく利用して、三人のライバルを葬り去ったのは、菅野常務ではないのか。

たいした実績を残していないのに、なぜか常務にまで出世した、とんちん菅野。本当の彼は、社内で噂されているような無能ではないのかもしれない。

瞬時に状況を把握し、とっさの判断で、その場で最も効果的な発言をする。決して敵を作らないまま、競争相手が自滅するのを、ただ眺めている。彼は、そうやって出世してきたのかもしれない。そして当面のライバルが消えたと見るやいなや、社長に対して気の利いた意見を述べた。よほどの頭脳と機転、そして度胸がないとできないことだ。

深雪は、会議室に残った、冴えない痩せた男を見た。経営幹部のうち、最も軽んじられていた人物が、実は最もやり手だったのか。

しかし。深雪は不安になる。菅野常務はやり手なのかもしれない。けれど、それはあくまで会社というコップの中でだけ通用するものだ。決して競合他社に打ち勝つ会社を作るのに適したものではない。このままでは、社長は菅野常務を次期副社長に指名せざるを得ないだろう。それで、いいのだろうか。

下っ端社員である深雪がそこまで考えたとき、ノックの音が聞こえた。

＊

「経営管理部の、小林主任。私の、後継者です」

松本係長が社長に告げた瞬間、拓真の頭は真っ白になった。後継者だって？

社長が、面白そうに拓真の顔を眺めた。

「ほほう。君がそう言うからには、それなりの人物と思って間違いはないんだろうね」

「ええ」松本係長が、勝手に保証する。

「彼は総務部にいながら、ゼロの状態から会議室で何が起こっているのか、真相を把握できたのですよ」

社長がまた「ほほう」と言った。

「真相か。聞きたいね」

社長の目がぎらりと光った気がした。視線の圧力に押されて、拓真は一歩下がる。冗談じゃない。こんな危ない話、社長の前でできるはずがない。第一、黒幕である菅野常務はここにいるではないか。

拓真の逡巡を読み取ったのだろう。社長が再び口を開いた。

「社長命令です。社長命令とは、全責任を社長が取るということです。だから、考えたことを、そのまま言いなさい」

困った。松本係長を見る。係長はうなずいただけだった。

拓真は心の中で嘆息する。これはおそらく、最終テストなのだろう。何の入試なのかはわからないけれど。

「それでは、申し上げます」

拓真は覚悟を決めた。

「問題になった工場事故報告書は、生産部が疲弊していることを憂慮した菅野常務が、総務部の中林部長に指示して作成させたものだと思われます。報告書が自然な形で表に出れば、生産部に改革の手が入り、仕事のしやすい部署に生まれ変わる。結果的に会社の利益になる。それが菅野常務の狙いでした」

拓真は自分の思索の結果を、簡単にまとめた。肝心なところ、菅野常務の目的がライバルである行徳常務潰しであり、中林部長の目的が自身の出世であることは言わなかった。しかし自分が間違っていないことを示すために、わざと平板な口調で語った。これで、社長には意図を理解してもらえるだろう。

「そして工場事故報告書を入手した大木課長は、経営陣の対応を社長にご覧に入れることで、真に会社に有用な人材が誰なのかをご判断いただく目的で、本日の会議に提示したのでしょう。課長に協力したのが、松本係長です。会議で報告書が話題になれば、総務部に連絡が入り、中林部長が会議室に呼ばれることは、容易に想像がつきます。中林部長が参加すれば、経営陣の能力勝負以外の要素が入り込んでしまい、目的を達成できません。ですから松本係長が総務部の電話を不通にして、中林部長を釘付けにしました」

社長が笑顔を見せた。

「なんだ。君たちは結託していたのか」

松本係長は満面の笑みで肯定した。

「はい、実は。でも、これで結果が出ましたね。社長には、副社長に誰を指名すればいいのか、おわかりになったことと思います。私も、定年前に、会社にいい置き土産ができました」

えっ？

危うくそんな声が出そうになった。今のは、どういう意味だ？　松本係長は、菅野常務を副社長に指名しろというのか。こんな陰謀を仕掛けた首謀者を。

会議室には、拓真と同じ感想を、より強く抱いた人間がいたようだ。大木課長が、目がこぼれ落ちそうなほど見開いて、松本係長を見ている。

「松本さん……？」

松本係長は、共犯者に優しい視線を向けた。

「大木くん。これで十分だ。もう、終了しよう」

大木課長はすぐには返事をしなかった。それは、松本係長の発言が、二人の事前協議から外れたものだったからだろう。大木課長がわざわざ社長の出席する会議で爆弾を投げつけた理由。本業そっちのけで足の引っ張り合いを続ける経営陣を混乱させ、その本性を露わにする。そして社長不適格者をあぶり出した後、張本人である菅野常務を地獄に突き落とす。それが当初の計画だったはずだ。

それなのに、松本係長は肝心の菅野常務への攻撃を中止して、撤収しろと言う。突然の変心に、大木課長が戸惑うのも無理はない。実際、拓真にも係長の真意はわからなかった。

拓真に答えを教えてくれたのは、社長だった。

「なるほど。松本くん。君の狙いは、経営管理部の復権だろう」

そして拓真に視線を移す。

「君がいた頃の経営管理部は、頼りになる存在だった。そこの小林主任を当時の君に仕立てて、菅野常務の知恵袋にしようというのが、君の狙いか」

「ご明察」

松本係長は、拓真の肩をぽんと叩いた。

「最初は、別の結末を考えていたんですが、彼に会って考えが変わりました。ご承知のように、私は夢を捨てた人間です。でも、もう一度会社に夢を見たくなったんですよ。ですから、勝手に後継者に指名させてもらいました」

「………」

今度こそ、拓真は何も言えなくなってしまった。正美の話では、経営管理部企画課長時代の松本係長は、経営陣を意のままに動かすほどの人物だったという。そんな存在に、自分になれというのか。

できっこない。こっちは、役員たちの保父として、連中のわがままを社内で通してきただけだ。いきなりシンクタンクになんか、なれるわけがない。

混乱に拍車をかけたのが、社長の視線だった。社長は松本係長の大言壮語を真面目に受け取り、拓真を値踏みするようにじっと見つめている。自分が勤めている会社のトップから、これほどまでに注目されるなど、想像もしていなかった。

「松本くんがそれほど推す人物。先ほどの答えを聞いても、洞察力と社内に敵を作らない技術を持ち併《あわ》せているようだ。確かに、期待できるかもしれない。しかし、あの頃の経営管理部企画課を務めるには、能力以上に必要なものがある。覚悟だ」

社長の視線が、槍になった。

「小林主任。君には、覚悟がありますか？」

拓真は槍を避けなかった。あえて、自ら串刺しになった。社長に向かって背筋を伸ばし、胸を張ったのだ。

「はい。あります」

ここが会社である以上、そう答えるしか、ないではないか。

「よろしい」

不意に社長の目が柔和になった。

「がんばりなさい。いや、無理にがんばる必要はない。松本くんのようにはね。肩の力を抜いて、周囲の力を借りながら、自然と自分の力が伸びるようにするといい。それが、会社のためにもなるだろう」

意味はよくわからなかったけれど、おそらく最大限の激励を受け取ったのだ。拓真は深々と礼をした。

「微力を尽くします」

姿勢を戻した拓真の肩を、松本係長がもう一度叩いた。

「我々は侵入者だ。ここいらで退出しようか。でも、その前に……」

松本係長は、スクリーンの脇に立つプレゼンテーターに向かって声をかけた。

「大木課長。せっかくだから、工場事故報告書の内容を、社長にご覧に入れたらどうだ？菅野常務と中林部長の傑作を」

大木課長は苦笑で応えた。

「そうですね。では、三十六ページをお願いします」

課長が深雪に指示を出した。拓真と同様、あるいはそれ以上に呆気にとられていた深雪は、慌ててキーボードを操作した。新しいスライドが表示される。

『七月三日　富士工場食堂内で、ラーメンにコショウをかけた社員が、くしゃみをした。鼻の粘膜を傷つけている可能性があるので、コショウを粒度の粗い製品に変更した』

『四月二十一日　鹿島工場にてソフトボール大会の翌日、筋肉痛の社員が大量に発生した。危険なので、ソフトボール大会をカラオケ大会に変更できないか、協議した』

『三月三日　津久見工場にて新卒歓迎会を行った施設部長が二日酔いになった。対策として、飲み過ぎないよう、工場内に通達を出した』

突然の笑い声に、深雪の操作する手が止まった。社長だった。社長は、腹を抱えて笑っていた。

「なんだ、これ。面白すぎる。行徳常務は、こんなものに足をすくわれたのか」

そして菅野常務を見た。

「まあ、今回のケースでは、内容でなく正体不明の工場事故報告書が存在することだけが大事だったからな。君たちは、報告書の存在だけを自然な形で誰かに発見させて、その内容は知られないように騒ぎだけを引っ張るつもりだったんだな。つまり、今日のことがなくても、行徳常務は早晩退場していたわけだ」

今の中尾社長は、企画部長に戻っていた。つまり、過ぎるくらい面白がっている。

「それにしても、この内容。君もなかなかセンスがいいねえ」

菅野常務も、ぬけぬけと答える。

「はあ。私には、何のことだか、一向にわかりませんが」

そのやりとりを、野末部長が苦々しげに眺めている。しかしその表情もまた、作ったものに感じられた。野末部長にはわかったのだ。菅野常務を次の社長にして、経営管理部に補佐させる。トップは無能でも、有能な補佐役がついてさえいれば、会社は発展できる。それが松本係長の考え方だったし、成功体験だ。

うまくいくかもしれない。しかし、しょせんはとんちん菅野だ。長続きはしないだろう。いずれはしっかりとした後継者に会社を渡さなければならない。その役割を、野末部長は自分自身が務めるつもりなのだ。しょせん菅野常務は、自分までのつなぎに過ぎない。社長はそう判断したからこそ、松本係長の提案に乗った。野末部長はそう考えたわけだ。もし何年か後に想像が事実になれば、今日もっとも得をしたのは、彼女かもしれない。

社長が笑いを収めると、代わって松本係長が口を開いた。

「いいオチがついたところで、私たちは退出します。では」

子供みたいに手を振る社長にもう一度礼をして、会議室から退出する。拓真も従った。

二人だけになった廊下で、話しかけてきた。

「終わったね」

「ええ」

そう答えてみたけれど、本当に終わったのかどうか、自信がなかった。大木課長の狙いどおり、社長は副社長にしてはならない人間が誰なのかを見極めた。そして松本係長の狙いどおり、経営管理部に本来の機能を取り戻すことを、社長に認めさせた。結果的に、会社はいい方向に向かうのかもしれない。

それでも素直に納得することはできなかった。陰謀を張り巡らせた二人、菅野常務と中林部長の二人は健在なままなのだ。それどころか、菅野常務は次の社長になりそうだし、彼が出世という餌をちらつかせて動かした中林部長も、報酬を得るだろう。陰謀がまんまと成功する結果になるのだ。これもまた、会社の論理だ。成功しさえすれば、手段は問わないという。

本当にいいのだろうか。そんな人事が発表されたら、社員たちは絶望するかもしれない。会社の先行きを悲観して、辞める社員が続出するかもしれない。それを防ぐためには、自分ががんばらなければならないのだ。

一体、どうしてこんなことになってしまったんだろう。自分は上司の命令で、総務部へ印鑑をもらいに行っただけなのに。

——まあ、仕方がないか。

拓真は、松本係長と対峙していたときの高揚感を思い出す。明日からの会社員生活は、あの高揚と緊張の連続かもしれない。毎日が苦労の連続だろう。しかし今までのぬるい生活よりは、ずっといい。

拓真が覚悟を決めたのを見抜いたのか、松本係長が拓真の目をじっと見つめてきた。

「小林主任。私はもうすぐ退職して、会社からいなくなる。それまでの短い間、引き継ぎをやっておきたい」

「引き継ぎ？」

「そうだ。これからの経営管理部に必要な、社内の情報の集め方と、情報の活かし方。それらのノウハウを君に伝授しよう」

息を呑んだ。松本係長は、本気だ。本気で、拓真を後継者にしようとしている。

松本係長の表情は、今までの作り笑顔でも、真摯に対応していたときのものでもなかった。もっと温かみのある、そう、父親のそれに最も近かった。その表情に引き寄せられるように、拓真は答えていた。

「よろしくお願いします」

この人は、魔法使いだ。

拓真はそう思った。正美の言ったとおりだ。会社の人と情報を自在に操り、自分の望む方向へ誘導する。そんなことが、魔法使い以外にできるだろうか。そして自分は、魔法使いの弟子になったのだ。

「さて、どこで引き継ぎをするかな」

魔法使いは、弟子に向かって微笑みかけた。

「小林くん。君、ラーメンは好きかい？」

終章

「魔法」

墓参りを終えて、車に乗り込んだ深雪がつぶやいた。

「もっとわからないよ」

魔法使いの弟子である拓真は、それ以上説明しなかった。車を発進させて、墓地から出る。

会議から一年経った。

表向きは、会社は何も変わっていない。増山専務、菅野常務、行徳常務、徳田本部長は、未だにその地位にある。中林部長も未だに総務部にいるし、経営管理部の陣容が大幅に強化されたということもなかった。

それでも、社内改革は、密かに進行しているのだ。一カ月半後、十月一日付の人事で、明らかになる。

菅野常務は、営業トップを兼任したまま、副社長に就任。

増山専務は、常勤顧問となり、経営の第一線から退く。

行徳常務は、グループ会社のオニセンケアサービスの社長に転出。生産部のトップには、今治工場長を後任に充てる。行徳常務のイエスマンの中では、最も見所のありそうなのが彼だったからだ。

徳田本部長は、取締役に就任するものの、営業から外れて広報部を任される。名誉挽回のチャンスを、わずかながら残された恰好だ。東京営業本部長には、現在の北海道支店長が抜擢される。

野末部長は、企画部長兼任で取締役に就任。

中林部長は、執行役員として経理部長に就任。後任には、栗原課長が部長に昇進する。

そして拓真は、経営管理部企画課主任のままだ。

ただし、業務内容は大きく変わった。現在手がけている業務はふたつ。ひとつは、会社の組織に手をつけることだ。総務部や人事部と綿密な調整を行い、課長や部長の中から、数年後のオニセンを担う人材を選抜した。彼らを取締役候補にして、経営を学ばせる。まだ三十代の栗原課長や杉戸課長を部長にするのは、その一環だ。

もうひとつは、中期経営計画の策定だ。確かに、「役員たちの保育園」として、役員たちが持っていた情報をすべて把握している経営管理部は適任だろう。でも、実際にやらされる方は、たまったものではない。この一年、押し寄せる数字の山に圧倒され、ほとんど呑み込まれかけていたのだ。

しかも、仕事がこれほど大変になったのに、給料は全然上がらない。地位が上がっていないのだから、当然といえば当然だ。残業代だけは増える一方だけれど、あまり嬉しくない。

激務にも、ようやく慣れてきた。年明けくらいから、ようやく社長と一対一になっても、落ち着いて報告できるようにもなった。今日までのところは、松本係長の大言壮語を裏切ってはいないと思う。

「結婚しようと思います」

ある日、報告の最後で、拓真は社長にそう告げた。相手があの会議のオペレーターだとわかったら、社長は自分のことのように喜んでくれた。いや、面白がってくれた。

「私は出席できないけれど、お幸せにね」

紋切り型の言葉は、とても温かく耳に響いた。自分の努力が社長に認められつつある。会社が自分を必要としてくれている。そんな手応えがあった。

拓真は、松本係長を思う。かつて経営陣を意のままに動かしていた彼は、今の自分と同じ充実を感じていたのだろうか。だとしたら、自分はほんの少しだけ、彼に近づいたのかもしれない。

一年前の、八月十五日。社員の誰もが緩んだ気持ちで臨んだ日に、舞い降りてきた出会い。

偶然に過ぎない。自分にとっても、会社にとっても。偶然でいいのだ。松本係長は、「運なんて、どこにでも転がっている」と言った。偶然だってそうだ。大切なのは、有効利用するかどうか。だったら自分は、松本係長のテクニックを吸収して、自分の血肉にすればいい。

会社の論理、という言葉がある。会社員にとって、忌避しながらも流されてしまうものだ。しかしすべてを否定する必要はないのだと、松本係長は教えてくれた。営利企業の存在価値は、法人税の納税と、雇用の確保だ。つまり社会と社員を喜ばせながら、利益を得ること。それがかなうのなら、手段を選ぶ必要はない。

そう。目的が達成できるのなら、菅野常務だろうが中林部長だろうが、利用すればいい。彼らは会社のありとあらゆるものを利用して、出世を手に入れた。その彼らを、自分が利用する。利用して、オニセンを業界のリーディング・カンパニーにのし上げてみせる。

これを野心というのだろうか。何となく違う気がする。自分は今、働きたいのだ。内側に湧きあがってくる、強烈なモチベーションに衝き動かされて。

でも、自分は松本係長のように、家庭を犠牲にはしない。助手席に座る女性の幸せと、会社の隆盛を共存させてみせる。その覚悟があった。いや、覚悟などという、大それたものではない。拓真にとって、それは働きたいのと同じくらい、自然な感情だった。自然だからこそ、会社のプラスになる、その確信があった。

「帰ろうか」

拓真は深雪にそう告げ、アクセルを踏みしめた。

自分が生きるべき場所へと向かって。

解説

小池《こいけ》 啓介《けいすけ》
（書評ライター）

「走りながら考える」というフレーズを聞かれたことがあるだろうか？

もし、あなたが現役の会社員《サラリーマン》であるなら、近年、似たような言葉を仕事上の会話で耳にしたことがきっとあるはずだ。

もともとは、「イギリス人は歩きながら考える。フランス人は考えた後で走り出す。そしてスペイン人は走ってしまったあとで考える」という、スペインの思想家サルバドール・デ・マダリアーガが唱えた国民性をあらわすフレーズ（エスニック・ジョーク？）から来ているようだ。イギリス人の「歩きながら」の部分がいつのまにやら「走りながら」に変化していったということか。

手足を動かしながら同時に思考も働かせ、業務をとことん効率的にこなしていくことを求められる——現代に生きる多忙な日本人サラリーマンの日常を表現した、なんとも世知《せち》辛《がら》い言葉である。会社勤めをされていない方も、彼ら彼女らの職場での姿は、なんとなく想像がつくことだろう。

石持浅海『八月の魔法使い』は、その「走りながら考える」サラリーマンの姿をそっくりそのまま小説化した作品だ。とはいえご安心を。本書で語られるのは、何かに急《せ》かされるような心臓に悪い物語では決してない。これは、せわしない日常を小説の魔法によって極上のミステリーへと昇華させてしまった稀有《けう》な逸品なのだから。

序章は、主人公の小林拓真《こばやしたくま》が助手席に女性を乗せた車を運転している場面から幕を開ける。

拓真の隣に座る女性——結婚の約束をした金井深雪《かないみゆき》の祖母の墓参りをするため、彼女の故郷栃木を訪れたのだ。昼には東京へ戻れると告げる拓真に、深雪はせっかく栃木に来たのに佐野ラーメンを食べていかないのかと問いかける。それに対し拓真は、渋滞に巻き込まれるのでは早起きした意味がないと、ややドライな思考回路を垣間見せるのだが、ラーメンの話題をきっかけにある男性上司のことを思い起こす。

元上司の名は松本《まつもと》。すでに定年退職した彼は、一年前に何事かを職場で起こしているらしい。そしてその〝事件〟は社内をちょっとした騒ぎに導いたらしい。しかも、深雪は出来事の当事者だったというのだ。

松本の行為とはいったいなんだったのか？　深雪の問いかけに拓真はこう答える——「魔法、かな」と。

実に魅惑的なプロローグだ。短いなかで、主人公のパーソナリティから物語の核心までが手際よく紹介されるのである。わずかな会話や心理描写から拓真が極めて論理的な思考の持ち主であることがわかるし、するりと一年前の〝事件〟に話が及び、ひとりの男がそれを起こしたことが明らかにされ、「魔法」という不可思議な一言がとどめをさす。松本という男は、果たしていかなる魔法を使ったのだろうか。

物語は一年前の八月にさかのぼる。

舞台は拓真と深雪が勤める洗剤メーカー、株式会社オニセンの社内。緊急の案件の少ない比較的暇なお盆のある日、経営管理部の拓真は、書類に社判をもらうために総務部長の中林《なかばやし》のもとへ向かう。威張りたがりの中林は部下の誰からも苦手とされる存在だ。拓真も気が重い。

一度は印をもらったものの、もうひとつ別の印が必要であることがわかり、拓真は中林の席へ戻るが、そこには定年間際の松本係長がいた。松本が開いた紙ファイルの中身を目にするや、中林は固まってしまう。そのファイルには、拓真の知らない工場事故報告書がはさまれていた。

同じころ、企画部に所属する深雪は、役員会議での企画部による報告で上司の大木《おおき》課長を補佐するために、パソコンオペレーターとして彼と同席していた。販促企画のスライド資料を披露している最中、深雪は大木から記憶にないページを開くことを指示される。スクリーンに写し出されたのは、資料の内容とはなんの関係もない工場事故報告書だった……。ふたりの男が別々の場所で差し出して見せた工場事故報告書。その内容とは、そして彼らの意図とは？

本書『八月の魔法使い』は、雑誌「Ｇａｉｎｅｒ」で二〇〇八年十月号から二〇一〇年三月号にわたって連載され、二〇一〇年七月に刊行された作品の文庫化である。初出時のタイトルは「八月のかけた魔法」だったが、単行本として刊行される際に改題された。

サラリーマン向けメンズファッション誌にふさわしく、登場人物は全員が企業に所属する者たちで、終始社内で事態が進んでいく。まさにサラリーマン・ミステリーとでもいうべき内容をもった作品であるけれど、もちろんそうした類《たぐい》のミステリーが過去になかったわけではない。

一九六〇年代に活躍した樹下太郎《きのしたたろう》はその代表として語られることが多いし、殺人事件を軸にしながらホテル業界の内幕を描いた森村誠一《もりむらせいいち》の名もすぐさま思いつく。その系譜を継いだといっていいのが、赤川次郎《あかがわじろう》だろう。『上役のいない月曜日』（文春文庫）、『サラリーマンよ悪意を抱け』（集英社文庫）など、〝平凡な〟サラリーマンを主人公に数々の傑作を上梓している。

ミステリーにカテゴライズされるだけに、当然のごとく殺人がからんだり、会社の暗部に接触するような、あるいは職場における日常が瓦解《がかい》していくような非日常的な展開をみせる作品が多いわけだが、本書の内容はそれらの先行する作品群とは一線を画すものだ。殺人は発生しないし、巨悪との対決もない。主人公が社内でことさら不遇な立場におかれているわけでもない。

それでは『八月の魔法使い』とはどんなミステリーなのか。

まず印象的なのが、主人公のスタンスだ。つきあっている彼女を窮地から救いたい——拓真が事態とかかわりをもつ理由は、その一心なのである。社内で起こり始めている危険なにおいのする出来事から、はじめのうち拓真は距離をおこうとする。一社員であれば当然の判断だろう。けれども深雪が困った立場におかれていることを知り、「魔法使い」松本と対峙することを決意するのだ。

自分より地位が上にいる相手と対等に渡り合わなければならない状況で、権力も情報も持たない中堅社員が頼りにするもの。拓真が手にした武器とは、自らの思考による推理——すなわちロジックなのである。

論理的思考だけで、社内で起こっている謎めいた事態を鎮静化させる。それが本書の主人公・小林拓真にあたえられた〝ミッション〟だ。

自らも会社員と作家の二足のわらじを履く石持浅海は、デビューからおよそ二年後、雑誌「ダ・ヴィンチ」二〇〇四年十二月号のインタビューで、次のように語っている。

「サラリーマンの毎日というのは、突発的なトラブルを解決することに費やされています。平穏な一日はまずないですよね。つまり日常的にトラブル対処の訓練をしているようなものなんです。だから、何か事件が起きたときにいちばん対処がうまいのはサラリーマンなのではないかと思うんです」

この発言通り、石持は本書以前にもサラリーマンが主人公となり会社が事件の場となる作品をいくつか手掛けている。製品開発チーム内で殺人が起こる『君がいなくても平気』（光文社文庫）、新聞社と誘拐犯の対決を描いた『リスの窒息』（朝日ノベルズ）、三人の取締役から次期社長を推理によって選ぶ短編「最も大きな掌」（『賢者の贈り物』〈ＰＨＰ文庫〉収録）などである。

けれども、舞台が会社組織である必然性がこれほど強い作品は本書がはじめてだ。サラリーマンの〝日常〟を描き、それにまつわるあらゆる要素をミステリー小説の部材として活かしているところに、本書の真骨頂があるといえるだろう。

また石持の作品史のなかで、本書が書かれた二〇〇〇年代後半には「走りながら考える」展開をもった作品が多く生まれていることにも注目したい。サイコキラーが論理的思考で事態に対処しながら三人の対象者を殺害しようとする『耳をふさいで夜を走る』（徳間文庫）や、前述した『リスの窒息』などが書かれており、本書の連載終了直後には、図書館内でラジコンヘリが襲い来る危機を男女が切り抜ける『ブック・ジャングル』（文藝春秋）の雑誌連載が開始された。連作短編集『この国。』（原書房）収録作も同じ方向性をもっているものばかり。拙稿執筆時点での最新作『トラップ・ハウス』（光文社）でも、トレーラーハウス内に閉じ込められた大学生たちが脱出方法と犯人を推理する。

いずれの作品も、強い緊張状態におかれた人々がロジックの力で目の前の状況に立ち向かっていくサスペンスと知的興奮にあふれている。

こういった傾向の作品を志向していた石持が、「突発的なトラブルを解決することに費やされ」るサラリーマンの日常に目を向けるのは、極めて必然であったのだろう。平凡な会社員が主人公となる本書と対極にあるように思える、血と暴力とセックスで彩られた『耳をふさいで夜を走る』も、ロジックを駆使して極限状況を突破するという一点において、同じ立脚点をもつ作品同士なのだ。

ロジックを駆使する作品であるが、一般常識の枠組みのなかにあるロジックが通用しない局面がたびたび発生するのが本書の最大の特徴であり、一筋縄ではいかないおもしろさにつながっている。普通のロジックを邪魔するもの——それは会社組織の論理《ロジック》だ。たとえば、誰かの面子を立てるためにあえて遠回りを選ぶ。それが会社の論理である。

「一般常識で考えれば」、「会社の常識としては」という具合に相反する〝常識〟が登場し、後者が事態をいっそう複雑にしていく。

拓真の行く手を阻む、サラリーマンの日常とともにある〝会社の常識〟。それはいってみれば特殊なルールである。その観点から本書は、作品内だけで通用する特殊ルールを設定した謎解きミステリーの系譜に連なる作品ともいえるわけだ。

国産ミステリーに限定するなら、死んだ人間がよみがえる異世界で起こる殺人事件の謎を追う山口雅也《やまぐちまさや》『生ける屍の死』（創元推理文庫）がその代表格だろう。近年の作品であればハイファンタジーの世界を描写するなかに、ミステリー的な解決を導く伏線をちりばめた米澤穂信《よねざわほのぶ》『折れた竜骨』（東京創元社）などが挙げられる。

物語内でどういったルールが浮かび上がり、そこにどのようなかたちでロジックが展開されていくのかがこれらの作品の大きな読みどころ。デビュー間もないころから、『BG、あるいは死せるカイニス』（創元推理文庫）、『人柱はミイラと出会う』（新潮文庫）などで、石持も異世界における謎解きに挑戦しており、〝特殊ルール〟ミステリーの可能性について意識をしていたことがわかる。本書は、それらの作品と同様の側面を併《あわ》せもっている――いや、その方向性をさらに極めたといったほうが正しいかもしれない。

本書において石持は、〝会社の常識〟に対して問題提起をしたり、それを直接批評の対象とはしていない。すべてをルールとして使い、あくまでもミステリー小説であることを第一の目的としているのだ。

緊迫感に満ちたサスペンスであり、特殊ルールとロジックが冴えわたる謎解きミステリーであり――けれども、そんな娯楽小説の愉悦と同時に、本書を読むと、サラリーマン社会が相当に特殊な世界であることが自然と伝わってくる。視点をずらして見れば、正しくリアルな現代社会に対する批評性が期せずしてにじみ出ているともいえるのである。

現在進行形のサスペンスの妙、徹底したロジック主義、特殊ルールの知的興奮。シンプルな状況を中心に、自身が追求してきたミステリーの魅力をこれでもかと横溢《おういつ》させ、さらに社会批評の深みも獲得した贅沢な小説、それが本書『八月の魔法使い』なのだ。

拓真は「魔法使い」松本と対決する過程で、多くのことを学んでいく。本書の美点をさらにつけ加えるなら、それは成長小説の魅力である。おもしろいのは、読み手がその〝学び〟を追体験できるところだ。それを具体的に職場で活かすもよし。ほんの少し前向きな気持ちを得るのもよし。どう学ぶかは、もちろんあなた次第。

本書の効能は、サラリーマンにとってだけのものではない。立場を異《こと》にする人たちも、日常の困難に対峙する小さな勇気と知恵を手にすることができるに違いない。

石持浅海は、そんな魔法をこの小説にかけているのである。

〈初出〉
「Ｇａｉｎｅｒ」（光文社刊）二〇〇八年十月号〜二〇一〇年三月号

〈単行本〉
二〇一〇年七月　光文社刊
（初出時のタイトルは「八月のかけた魔法」。
単行本化に際して改題しました）

光文社文庫

八《はち》月《がつ》の魔《ま》法《ほう》使《つか》い

著者　石《いし》持《もち》浅《あさ》海《み》

2012年7月20日　初版1刷発行

発行者　駒井稔
印刷　豊国印刷
製本　フォーネット社

発行所　株式会社　光文社
〒112-8011　東京都文京区音羽1-16-6
電話（03）5395-8149　編集部
8113　書籍販売部
8125　業務部

落丁本・乱丁本は業務部にご連絡くだされば、お取替えいたします。
ISBN978-4-334-76434-0　Printed in Japan

組版　萩原印刷

お願い　光文社文庫をお読みになって、いかがでございましたか。「読後の感想」を編集部あてに、ぜひお送りください。
　このほか光文社文庫では、どんな本をお読みになりましたか。これから、どういう本をご希望ですか。どの本も、誤植がないようつとめていますが、もしお気づきの点がございましたら、お教えください。ご職業、ご年齢などもお書きそえいただければ幸いです。当社の規定により本来の目的以外に使用せず、大切に扱わせていただきます。

光文社文庫編集部